CONFLITOS DE SANGUE

SÉRIE OS NATURAIS - LIVRO 4

JENNIFER LYNN BARNES

CONFLITOS DE SANGUE

SÉRIE OS NATURAIS – LIVRO 4

Tradução
Regiane Winarski

Copyright © 2016 by Jennifer Lynn Barnes
Copyright da tradução © 2024 by Editora Globo S.A.

Os direitos morais da autora foram garantidos.

Todos os direitos reservados. Nenhuma parte desta edição pode ser utilizada ou reproduzida — em qualquer meio ou forma, seja mecânico ou eletrônico, fotocópia, gravação etc. — nem apropriada ou estocada em sistema de banco de dados sem a expressa autorização da editora.

Título original: *Bad Blood*

Editora responsável **Paula Drummond**
Editora de produção **Agatha Machado**
Assistentes editoriais **Giselle Brito e Mariana Gonçalves**
Preparação de texto **Ana Sara Holandino**
Diagramação e adaptação de capa **Carolinne de Oliveira**
Projeto gráfico original **Laboratório Secreto**
Ilustração de capa © **2023 by Katt Phatt**
Design de capa original **Karina Granda**

Texto fixado conforme as regras do Acordo Ortográfico da Língua Portuguesa (Decreto Legislativo nº 54, de 1995)

CIP-BRASIL. CATALOGAÇÃO NA PUBLICAÇÃO
SINDICATO NACIONAL DOS EDITORES DE LIVROS, RJ

B241c

    Barnes, Jennifer Lynn, 1983-
        Conflitos de sangue / Jennifer Lynn Barnes ; tradução Regiane Winarski. - 1. ed. - Rio de Janeiro : Globo Alt, 2024.
        (Os naturais ; 4)

    Tradução de: Bad blood
    Sequência de: Tudo ou nada
    ISBN 978-65-5226-021-5

    1. Romance americano. I. Winarski, Regiane. II. Título. III. Série.

24-94720
                                    CDD: 813
                                    CDU: 82-31(73)

Meri Gleice Rodrigues de Souza - Bibliotecária - CRB-7/6439

1ª edição, 2024

Direitos de edição em língua portuguesa para o Brasil adquiridos por Editora Globo S.A.
R. Marquês de Pombal, 25
20.230-240 – Rio de Janeiro – RJ – Brasil
www.globolivros.com.br

*Para William, que ajudou a mamãe a revisar
este livro quando tinha só cinco semanas de idade*

Você

Sem ordem, há caos.

Sem ordem, há dor.

A roda gira. Vidas são perdidas. Sete mestres. Sete formas de matar.

Desta vez, haverá fogo. Nove queimarão.

Assim foi decretado, assim tem que ser. A roda já está girando. Há uma ordem para as coisas. E, no centro de tudo — de tudo mesmo —, está você.

Capítulo 1

O assassino em série sentado à minha frente tinha os olhos do filho. Do mesmo formato. Da mesma cor. Mas o brilho naqueles olhos, a luz de expectativa... *isso é tudo seu*.

A experiência, e os meus mentores do FBI, me ensinaram que eu conseguia penetrar mais na mente das outras pessoas falando com elas em vez de falando sobre elas. Cedendo à vontade de perfilar, continuei avaliando o homem à minha frente. *Você vai me machucar se puder.* Eu sabia disso, já sabia mesmo antes de ir àquela prisão de segurança máxima e ver o sorriso sutil que surgiu nos lábios de Daniel Redding assim que o olhar dele encontrou o meu. *Me machucar vai machucar o garoto.* Eu afundei cada vez mais na perspectiva psicopática de Redding. *E é um direito seu machucar o garoto.*

Não importava que as mãos de Daniel Redding estivessem algemadas e acorrentadas à mesa. Não importava que houvesse um agente do FBI armado na porta. O homem na minha frente era um dos assassinos em série mais brutais do mundo, e se eu permitisse que ele ultrapassasse minhas defesas, ele deixaria a marca dele na minha alma da mesma forma que tinha queimado a letra *R* na pele das vítimas dele.

Amarrá-las. Marcá-las. Cortá-las. Enforcá-las.

Foi assim que Redding matou suas vítimas. Mas isso não foi o que me levou ali naquele dia.

— Você me disse uma vez que eu nunca encontraria o homem que matou a minha mãe — falei, parecendo mais calma do que eu me sentia. Eu conhecia aquele psicopata particularmente bem para saber que tentaria me afetar.

Você vai tentar penetrar minha mente, plantar perguntas e dúvidas para que, quando eu sair desta sala, uma parte de você vá comigo.

Era isso que Redding tinha feito meses antes, quando soltou a bomba sobre a minha mãe. E era por isso que eu estava ali agora.

— Eu falei isso? — perguntou Redding, abrindo um sorriso lento e sutil. — Parece *mesmo* algo que eu possa ter mencionado, mas... — Ele deu de ombros de maneira exagerada.

Cruzei as mãos sobre a mesa e esperei. *Foi você que me quis de volta aqui. Foi você que jogou a isca. Essa sou eu, mordendo a isca.*

Redding acabou quebrando o silêncio.

— Você deve ter mais alguma coisa pra me dizer. — Redding tinha a paciência típica de um assassino organizado, mas só nos termos dele, não nos meus. — Afinal — continuou ele, um zumbido baixo na voz —, você e eu temos muito em comum.

Eu sabia que ele estava fazendo referência ao meu relacionamento com o filho dele. E sabia que, para conseguir o que eu queria, teria que admitir isso.

— Você está falando de Dean.

Assim que falei o nome de Dean, o sorriso torto de Redding aumentou. Meu namorado, e colega Natural, não sabia que eu estava ali. Ele teria insistido em ir junto, e eu não poderia fazer isso com ele. Daniel Redding era um mestre da manipulação, mas nada que ele dissesse poderia me magoar como cada palavra saída dos lábios dele teria destruído Dean.

— Meu filho pensa que está apaixonado por você? — Redding se inclinou para a frente, as mãos algemadas cruzadas, imitando as minhas. — Você entra nas pontas dos pés no quarto dele à noite? Ele enfia as mãos no seu cabelo? — A expressão de Redding se suavizou. — Quando Dean aninha você nos braços — murmurou ele, a voz assumindo um tom cantarolado —, você se pergunta o quanto ele está perto de quebrar seu pescoço?

— Deve te incomodar — falei baixinho — saber tão pouco sobre seu próprio filho.

Se Redding queria me magoar, ele teria que fazer algo melhor do que tentar me fazer duvidar de Dean. Se ele queria me assombrar por dias e semanas com suas palavras, teria que me acertar onde eu era mais vulnerável. Onde eu era *fraca*.

— Deve te incomodar — repetiu minhas palavras como um papagaio — saber tão pouco sobre o que aconteceu com a sua mãe.

A imagem do camarim banhado de sangue da minha mãe surgiu na minha mente, mas mantive meu rosto com uma expressão neutra. Eu tinha provocado Redding para tocar na minha ferida, e, ao fazer isso, tinha desviado a conversa exatamente para onde eu queria que ela fosse.

— Não é por isso que você está aqui? — perguntou Redding, a voz aveludada e baixa. — Para descobrir o que eu sei sobre o assassinato da sua mãe?

— Eu estou aqui — falei, olhando para ele — porque sei que quando você jurou pra mim que eu nunca encontraria o homem que matou a minha mãe, você estava falando a verdade.

Cada um dos cinco adolescentes do programa dos Naturais do FBI tinha uma especialidade. A minha era perfilar. A de Lia Zhang era detectar mentiras. Meses antes, ela tinha identificado as palavras provocadoras de Redding sobre a minha mãe como verdade. Eu sentia Lia do outro lado do espelho falso agora, pronta para classificar cada frase que eu arrancasse do pai de Dean em *verdades* e *mentiras*.

Hora de botar as minhas cartas na mesa.

— O que eu quero saber — falei para o assassino na minha frente, enunciando cada palavra — é exatamente que tipo de verdade você estava contando. Quando você me garantiu que eu nunca encontraria o homem que matou a minha mãe, foi porque achava que ela tinha sido assassinada por uma *mulher?* — Eu fiz uma pausa. — Ou você tinha motivo pra acreditar que a minha mãe ainda estava viva?

Dez semanas. Esse era o tempo que tínhamos passado procurando uma pista, qualquer pista, por menor que fosse, sobre a trama de assassinos em série que tinha fingido a morte da minha mãe quase seis anos antes. O grupo que a mantinha como prisioneira desde então.

— Isso não é uma visita casual, é? — Redding se encostou na cadeira e inclinou a cabeça para o lado enquanto os olhos dele, *os olhos de Dean*, faziam um estudo distante dos meus. — Você não simplesmente chegou a um limite, as minhas palavras não ficaram te consumindo lentamente por meses. Você sabe de alguma coisa.

Eu sabia que a minha mãe estava viva. Sabia que aqueles monstros estavam com ela. E sabia que eu faria qualquer coisa, faria um pacto com o diabo, para acabar com eles.

Para trazê-la para casa.

— O que você diria — perguntei a Redding — se eu dissesse que existe uma sociedade de assassinos em série, uma que opera em segredo, que mata nove vítimas a cada três anos? — Eu ouvia a intensidade da minha própria voz. Nem parecia eu mesma. — O que você diria se eu dissesse que esse grupo é cheio de rituais, que eles estão matando há mais de um século, e que serei *eu* quem vai acabar com eles?

Redding se inclinou para a frente.

— E seu eu dissesse que gostaria de estar lá pra ver o que esse grupo vai fazer com você por ir atrás deles? Pra vê-los fazer picadinho de você?

Continua, seu monstro doente. Continua me dizendo o que eles vão fazer comigo. Me conta tudo o que você sabe.

Redding fez uma pausa súbita e riu.

— Que garota inteligente, você, não? Me fazendo falar assim. Eu entendo o que o meu garoto vê em você.

Um músculo na minha mandíbula tremeu. Eu quase o peguei. *Por pouco...*

— Você conhece Shakespeare, garota? — Entre a pletora de qualidades encantadoras que ele tinha, o assassino em série na minha frente tinha uma quedinha pelo bardo.

— "Sê fiel a ti mesmo"? — sugeri sombriamente, revirando no cérebro uma forma de fazê-lo recuar, de *obrigá-lo* a me contar o que ele sabia.

Redding sorriu e abriu os lábios, mostrando os dentes.

— Eu estava pensando mais em *A Tempestade*. "O inferno está vazio, e todos os demônios estão aqui."

Todos os demônios. O assassino na minha frente. O grupo doentio que tinha levado a minha mãe.

Sete Mestres, sussurrou uma voz na minha memória. *A Pítia. E Nove.*

— Pelo que eu sei desse coletivo — disse Redding —, se eles estão com a sua mãe por tantos anos... — Sem avisar, ele pulou para a frente e inclinou o rosto tão perto do meu quanto as correntes permitiram. — Ela pode ser um tremendo demônio também.

Capítulo 2

O agente do FBI na porta puxou a arma assim que Redding foi para cima de mim. Eu encarei o rosto do assassino, a centímetros do meu.

Você quer que eu me encolha. Violência tinha a ver com poder, com controle, quem tinha e quem não tinha.

— Eu estou bem — falei para a minha escolta do FBI.

O agente Vance tinha trabalhado com o agente Briggs algumas vezes desde que entrei no programa dos Naturais. Ele tinha sido escolhido para ficar de guarda porque Briggs e a parceira dele, a agente Sterling, decidiram ficar do outro lado do espelho falso. Eles tinham um passado com Daniel Redding, e, agora, nós queríamos que toda a atenção do psicopata focasse em mim.

— Ele não pode me machucar — falei para o agente Vance, dizendo essas palavras tanto para o meu alvo quanto para o agente. — Ele só está sendo dramático.

Linguagem minimizadora, elaborada para manter Redding envolvido nesse jogo de xadrez verbal. Eu o tinha feito admitir que, no mínimo, ele conhecia a existência do grupo. Agora, eu precisava descobrir o que ele tinha ouvido e de quem.

Eu precisava manter o foco.

— Não tem motivo pra irritação. — Redding se sentou na cadeira e fez questão de erguer as mãos algemadas em um *mea culpa* para Vance, que enfiou a arma no coldre. — Eu só estou sendo franco. — Os cantos dos lábios de Redding se torceram quando a atenção dele se voltou para mim. — Tem coisas que podem quebrar uma pessoa. E, depois de quebrada, uma pessoa, como a sua mãe, pode ser moldada em algo novo. — Redding inclinou a cabeça para o lado, os olhos com pálpebras pesadas, como se ele estivesse preso no meio de uma fantasia particularmente vívida. — Em algo *magnífico*.

— Quem são eles? — perguntei, me recusando a morder a isca. — Onde você ficou sabendo sobre eles?

Houve uma longa pausa.

— Digamos que eu soubesse de alguma coisa. — O rosto de Redding parou. A voz não estava nem suave nem alta quando ele continuou. — O que você me daria em troca?

Redding era altamente inteligente, calculista, sádico. E só tinha duas obsessões. *O que você fazia com as suas vítimas. E Dean.*

Meus dedos se fecharam em punhos na mesa. Eu sabia o que tinha que fazer e sabia sem a menor sombra de dúvida que faria. Por mais que me fizesse mal. Por mais que eu não quisesse dizer as palavras.

— Dean me procura mais agora do que antes. — Olhei para as minhas mãos. Estavam tremendo. Eu me obriguei a virar a mão esquerda e levei os dedos da mão direita até ela. — Os dedos dele se entrelaçam com os meus e o polegar... — Eu engoli em seco, meu polegar indo até a minha palma. — O polegar dele desenha pequenos círculos na palma da minha mão. Às vezes, ele passa os dedos na parte externa da minha. Às vezes... — Minha voz entalou na garganta. — Às vezes, eu passo os dedos nas cicatrizes dele.

— Eu fiz aquelas cicatrizes. — A expressão no rosto de Redding me dizia que ele estava saboreando as minhas palavras, que as saborearia por muito tempo.

Uma náusea surgiu na minha garganta. *Continua, Cassie. Você precisa.*

— Dean sonha com você. — As palavras pareciam uma lixa afiada como uma navalha na minha boca, mas me obriguei a continuar. — Tem ocasiões em que ele acorda de um pesadelo e não consegue ver o que tem na frente porque a única coisa que ele vê é *você*.

Contar essas coisas para o pai de Dean não era só fazer um acordo com o diabo. Era vender a minha alma. Era perigosamente próximo de vender a de Dean.

— Você não vai contar ao meu filho o que teve que fazer para me fazer falar. — Redding bateu com os dedos na mesa, um depois do outro. — Mas cada vez que ele pegar a sua mão, cada vez que você tocar nas cicatrizes dele, você vai se lembrar dessa conversa. Eu vou estar lá. Mesmo que o garoto não saiba, *você* vai saber.

— Me conta o que você sabe — falei, as palavras arranhando minha garganta.

— Muito bem. — A satisfação dançava nos lábios de Redding. — O grupo que você está caçando procura um tipo específico de assassino. Alguém que deseje ser parte de alguma coisa. Um membro.

Isso era o monstro me dando o que era justo.

— Eu não sou muito desse tipo — continuou Redding. — Mas eu sou um ouvinte. Ao longo dos anos, ouvi boatos. Sussurros. Lendas urbanas. Mestres e aprendizes, rituais e regras. — Ele inclinou a cabeça de leve para o lado para observar a minha reação, como se pudesse ver o funcionamento do meu cérebro e o achasse fascinante. — Eu sei que cada Mestre escolhe seu substituto. Não sei quantos são. Não sei quem são nem onde ficam.

Eu me inclinei para a frente.

— Mas você sabia que eles levaram a minha mãe. Você sabia que ela não estava morta.

— Eu sou um homem que vê padrões. — Redding gostava de falar sobre que tipo de homem ele era, de demonstrar sua superioridade para mim, para o FBI, para Briggs e Sterling, que ele devia desconfiar que estavam escondidos atrás do espelho.

— Logo depois que eu fui preso, fiquei sabendo de outro detento. Ele tinha sido condenado por assassinar a ex, mas insistia que ela ainda estava viva. Nunca houve corpo, entende. Só uma quantidade copiosa de sangue… sangue demais, argumentaram os promotores, para a vítima ter sobrevivido.

Essas palavras eram familiares a ponto de gerarem um arrepio na minha coluna. *O camarim da minha mãe. Minha mãe procurando o interruptor. As pontas dos meus dedos tocando em algo grudento, algo úmido e quente e…*

— Você desconfiou que esse grupo estivesse envolvido? — Eu mal consegui me ouvir fazer a pergunta com a batida ensurdecedora do meu próprio coração.

Um canto da boca de Redding se curvou para cima.

— Todo império precisa de uma rainha.

Havia mais do que isso. Tinha que haver.

— Anos depois — acrescentou —, eu fiquei comovido a ponto de pegar um aprendiz pra mim.

Ele tinha tido três, mas eu sabia a qual ele estava fazendo referência.

— Webber.

O homem tinha me sequestrado, me soltado em uma floresta e me caçado. Como se eu fosse um animal. Como se eu fosse uma presa.

— Webber trazia informações pra mim. Sobre Dean. Sobre Briggs. Sobre você… e sua agente especial Lacey Locke.

Locke, minha mentora original no FBI, tinha começado a vida como Lacey Hobbes, irmã caçula da minha mãe. Ela tinha terminado a vida como assassina em série, recriando o assassinato da minha mãe repetidamente.

Não assassinato, lembrei a mim mesma. O tempo todo que Locke estava matando mulheres à imagem da minha mãe, a minha mãe estava *viva*.

— Você descobriu os detalhes do caso da minha mãe. — Eu me concentrei o máximo que pude no momento, em Redding. — Você viu uma conexão.

— Sussurros. Boatos. Lendas urbanas. — Redding voltou ao que tinha dito antes. — Mestres e aprendizes, rituais e regras, e, no centro de tudo, uma mulher. — Os olhos dele brilharam. — Um tipo muito específico de mulher.

Meus lábios, minha língua e minha garganta estavam muito secos; tão secos que quase não consegui forçar as palavras.

— Que tipo?

— O tipo de mulher que poderia ser moldada em algo magnífico. — Redding fechou os olhos, a voz vibrando de prazer. — Uma coisa nova.

Você

Você pega a faca. Passo a passo, segue para a mesa de pedra, testando o equilíbrio da lâmina na sua mão.

A roda está girando. A oferenda gira junto, acorrentada à pedra, de corpo e alma.

— Todos precisam ser testados. — Você diz as palavras enquanto passa a parte plana da faca no pescoço da oferenda. — Todos precisam ser considerados dignos.

O poder vibra pelas suas veias. Essa é a sua decisão. Sua escolha. Um movimento de pulso e o sangue vai correr. A roda vai parar.

Mas, sem ordem, há caos.

Sem ordem, há dor.

— De que você precisa? — Você se inclina enquanto sussurra as palavras antigas. A faca na sua mão aponta para a base do pescoço da oferenda. Você poderia matá-lo, mas vai ter um custo. Sete dias e sete dores. A roda nunca para de girar por muito tempo.

— De que eu preciso? — A oferenda repete a pergunta, sorrindo enquanto o sangue escorre pelo peito nu. — Eu preciso de nove.

Capítulo 3

— **Bom, que alegria foi isso,** hein. — Lia pulou da mesa onde estava sentada.

O agente Vance tinha acabado de me levar para a área de observação. Sterling e Briggs ainda estavam com os olhares idênticos grudados na sala de onde eu tinha saído alguns momentos antes. Do outro lado do espelho falso, os guardas botaram Daniel Redding de pé. Briggs, competitivo, ambicioso e, do jeito dele, idealista, nunca veria Redding como qualquer outra coisa que não fosse um monstro, uma ameaça. Sterling era mais controlada, o tipo que mantinha as emoções trancadas seguindo regras pré-determinadas, inclusive uma que dizia que homens como Daniel Redding não *podiam* abalar o controle dela.

— Eu juro — continuou Lia com um movimento da mão —, assassinos em série são tão previsíveis. É sempre um monte de "eu quero te ver sofrer" e "vou citar Shakespeare enquanto eu me imagino dançando no seu cadáver".

O fato de Lia estar sendo tão desdenhosa me indicou que a conversa que ela tinha testemunhado a tinha abalado quase tanto quanto me abalou.

— Ele estava mentindo? — perguntei. Por mais que eu insistisse, Redding dissera que não sabia o nome do detento cuja ex "morreu" de um jeito que parecia com a história da minha mãe, mas eu sabia que não devia acreditar na palavra de um mestre da manipulação.

— Redding talvez saiba mais do que está dizendo — esclareceu Lia —, mas não está mentindo, ou pelo menos não sobre O Tradicional Consórcio de Psicopatas Assassinos em Série. Ele forçou um pouco a verdade sobre querer ver psicopatas fazerem o que quiserem com você.

— Claro que Redding não quer olhar. — Tentei usar o mesmo tom casual de Lia para tentar fazer aquilo, qualquer parte daquilo, ter menos importância. — Ele é *Daniel Redding*. Ele quer me matar com as próprias mãos.

Lia arqueou uma sobrancelha.

— Você parece ter esse efeito nas pessoas.

Eu ri com deboche. Considerando que não um, mas *dois* assassinos em série diferentes tinham mirado em mim desde que eu entrei para o programa dos Naturais, eu não podia argumentar contra isso.

— Nós vamos procurar o caso que Redding citou. — Briggs finalmente se virou para Lia e para mim. — Pode levar um tempo, mas se houver um detento que bate com a descrição de Redding, nós vamos encontrá-lo.

A agente Sterling colocou a mão no meu ombro.

— Você fez o que precisava fazer lá dentro, Cassie. Dean entenderia isso.

Claro que entenderia. Isso não tornava nada melhor. Tornava pior.

— Quanto ao que Redding disse sobre a sua mãe…

— Nós acabamos aqui? — perguntou Lia abruptamente, interrompendo a agente Sterling.

Eu sabia que não devia olhar com gratidão para Lia, mas apreciei a interferência mesmo assim. Eu não queria discutir as insinuações que Redding tinha feito sobre a minha mãe. Não queria me perguntar se havia um grão de verdade nelas, por menor que fosse.

Minha mentora captou a mensagem. Quando saiu na frente, a agente Sterling não tentou mais tocar no assunto.

CONFLITOS DE SANGUE 21

Lia passou um braço casualmente pelo meu.

— Só pra deixar registrado — disse ela, a voz atipicamente gentil —, se você algum dia — *quiser conversar*, meu cérebro completou, *precisar desabafar* —, qualquer dia — repetiu ela suavemente, a voz carregada de sinceridade —, me fizer ouvir você contar *As Aventuras Eróticas das Mãos de Cassie e Dean* de novo, eu vou precisar me vingar, e essa vingança vai ser épica.

Depois da detecção de mentiras, a maior especialidade de Lia era oferecer distrações, sendo que algumas tinham danos colaterais.

— Que tipo de vingança? — perguntei, meio grata pela distração, mas também segura de que era uma ocasião em que ela *não estava* blefando.

Lia abriu um sorrisinho e soltou meu braço.

— Não seria bom saber?

Capítulo 4

Nós chegamos em casa e encontramos Sloane na cozinha, segurando um maçarico. Por sorte, Sterling e Briggs ainda estavam lá fora, trocando palavras que não eram para os nossos ouvidos.

Lia arqueou a sobrancelha para mim.

— Você quer perguntar? Ou devo eu?

Sloane inclinou a cabeça para o lado.

— Tem uma probabilidade alta de vocês perguntarem sobre este maçarico.

Eu fiz o que ela pedia.

— O que você está fazendo com esse maçarico?

— Os primeiros lança-chamas datam do império bizantino no primeiro século depois de Cristo. — disse Sloane. As palavras saíram dos lábios dela com tanta rapidez que um sinal de alerta apitou.

Eu consertei a minha pergunta.

— O que você está fazendo com esse maçarico e quem te deu cafeína?

Michael escolheu aquele exato momento para entrar na cozinha carregando um extintor de incêndio.

— Você está assustada — disse ele, observando a expressão no meu rosto. — Também meio preocupada de eu ter perdido o juízo. — Ele voltou o olhar para Lia. — E você…

— Não estou a fim que leiam minhas emoções? — Lia sentou-se na bancada da cozinha e deixou as pernas balançando, os olhos escuros cintilando enquanto algo passava sem ser dito entre eles.

Michael sustentou o olhar dela por um momento.

— Isso.

— Eu achei que você fosse contra dar cafeína pra Sloane — falei, lançando um olhar para Michael.

— Eu sou — respondeu ele. — Na maior parte do tempo. Mas você sabe o que a música diz: a minha festa de três dias é para curtir, vou cafeinar a minha Sloane... se ela pedir.

— A festa é sua — repeti. — Do seu aniversário?

Michael me olhou com austeridade.

— Em dois dias, eu, Michael Alexander Thomas Townsend, estarei um ano mais velho, um ano mais sábio e certamente com idade suficiente pra supervisionar o uso do maçarico pela Sloane. Que mal faz adiantar um pouco o início das festividades?

Ouvi o que Michael não estava dizendo.

— Você vai fazer dezoito.

Eu sabia o que isso significaria para ele: liberdade. *Da sua família. Do homem que te transformou numa pessoa capaz de ver até o menor sinal de raiva em um rosto sorridente.*

Como se combinado, o telefone de Michael tocou. Eu não sabia ler o rosto dele como ele sabia ler o meu, mas soube por instinto que o pai de Michael não era o tipo de pessoa que ficaria apenas esperando o fim dos seus últimos dias de controle.

Você não vai atender, pensei, ainda focando Michael. *Ele não pode te obrigar... e, daqui a dois dias, ele não vai poder te obrigar a fazer nada, nunca mais.*

— Deus me livre de ser a responsável do rolê. — Lia desceu da bancada e foi ficar cara a cara com Michael. — Mas talvez Sloane não devesse botar fogo nas coisas.

— Eu *preciso* — protestou Sloane com veemência. — O aniversário de Michael é dia 31 de março. É em dois dias, e dois dias depois disso é...

— Dois de abril — concluí por ela. 4/2.

Senti tudo que Daniel Redding tinha dito (sobre os Mestres, sobre a minha mãe) voltando com tudo, as últimas dez semanas de becos sem saída vindo junto. Nove vítimas mortas a cada três anos em datas determinadas pela sequência de Fibonacci. Esse era o *modus operandi* dos Mestres. Pouco mais de uma semana tinha se passado desde a última data de Fibonacci, 21 de março.

A próxima era 2 de abril.

— Nós conhecemos o padrão — continuou Sloane intensamente. — Começa neste ano, e, quando começar, o novo iniciado vai queimar gente viva. Eu li tudo que consegui encontrar sobre investigação de incêndio criminoso, mas… — Sloane olhou para o maçarico, apertando-o ainda mais. — Não é suficiente.

O irmão de Sloane tinha sido morto em Las Vegas pelo UNSUB que tinha nos transformado naquele grupo. Ela não estava só vulnerável agora; ela estava sangrando. *Você precisa se sentir útil. Porque, se não conseguiu salvar Aaron, que utilidade você tem… para qualquer pessoa? Que utilidade poderia ter um dia?*

Eu entendia agora por que Michael tinha dado café para Sloane e ido buscar um extintor de incêndio em vez de confiscar o maçarico. Passei o braço em volta dela. Ela se recostou em mim.

Uma voz falou atrás de nós.

— Vocês voltaram.

Nós quatro nos viramos. Dean nem piscou quando viu o maçarico de Sloane. Cem por cento da atenção dele estava em Lia e em mim.

Nossa ausência tinha sido notada.

Considerando onde fomos e o fato de que Dean tinha o mesmo talento que eu para perfilar, isso não era bom.

— Nós voltamos — declarou Lia, entrando entre mim e Dean. — Quer ver o que eu deixei Cassie me convencer a comprar na loja de lingerie?

CONFLITOS DE SANGUE 25

Dean e Lia foram os primeiros Naturais do programa. Eles estavam juntos havia anos antes de qualquer um de nós ter chegado. Ela era, de todas as formas, menos de sangue, irmã dele.

Dean deu de ombros.

— Eu pago cinquenta dólares pra você nunca dizer a palavra *lingerie* na minha frente de novo.

Lia abriu um sorrisinho.

— Não vai rolar. Agora — ela se virou para o resto de nós —, alguém disse alguma coisa sobre pirotecnia recreativa?

Antes que Dean pudesse vetar a sugestão, a porta da frente se abriu. Ouvi passos, dois pares, indo na direção da cozinha e supus que pertenciam a Sterling e Briggs. Eu acertei só um deles. Briggs não estava acompanhado da agente Sterling. Ele estava acompanhado do pai da agente Sterling.

O diretor Sterling não tinha o hábito de fazer visitas.

— O que está acontecendo? — perguntou Dean antes de mim. O tom não foi de confronto, mas não era segredo que quando o diretor Sterling olhava para Dean, ele via o pai dele. O diretor do FBI estava perfeitamente disposto a usar o filho de um assassino em série, mas ele não confiava em Dean... e nunca confiaria.

— Eu recebi uma ligação de Thatcher Townsend hoje de manhã. — As palavras do diretor Sterling sugaram todo o ar do aposento.

— Eu não atendi meu celular esta semana — comentou Michael, a voz enganosamente agradável —, então ele ligou para o seu.

Antes que o diretor pudesse responder, a agente Sterling chegou com Judd logo atrás. Meses antes, Judd Hawkins, que nos mantinha alimentados e inteiros no dia a dia, também tinha recebido o controle de quando e como o programa dos Naturais era usado. O diretor Sterling não era o tipo de pessoa que gostava de supervisão. Ele acreditava em custos aceitáveis e riscos calculados, principalmente se os cálculos fossem dele.

— Townsend Pai me colocou num caso — disse o diretor Sterling, dirigindo as palavras a Briggs e ignorando completamente a própria filha e Judd. — Eu gostaria que você desse uma olhada.

— Agora? — perguntou Briggs. O subtexto era claro: *Nós temos nossa primeira pista sobre os Mestres em meses e você quer que a gente faça um favor para o pai abusivo de Michael agora?*

— O que Thatcher Townsend quer — disse Michael com voz tensa —, Thatcher Townsend consegue.

A agente Sterling deu um passo na direção dele.

— Michael...

Ele passou por ela e saiu da cozinha, aquele mesmo sorriso enganosamente agradável grudado na cara.

A mandíbula de Briggs se contraiu quando ele se virou para o diretor.

— Que caso?

— Há uma situação com a filha do sócio do Townsend — respondeu o diretor calmamente. — E, considerando o apoio dele ao programa dos Naturais, ele gostaria que a gente desse uma olhada.

— Apoio ao programa? — repetiu Lia, incrédula. — Me corrija se eu estiver errada, mas o homem não meio que *vendeu* Michael pra você em troca de imunidade pra não ser processado numa lista enorme de crimes de colarinho-branco?

O diretor Sterling ignorou Lia.

— Seria conveniente para nós — disse ele para Briggs, cada palavra emitida com precisão — considerar pegar esse caso.

— Acredito que essa decisão seja minha. — As palavras de Judd foram tão precisas (e tão inflexíveis) quanto as do diretor. Para a maioria das pessoas, um antigo sniper dos fuzileiros teria parecido uma escolha estranha para cuidador de um grupo de adolescentes em um programa de treinamento do FBI, mas Judd levaria um tiro por qualquer um de nós.

— O pai de Michael bate nele — disse Sloane. Ela não tinha filtro, não tinha camada protetora para guardar seus pontos sensíveis do mundo.

Judd encarou os olhos azuis arregalados de Sloane por um momento e levantou a mão.

— Todo mundo com menos de 21 anos, pra fora.

Ninguém se mexeu.

— Eu não vou pedir de novo — disse Judd, a voz baixa. Eu era capaz de contar em uma das mãos a quantidade de vezes que eu tinha ouvido aquele tom na voz dele.

Nós saímos.

Quando estávamos passando, o agente Briggs segurou meu braço.

— Encontre o Michael — disse ele baixinho. — E cuide pra ele não fazer nada...

— Típico do Michael? — sugeri.

Briggs olhou para o diretor Sterling.

— Desaconselhável.

Capítulo 5

Nós encontramos Michael no porão. Quando o FBI tinha comprado a casa que nos servia de base de operações, eles converteram o subsolo em laboratório. Cenas-modelo de crimes cobriam as paredes. Uma olhada rápida pelo local me disse que Michael não tinha botado fogo em nada.

Ainda.

Michael estava na extremidade do ambiente, virado para uma parede coberta do teto ao chão por fotografias. *As vítimas do Mestre.* Eu tinha passado centenas de horas ali embaixo, encarando a parede como Michael estava fazendo agora. Quando parei ao lado dele, meu olhar foi automaticamente para as duas fotos separadas do resto.

Uma delas era de um esqueleto que as autoridades tinham encontrado enterrado em um cruzamento. A outra era uma foto da minha mãe, tirada logo antes de ela desaparecer. Quando a polícia tinha descoberto os restos na primeira foto, havia a teoria de que eram da minha mãe. Mas acabamos descobrindo que a minha mãe estava viva… e que tinha sido ela quem tinha matado nossa Maria Ninguém.

Todos são testados, disse uma voz de algum lugar na minha memória. *Todos precisam ser considerados dignos.*

Foi isso que um dos Mestres, um assassino em série conhecido como Nightshade, tinha me contado quando o capturamos.

A Pítia era forçada a provar seu valor lutando com a predecessora... até a morte.

Mestres e aprendizes, eu ouvi Daniel Redding dizendo com leviandade, *rituais e regras e, no centro de tudo, uma mulher.*

Dean colocou a mão no meu ombro. Eu me obriguei a me virar e o encarar, torcendo para ele não ver a vulnerabilidade explícita nos meus olhos.

Depois de lançar um olhar para Dean e para mim, Lia parou atrás de Michael e passou um braço pela barriga dele para abraçá-lo apertado. Dean semicerrou os olhos para os dois.

— Nós estamos juntos de novo — informou-nos Lia. — De um jeito muito grandioso... e, devo acrescentar, *físico* para todos verem.

Eu sabia que não devia acreditar no que Lia dizia, mas Sloane fez exatamente o que ela queria.

— Desde quando?

Michael não tirou o olhar da parede.

— Lembra quando Lia me jogou naquela parede em Las Vegas?

Passou pela minha cabeça então que Lia talvez *não* estivesse mentindo.

— Vocês estão juntos desde Las Vegas e ninguém sabia? — Tentei assimilar a informação. — Vocês moram numa casa com três perfiladores e um sniper fuzileiro. Como...

— Furtividade, enganação e um excelente senso de equilíbrio — disse Michael, antecipando a pergunta. — Eu achei que você não quisesse que ninguém soubesse.

— A nossa traição estava pesando na minha alma — disse Lia. Em outras palavras: ela queria distrair Dean de pensar demais sobre o que estava acontecendo comigo, e se ela também pudesse afastar o pensamento de Michael da cadeia de eventos que o tinha levado ali para baixo, melhor ainda.

— Eu não estou no clima para distrações — comentou Michael. Ele conhecia Lia. Como a palma das suas mãos. Ele sabia exatamente o que ela estava fazendo, e agora uma parte dele não queria ser salva do lugar escuro. Ele se virou de novo para a parede.

— Eu te amo — disse Lia baixinho. Havia algo intenso no tom dela, algo vulnerável. Sem confusão, sem estresse, sem enganação. — Mesmo quando não quero, eu amo.

Apesar de não querer, Michael se virou para olhar para ela.

Lia flertou com os cílios.

— Eu te amo como um afogado ama o ar. Eu te amo como o mar ama a areia. Eu te amo como pasta de amendoim ama geleia, *e eu quero ter filhos com você.*

Michael riu.

— Para com isso.

Lia abriu um sorrisinho.

— Eu te enganei por um segundo.

Michael observou a expressão dela além do sorrisinho, além da máscara.

— Talvez.

A questão que a tornava tão difícil de interpretar era que Lia teria dito exatamente a mesma coisa com o mesmo sorrisinho independentemente do que sentisse. Ela teria dito se *estivesse* se apaixonando por ele. Ela teria dito se só estivesse de brincadeira.

— Pergunta. — Michael ergueu o indicador. — Eu sei por que Lia está com essa cara de satisfeita e por que Cassie está com a cara de perfiladora, e posso dar um bom palpite sobre por que Redding parece estar com prisão de ventre cada vez que Lia toca em mim, mas por que Sloane está evitando loucamente meu olhar e mudando o peso dos pés para a frente e para trás como se o esforço de *não* dizer alguma coisa fosse fazer com que ela explodisse?

Sloane fez o melhor que pôde para disfarçar.

— Tem mais de 197 gírias comuns pra se referir às partes íntimas de um homem! — disse ela subitamente. E aí, só porque não conseguia se segurar, ela continuou: — Além do mais,

Briggs, Sterling e Judd não estão lá em cima discutindo os méritos de pegar o caso do seu pai!

Houve um momento de silêncio.

— Por mais que me doa dizer, vamos deixar a discussão das gírias impróprias de lado por um momento. — O olhar de Michael foi de Sloane para Lia, Dean e para mim. — E alguém pode elaborar sobre esse *caso* do meu pai.

— O diretor Sterling não foi específico. — Dean respondeu com calma e pronto para intervir se Michael tentasse fazer alguma besteira. — Ele só disse que tem alguma situação com a filha do sócio do seu pai.

Michael piscou.

— Celine? — O nome ficou nos lábios dele por alguns segundos. — Que tipo de situação? — Michael devia ter conseguido ver só de olhar para nós que ninguém sabia a resposta daquela pergunta, porque no momento seguinte ele foi para a porta do porão, todos os músculos contraídos.

Dean segurou o braço dele quando ele passou.

— Pensa, Townsend.

— Eu *estou* pensando — respondeu Michael, dando um passo para a frente para encarar Dean. — No caso, estou pensando que você tem três segundos pra tirar essa mão do meu braço antes que eu te *faça* tirar.

— Michael — tentei, mas não consegui fazer com que ele olhasse para mim.

— Um — disse Michael para Dean.

— Espero que ele diga *dois* agora — disse Lia para Sloane com um certo anseio. — Nada representa melhor a virilidade em um homem como raiva direcionada para a pessoa errada e contar até três.

Isso abalou a bravata de Michael a ponto de ele fazer uma pausa.

— Celine Delacroix é a única pessoa de antes do programa que se importou comigo ou se deu ao trabalho de ver quem o grande Thatcher Townsend *realmente* é — disse ele para Dean. — Se ela estiver metida em algum tipo de problema, eu vou. Se eu tiver que passar por cima de você pra isso, tudo bem.

— Nós todos vamos. — O agente Briggs não foi nada vago ao falar enquanto descia a escada do porão. Ele tinha recrutado Michael para o programa. Ele sabia exatamente que tipo de homem Thatcher Townsend era.

Então por que ele mandaria Michael de volta pra lá? Por que Judd concordaria? O fato de a agente Sterling não estar com Briggs me fez questionar se ela tinha sido contra eles nisso.

— Você está me dizendo que nós vamos abandonar a casa e pegar um avião para o norte de Nova York? — Lia semicerrou os olhos para Briggs. — Por bondade do nosso coração?

— Não por bondade do nosso coração. E não porque o diretor Sterling acha que Townsend Pai pode ser útil no futuro. — Briggs olhou para Michael. — Nem mesmo porque tem uma garota de dezenove anos desaparecida, embora a gente não deva parar de se importar com coisas assim, por mais concentrados que estejamos em pegar os Mestres.

A palavra *desaparecida* acertou Michael como um soco.

— Então por quê? — perguntou ele.

Por que o diretor Sterling nos colocaria no caso? Por que Briggs e Judd levariam Michael voluntariamente para a esfera do pai abusivo? Por que nós largaríamos tudo para procurar uma garota?

Eu soube a resposta na boca do estômago antes de Briggs dizer:

— Porque a polícia acredita que Celine foi sequestrada oito dias atrás.

Meu coração disparou. *Oito dias desde a última data de Fibonacci. Cinco dias até a próxima.*

— Dia 21 de março. — A voz de Sloane travou na garganta. — 3/21.

— Essa garota desapareceu numa data de Fibonacci. — Lia devia ter sentido que Briggs estava escondendo alguma coisa, porque ela inclinou a cabeça para o lado. — E?

CONFLITOS DE SANGUE 33

Houve uma longa pausa.

— Essa garota desapareceu numa data de Fibonacci — repetiu Briggs —, e toda a cena do crime estava encharcada de querosene.

Você

O cheiro de carne queimada *nunca te abandona. As cinzas se espalham. A pele cicatriza. A dor diminui. Mas o cheiro está sempre presente.*

Resistindo a isso, você se concentra. Você conhece essa dança lenta e dolorosa. Conhece as regras. Mas, enquanto a roda gira, a música muda. Você escuta. Desta vez, você sabe de uma coisa que os outros não sabem.

Você a conhece.

Capítulo 6

Talvez Celine Delacroix ainda estivesse viva. Talvez não tivesse sido encharcada de querosene. Talvez a pessoa que a tinha sequestrado de casa não a tivesse queimado viva no dia 21 de março.

Mas esse não era um risco que nós podíamos correr. O grupo todo, além dos agentes Starmans e Vance, estava no jato voando para Nova York em menos de uma hora.

Perto da frente do avião, Briggs conferiu o relógio. Do outro lado do corredor, a agente Sterling folheava uma cópia do arquivo do caso, como se ela já não tivesse memorizado a coisa toda. O esforço que os dois estavam fazendo para evitar contato visual poderia ter deflagrado meu interesse se eu não estivesse mais concentrada no fato de que Celine Delacroix podia ser a vítima número um... *de nove.*

Senti o peso disso me esmagando, me sufocando. Ao meu lado, Dean roçou os dedos nas pontas dos meus.

Cada vez que ele pegar a sua mão, ouvi Daniel Redding sussurrar na minha memória, *cada vez que você tocar nas cicatrizes dele...*

Eu puxei a mão de volta.

— Cassie?

— Eu estou bem — falei, voltando ao hábito de infância de me concentrar em avaliar os outros ocupantes do avião.

Michael estava sentado sozinho, Sloane e Lia, lado a lado do outro lado do corredor. Perto da frente do avião, atrás de Sterling e Briggs, o agente Vance (*baixo, compacto, sistemático, com quase quarenta anos*) e o agente Starmans (*recém-divorciado, azarado no amor e muito incomodado com adolescentes que viam mais do que deveriam*) aguardavam ordens. Eles eram parte da equipe de Briggs desde antes de eu entrar no programa, mas só começaram a viajar conosco depois do que aconteceu em Las Vegas.

Quando cada um de nós virou um possível alvo.

Só restava Judd. Eu percebia pelo jeito como ele estava sentado que ele estava armado. O avião chegou em altitude de cruzeiro antes de eu conseguir pensar muito sobre o motivo.

A agente Sterling se levantou e deixou de lado o arquivo que tinha em mãos para examinar uma versão digital exposta na tela plana na frente do avião.

— Celine Elodie Delacroix, dezenove anos, filha de Remy e Elise Delacroix. — A agente Sterling começou o resumo como se fosse um dia qualquer... e um caso qualquer. — Remy é gerente de fundos de investimento. Elise cuida da fundação beneficente da família.

A agente Sterling não disse nada sobre os Mestres... nem sobre a conexão da família Delacroix com Michael. Aproveitei a dica e deixei de lado as conjecturas para me concentrar nas fotos na tela. Minha primeira impressão foi que Celine Delacroix era o tipo de garota que podia fazer qualquer coisa parecer elegante ao mesmo tempo que parecia que *ela* achava que a elegância era superestimada. Na primeira foto, ela estava com o cabelo preto ondulado e cortado em camadas desfiadas, a parte mais longa passando um pouco do peito e a mais curta quase chegando no queixo. O vestido preto era ajustado, e um medalhão de ouro, provavelmente vintage, destacava o tom intenso da pele escura dela. Na segunda foto, o cabelo escuro de Celine espiralava em volta da cabeça em cachos aparentemente infinitos. *Calça preta. Blusa branca. Saltos vermelhos.* Minha mente catalogou os detalhes, enquanto eu voltava a atenção para a última foto. Os cachos apertados de Celine estavam presos em um coque

CONFLITOS DE SANGUE 37

frouxo no alto da cabeça e a blusa branca caía de propósito dos dois ombros, revelando uma regatinha da mesma cor por baixo.

Você usa cores lisas, não estampas. Está sempre ciente da câmera.

A agente Sterling continuou:

— Celine foi reportada como desaparecida pela colega de quarto da faculdade quando não voltou ao campus depois do recesso de primavera.

— Qual campus? — perguntou Michael. Eu me questionei por que ele estava perguntando. Eu me questionei por que, se ele e Celine eram próximos, Michael não sabia a resposta.

— Yale. — Foi o agente Briggs que respondeu. — De acordo com as entrevistas da polícia, os amigos de Celine achavam que ela se juntaria a eles numa viagem de recesso para Santa Lucia, mas ela cancelou no último minuto e voltou para casa.

Por quê?, me perguntei. Alguém pediu? Aconteceu alguma coisa?

— Nossa vítima foi reportada como desaparecida pela colega de quarto da faculdade. — Sloane apoiou os pés no assento e encostou o queixo nos joelhos. — É estatisticamente improvável que esse tipo de comunicado fosse feito imediatamente. A porcentagem de alunos que voltam tarde de recessos aumenta de forma relevante conforme o ano letivo se aproxima do final.

A agente Sterling reconheceu a pergunta inerente na estatística de Sloane.

— O comunicado foi feito ontem de manhã, depois que a colega de Celine não conseguiu falar com ela por três dias seguidos e o sr. e a sra. Delacroix confirmaram que não tinham notícias da filha havia várias semanas.

Um músculo tremeu na mandíbula de Michael.

— Eles nem sabiam que ela foi pra casa, né?

— Não — respondeu o agente Briggs com a voz firme. — Parece que os pais de Celine estavam fora do país na ocasião.

Eu acrescentei a isso o que eu sabia da viagem de último minuto da vítima para casa. *Você sabia que não haveria ninguém lá? Seus pais se deram ao trabalho de avisar que estariam fora?*

— Se ela só foi reportada como desaparecida no dia 28... — Sloane fez as contas e foi direto para a pergunta de milhões. — Como sabemos que ela desapareceu no dia 21?

A agente Sterling passou para o slide seguinte da apresentação.

— Imagens de câmera de segurança — esclareceu ela quando um vídeo de tela dividida começou a passar.

— Doze câmeras. — Sloane as catalogou na mesma hora. — Com base na cobertura e comprimento dos corredores, eu estimaria que a casa tem pelo menos 840 metros quadrados.

Sterling ampliou a filmagem do que parecia ser um ateliê. Celine Delacroix estava visível bem no meio da imagem. A data era de 21 de março.

Você estava pintando alguma coisa. Enquanto eu olhava Celine, tentei mergulhar ainda mais na perspectiva dela. *Para você, pintar é uma experiência de corpo inteiro. Você se move como se estivesse dançando. Você pinta como se fosse um esporte de combate.* As imagens na tela eram em preto e branco, mas a resolução era excelente. *Você seca o suor da testa com as costas da mão. Tem tinta nos seus braços, no seu rosto. Você dá um passo para trás e...*

Sem aviso, a filmagem deu um salto. Num segundo, Celine estava na tela, pintando, e no seguinte havia vidro estilhaçado para todo lado. Um cavalete quebrado no chão. Todo o ateliê tinha sido revirado.

E Celine tinha sumido.

Capítulo 7

Sterling e Briggs passaram o resto do voo nos mostrando fotos da cena do crime e nos passando os fatos do caso. Uma coisa estava clara: nossa vítima tinha lutado.

Ela era mais forte do que se esperava. Mudei meu foco de Celine para o UNSUB. *Você perdeu o controle ou nunca teve. Você não estava pronto. Você não era digno.*

Era um pouco palpite, um pouco perfilamento. Eu precisava ver a cena do crime. Precisava estar onde Celine tinha estado. Precisava conhecê-la: ver o quarto dela, examinar seus quadros, entender exatamente que tipo de *lutadora* ela era.

— Nós vamos montar nossa base de operações numa casa segura ali perto. — Quando o avião começou a descer, Briggs revelou o plano. — O agente Starmans e Judd vão acompanhar os Naturais até a casa. Agente Vance, você pode nos acompanhar.

Nos era Briggs e Sterling. Eles avaliariam a cena e os principais envolvidos antes de termos permissão de chegar perto do caso.

— É um mau momento pra observar que estou quase fazendo dezoito anos? — perguntou Michael. Era a primeira vez que ele falava desde que a agente Sterling tinha concluído a apresentação. Para Michael, talvez fosse um recorde. — Redding já tem dezoito. Só Deus sabe quando é o aniversário da Lia *de verdade*, mas eu acho que podemos concordar que ela não precisa de luvinhas de criança.

— Não posso deixar de notar que você não mencionou Cassie nem a mim — disse Sloane para Michael, franzindo a testa. — Não ligo para nenhum tipo de luva, nem infantil nem adulta. Luvas sem dedos conservam 23% de calor a mais.

— Nenhum de vocês vem com a gente. — O agente Briggs estava acostumado a dar ordens. — Vocês cinco vão para a casa. Vocês vão saber apenas o necessário quando a cena do crime tiver sido examinada.

— Então o que estou ouvindo — respondeu Michael quando o avião tocou no chão — é que é uma *boa* hora pra lembrar a vocês que eu sou a única pessoa aqui que conhece Celine, a família Delacroix e o departamento de polícia local?

— Uma chance pra adivinhar como Townsend conhece o departamento de polícia local — murmurou Dean ao meu lado.

O debate continuou enquanto descíamos do avião, até que Briggs disse com rispidez:

— Michael, quais são as chances de eu mudar de ideia?

— Entre mínimas e nenhuma? — supôs Michael com irreverência.

— Entre *infinitesimais* e nenhuma — corrigiu Sloane.

Michael deu de ombros enquanto descia a escada para a pista.

— Quais são as chances de eu fazer alguma besteira se vocês *não* me deixarem ir, agente Calça Apertada?

Briggs não respondeu, o que deixou claro que a ameaça de Michael tinha sido registrada. A agente Sterling parou na frente de Michael antes que ele pudesse dizer qualquer outra coisa.

— Briggs entende mais do que você pensa — disse ela, calmamente. Ela não ofereceu nenhum contexto para a declaração, mas me peguei me perguntando como Briggs tinha crescido, se tinha tido alguma experiência pessoal com o tipo de paternidade de Thatcher Townsend.

Houve um longo silêncio enquanto Michael tentava ignorar as emoções que viu no rosto de Sterling.

O agente Starmans, que tinha sido nosso segurança mais de uma vez nas últimas dez semanas, pigarreou.

— Eu preferiria que você não me fizesse passar minhas tardes obrigando você a ficar quieto — disse ele para Michael.

Michael abriu um sorriso deslumbrante.

— E eu preferiria que você não ficasse olhando perfis de namoro on-line no seu celular de trabalho. — Ele piscou para o agente envergonhado. — Pupilas dilatadas, leve sorriso, seguido por uma agonia visível sobre como compor a mensagem certa? É um sinal certeiro todas as vezes.

Starmans fechou a boca e foi até o agente Vance.

— Isso foi crueldade — comentou Lia.

— Quem? — retorquiu Michael. — Eu?

Eu o conhecia o suficiente para saber que, se ele decidisse fazer alguma besteira, Starmans não conseguiria impedi-lo. *Quando você está sofrendo, você machuca a si mesmo.* Eu queria parar aí, mas não consegui, porque eu sabia exatamente de onde o caso de amor de Michael com a autodestruição vinha. *Se você não consegue impedir alguém de te bater, você faz com que a pessoa te bata, porque aí pelo menos você sabe que vai acontecer. Pelo menos você sabe o que esperar.*

Eu me virei para longe de Michael antes que ele pudesse ler a expressão no meu rosto e vi uma fileira de suvs Mercedes pretos reluzentes estacionados na extremidade da pista particular. Quatro. Uma inspeção mais detalhada revelou que as chaves estavam na ignição e que cada um dos quatro tinha recebido um estoque de refrigerante e frutas frescas.

— Nada de nozes assadas? — comentou Lia, a voz seca. — E chamam isso de hospitalidade.

Michael abriu seu sorriso mais displicente.

— Tenho certeza de que meu pai vai remediar qualquer decepção. Nós, os Townsend, temos orgulho da nossa hospitalidade.

Seu pai providenciou o transporte. Quatro suvs, *quando dois bastariam.* Tentei não ler demais no jeito como Michael tinha se agrupado com o pai, como se os homens Townsend fossem Townsend primeiro e todo o resto viesse lá atrás, em segundo, por mais que corresse para alcançar.

— Nós não somos dignitários de visita — disse Briggs secamente. — Não somos clientes que Thatcher Townsend precisa impressionar. Isso é uma investigação federal. Nosso escritório da região é perfeitamente capaz de providenciar um carro.

Sloane levantou a mão.

— Esse carro vai ter três fileiras de airbags, transmissão automática de sete velocidades e um motor de 550 cavalos?

Lia levantou a mão.

— Esse carro vai ter nozes assadas?

— Chega — declarou Sterling. Ela se virou para Michael. —Acho que falo por todos aqui quando digo que não ligo para a *hospitalidade* do seu pai, exceto pelo fato de que me diz que ele é grandioso, com tendência a gestos desnecessários e que parece ter esquecido convenientemente o fato de que já vimos o homem atrás da cortina. Nós sabemos exatamente o que ele é.

—Atrás da cortina? — disse Michael altivamente, andando na direção do suv mais distante. — Que cortina? Meu pai seria o primeiro a dizer: com os Townsend, o que você vê é o que você tem. — Ele tirou a chave da ignição e jogou o chaveiro para o alto, para pegar de novo de um jeito indolente. — Com base na posição da boca da agente Sterling, sem mencionar essas rugas fundas entre as sobrancelhas que o agente Briggs está fazendo, eu posso inferir que o FBI não vai aceitar o gesto de boa vontade do meu querido pai. — Michael jogou o chaveiro para o alto de novo. — Mas eu vou.

O tom dele desafiava Sterling e Briggs a argumentarem com ele.

— Eu vou na frente. — Judd sabia escolher suas batalhas. Meus instintos diziam que, em algum nível, ele sabia que Michael via aceitar os presentes do pai dele como algo similar a levar socos.

Você aceita o que ele tiver para dar. Você aceita e aceita e aceita... porque pode. Porque as pessoas esperariam que você recusasse os presentes dele só por rancor. Porque tudo que você pudesse tirar dele, você tiraria.

Michael me encarou. Ele sempre sabia quando eu o estava perfilando. Depois de um longo momento, falou.

— Parece que nós vamos para o esconderijo. Judd vai na frente. Lia? — Ele jogou a chave para ela. — Você dirige.

Capítulo 8

Andar com Lia era um pouco como jogar roleta-russa. Ela tinha ânsia de velocidade e o desdém de uma mentirosa pelas limitações. Nós quase não chegamos inteiros ao esconderijo.

Michael estremeceu.

— Acho que falo por todos nós quando digo que estou necessitando urgentemente de uma bebida adulta ou de uma transmissão ao vivo de Sterling e Briggs investigando esse caso.

O agente Starmans abriu a boca para responder, mas Judd balançou levemente a cabeça. Nós estávamos ali. Estávamos com segurança armada. Estávamos seguros. Judd sabia tão bem quanto eu que, se dependesse de Michael, ele não permaneceria de nenhum daqueles jeitos por muito tempo.

Na última vez que foi para casa, você voltou cheio de hematomas e em uma espiral de perda de controle. Eu não consegui impedir que minha mente fosse até isso enquanto Judd montava os equipamentos de vídeo e áudio. *E agora uma garota que você conhece está desaparecida. Um dos ditos Mestres pode tê-la queimado viva.*

Em minutos, a visão do alfinete de lapela de Briggs entrou em foco no tablet de Judd. Nós vimos o que Briggs via, e enquanto Briggs e Sterling saíam do SUV enviado pelo FBI, eu só consegui pensar que se aquele caso não fosse resolvido rapidamente, nenhum de nós poderia impedir Michael de entrar em uma espiral por muito tempo.

A casa dos Delacroix era moderna e ampla. Nós logo descobrimos que também estava desocupada. Os pais de Celine tinham decidido se encontrar com o FBI em terreno mais neutro, ao que parecia.

— Lar, doce lar. — Uma mordacidade sardônica surgiu na voz de Michael alguns minutos depois, quando a casa ao lado da dos Delacroix apareceu no visor da câmera.

Grande, pensei. *Tradicional. Decorada.*

— A maioria das pessoas a chama de casa dos Townsend — disse Michael em tom leve —, mas eu prefiro pensar nela como Mansão Townsend.

Quanto mais Townsend brincava, mais meu coração disparava na garganta por ele. *Você deveria ter encerrado sua relação com esse lugar. Deveria estar livre.*

— Aquilo é uma torre? — perguntou Lia. — Eu amo um homem que tem uma torre.

Se Michael ia fazer piadas sobre seu inferno particular, Lia encontraria um jeito de o superar. Ao longo dos anos, os dois praticaram muito fazer as coisas importantes ficaram menos importantes.

Na tela, Briggs e Sterling seguiram para a varanda. Briggs tocou a campainha. *Um. Dois.* A porta imensa de mogno se abriu.

— Agente Briggs. — O homem que atendeu à porta tinha cabelo castanho-escuro denso e uma voz que exigia atenção: intensa, em um tom caloroso. Ele estendeu a mão e a fechou no ombro do agente Briggs. — Eu sei que não tem como você ter apreciado o trabalho que eu tive pra trazer você aqui, mas, se eu não fizesse todo o possível pra ajudar Remy e Elise num momento desses, eu jamais me perdoaria. — Ele se virou de Briggs para Sterling. — Senhora — disse ele, oferecendo a mão. — Thatcher Townsend. O prazer é todo meu.

Sterling segurou a mão oferecida, mas eu sabia por instinto que ela não daria nem uma sombra de sorriso para o homem.

— Por favor — disse Townsend suavemente, se afastando da entrada —, entrem.

Aquele era o pai de Michael. Tentei botar esse fato na cabeça. Ele tinha o ar de confiança de Michael, a presença de Michael, o charme irresistível de Michael. Esperei que algo despertasse minha perfiladora interior, que desse alguma dica, por menor que fosse, de que o homem que tinha atendido à porta era um monstro.

— Ele ainda não mentiu — disse Lia para Michael.

Michael abriu um sorriso ferino para ela.

— Não é mentira se você acreditar em cada palavra que diz.

Eu esperaria que Thatcher Townsend fosse um homem que ostentasse seu status, um homem que precisava *ter* e *possuir* e *controlar*. Eu esperava alguém como o pai de Dean ou de Sloane. No mínimo, esperava um homem cujos demônios pudessem ser invisíveis para uma pessoa comum, mas não para mim.

Nada.

— O que você pode nos dizer sobre o sócio do seu pai? — perguntou Dean a Michael enquanto as apresentações aconteciam perante a câmera.

— Remy Delacroix? — Michael deu de ombros. — Ele gosta de coisas bonitas e de gente bonita. Gosta de estar no controle. E, só Deus sabe por quê, ele gosta do meu pai. Os dois fazem negócios juntos desde antes de eu nascer. Remy franze a testa quando está infeliz, é ríspido quando está com raiva e dá em cima de qualquer coisa de saia.

O que você vê é o que você tem. Mais cedo, quando Michael disse essas palavras, ele estava repetindo o pai. E estava mentindo. Thatcher Townsend não era transparente. Se o pai de Michael fosse tão fácil de ler quanto Remy Delacroix, Michael não teria se tornado o tipo de pessoa capaz de ler um mundo de significados num piscar de olhos.

— Então você está dizendo que vamos saber logo se Delacroix teve alguma coisa a ver com o desaparecimento da filha. — Eu me concentrei nisso numa tentativa de ajudar Michael a fazer a mesma coisa.

— Eu estou dizendo que Remy não tocaria num fio de cabelo de Celine. — Michael manteve o olhar grudado na tela. — Como eu falei, ele gosta de gente bonita, e a CeCe é bonita desde o dia em que nasceu.

Lia não enrijeceu nem piscou, não se inclinou para longe de Michael. Mas ela ouviu a verdade naquelas palavras. Ela ouviu o carinho quando Michael se referiu a Celine Delacroix como CeCe.

— Todos os recursos de que vocês precisarem, vocês terão. — As palavras de Remy Delacroix levaram minha atenção de volta ao vídeo. Ele parecia uma sombra do pai de Michael: um pouco mais baixo, com feições um pouco mais neutras, mais tenso. — Eu não ligo para o custo. Não ligo para que leis vocês vão ter que violar. Tragam minha garotinha pra casa.

A agente Sterling não disse para o homem que o FBI não agia violando a lei. Ela o guiou para o interrogatório com uma pergunta que deveria ter sido fácil de responder.

— Conte pra nós sobre Celine.

— O que tem para contar? — respondeu Delacroix, obviamente agitado. — Ela é uma garota de dezenove anos. Uma estudante de Yale. Se você está tentando dizer que ela pode ter feito alguma coisa para merecer isso…

Ao seu lado, a esposa colocou a mão no braço dele. Eu soube por ter lido o caso do arquivo que Elise Delacroix era mais velha do que o marido, que era ex-professora de economia, estudara em uma universidade da Ivy League e tinha conexões desse nível. Quando Remy parou de falar, Elise olhou para o pai de Michael, e, depois de um momento, Thatcher foi servir uma bebida para o sócio.

— O que você vê? — perguntei a Michael.

— No rosto do Remy? Agitação. Em parte raiva, em parte medo, em parte indignação moral. Nada de culpa.

48 JENNIFER LYNN BARNES

Eu me perguntei quantos pais *não* sentiriam culpa se descobrissem que a filha estava desaparecida por quase uma semana até que alguém notasse.

— Celine é independente — disse Elise Delacroix para os agentes quando o marido estava com uma bebida na mão. Ela era uma mulher afro-americana elegante com o corpo alto e magro da filha e ombros que mantinha eretos o tempo todo. — Impulsiva, mas sem foco. Ela tem o temperamento do pai e a minha energia, embora se esforce para esconder a segunda parte.

O fato de a mulher ter mencionado o temperamento do marido para o FBI me chamou atenção. *Você deve saber que os pais sempre são suspeitos em casos assim. Ou você não tem nada a esconder ou não se importa de jogar seu marido na fogueira.*

— Elise está sempre no controle — disse Michael. — Do marido, das próprias emoções, da imagem da família. A única coisa que ela não consegue controlar é Celine.

— Ela sente falta da filha? — perguntou Dean, os olhos ainda na tela.

Michael ficou quieto por muito tempo enquanto olhava para Elise Delacroix. O tom na voz dela não mudou. O controle que ela tinha sobre as feições nunca oscilou.

Michael conseguiu dar uma resposta para a pergunta de Dean.

— Ela está arrasada. Apavorada. Cheia de culpa. E repugnada... com o marido, consigo mesma.

— Com Celine? — perguntei baixinho.

Michael não respondeu.

Na tela, o agente Briggs tinha começado a estabelecer uma linha do tempo, e tentei me colocar no lugar de Celine, que cresceu com um pai que, quando perguntavam sobre a filha, dizia que não havia nada para contar e uma mãe cujo primeiro instinto tinha sido falar sobre o temperamento e a energia da filha.

Independente, pensei. *Impulsiva. Teimosa.* Eu via nuances de Elise na Celine das fotos. *Cores lisas, não estampas. Você pinta como se estivesse dançando, pinta como se estivesse lutando... e olha para as câmeras como se soubesse os segredos do mundo.*

No fundo das imagens, Thatcher Townsend preparou mais duas bebidas: uma para Elise e uma para ele. Pela primeira vez, passou pela minha cabeça me perguntar onde a mãe de Michael estava. Também passou pela minha cabeça me perguntar por que Remy e Elise escolheram ter aquela conversa na casa dos Townsend.

— O que seu pai está sentindo? — perguntei a Michael, me odiando por isso, mas sabendo que tínhamos que tratar aquilo como um caso qualquer.

Michael observou o rosto de Thatcher enquanto ele segurava, mas não bebia, o uísque com gelo. Em segundos, Michael estava enviando uma mensagem de texto para o agente Briggs.

— Você quer saber o que eu vejo quando olho para o meu pai, Colorado? — perguntou ele, a voz totalmente desprovida de emoção, como se o que ele tivesse lido no rosto de Thatcher Townsend tivesse anestesiado algo dentro dele, atenuado, como um dentista faria antes de remover um dente podre. — Por baixo daquela expressão séria, ele está furioso. Afrontado. Pessoalmente insultado.

Insultado pelo quê?, pensei. *Pelo fato de que alguém levou Celine? Pela presença do* FBI *na casa dele?*

— E toda vez que alguém diz o nome da CeCe, ele sente exatamente o que sempre sentiu todas as vezes que olhou para Celine Delacroix desde que ela tinha catorze anos. — As palavras de Michael deixaram meu estômago embrulhado. — *Fome.*

Você

Você conhece os Sete *quase tão bem quanto eles te conhecem. As forças deles. As fraquezas. A sede dos Mestres por poder. Eles te cobrem de diamantes, um para cada vítima. Cada sacrifício. Cada escolha.*

Diamantes e cicatrizes, cicatrizes e diamantes. Os homens que transformaram você nessa coisa bonita e mortal para sair pelo mundo. Eles vivem as vidas deles. Eles prosperam.

Eles matam.

Por você.

Capítulo 9

Fome não era uma emoção. Era uma necessidade. Uma necessidade profunda, biológica, primitiva. Eu nao queria nem pensar no que poderia fazer um homem adulto olhar para uma garota adolescente assim, por que Thatcher Townsend podia ficar pessoalmente insultado por alguém ter ousado sequestrar a filha de um amigo da família.

— Luvas. — A agente Sterling ofereceu um par para cada um de nós. Ela e o agente Briggs não tinham respondido à mensagem de texto de Michael. Foi o agente Starmans que acabou nos dizendo que tínhamos recebido permissão para visitar a cena do crime.

Você escolheu vir pra casa no recesso de primavera. Quando botei as luvas, tentei voltar para a perspectiva de Celine. *Você devia pelo menos desconfiar que seus pais não estariam aqui.* Parei na soleira do ateliê de Celine. Estava bloqueado por uma fita indicando a cena do crime. Pela aparência, o ateliê tinha sido uma cabana ou um chalé de um cômodo em algum momento. Era separado da casa principal e tinha vista para a piscina.

Mesmo da porta, o cheiro de querosene era sufocante.

— Sinais de entrada forçada. — Sloane parou ao meu lado e observou a porta. — Arranhões leves em volta da fechadura. Tem uma probabilidade de 96% de que uma análise mais detalhada revelasse amassados nos pinos dentro da fechadura.

— Tradução? — perguntou Lia. Ao lado dela, Michael fechou os olhos, uma piscada demorada que me fez desejar ter metade da capacidade de ler as emoções dele que ele tinha de ler as minhas.

— A fechadura estava trancada. Alguém a arrombou. — Sloane passou por baixo da fita de cena do crime, os olhos azuis absorvendo tudo enquanto ela avaliava o aposento metodicamente.

Você trancou a porta. Fiquei mais um momento na entrada, tentando visualizar Celine lá dentro. *Você veio aqui pra pintar e trancou a porta.* Eu me perguntei se tinha sido por força do hábito... ou se ela tinha tido um motivo para fechar a tranca. Sem me apressar, entrei no ateliê, tomando cuidado para evitar os marcadores da cena no chão.

Vidro estilhaçado. Um cavalete quebrado. Minha mente sobrepôs as imagens das fotos da cena do crime com os marcadores no chão. Uma segunda mesa estava virada perto da parede mais distante. Uma cortina tinha sido puxada, arrancada. Havia gotas de sangue no chão, uma mancha em forma de mão na parte interna do batente da porta.

Você lutou.

Não, pensei, o coração disparado no peito. Usar a palavra *você* me mantinha distante. Não era isso que eu queria. Não era disso que Celine precisava.

Eu lutei. Eu me imaginei no meio do ateliê, pintando. Sem pretender, meu corpo assumiu a posição em que tínhamos visto Celine logo antes de as imagens de segurança terem sido interrompidas. Meu braço direito estava elevado, um pincel imaginário na mão. Meu tronco se virou de leve para o lado. Meu queixo se ergueu, os olhos fitavam um quadro fantasma.

— A porta estava trancada — falei. — Talvez eu tenha ouvido alguém lá fora. Talvez tenha ouvido o som baixo de arranhão. Talvez os pelos da minha nuca tenham se arrepiado.

CONFLITOS DE SANGUE 53

Ou talvez eu estivesse tão absorta na pintura que não ouvi nada. Talvez eu nem tenha visto a maçaneta girar. Talvez não tenha ouvido abrir.

— Eu não fiz barulho. — Dean parou na porta e ficou me olhando. Meu primeiro instinto tinha sido entrar na cabeça de Celine. O dele sempre era perfilar o UNSUB. — Vai chegar o momento pra barulho, o momento pra gritos. Mas primeiro eu tenho que pegar o que vim buscar.

Eu vi a lógica no que Dean estava dizendo: o UNSUB tinha ido buscar Celine. Ela não tinha sido um alvo aleatório. Um assassino escolhendo vítimas aleatoriamente não teria escolhido uma garota protegida por um sistema de segurança moderníssimo. Só alguém que estivesse de olho nela saberia que ela estava lá sozinha.

— Você achou que podia entrar discretamente e me levar — falei, os olhos em Dean. — Você achou que, se fosse silencioso e veloz, poderia me dominar antes que eu conseguisse resistir. *Você pensou errado.*

Dean passou por baixo da fita e atravessou a sala. Parou atrás de mim, botou a mão na minha boca e puxou meu corpo para junto do dele. O movimento foi cuidadoso, lento, mas eu me deixei sentir o que Celine teria sentido. Por instinto, e me movendo tão lentamente quanto Dean, eu me curvei para a frente e empurrei os cotovelos na barriga dele. *O pincel*, pensei, *na minha mão.* Fiz um movimento de perfurar a perna dele e, ao mesmo tempo, mordi a mão que me segurava. De leve. Com delicadeza.

Celine teria mordido o captor com força.

Dean chegou para trás, e eu escapei das mãos dele.

— Neste ponto, eu estou gritando — falei. — O mais alto que consigo. Eu corro para a porta, mas…

Dean se aproximou por trás de mim de novo. Enquanto fingia que me segurava, fui até a borda da mesa mais próxima. *Se eu segurar com força, você não pode…*

— Não assim — disse Sloane, interrompendo meus pensamentos de repente. — Com base no padrão de escombros que nós vimos nas fotos da cena do crime, o conteúdo da mesa teria sido derrubado por *este* lado. — Ela foi até o outro lado da mesa e imitou o movimento que teria sido necessário, passando os braços sobre a mesa pelo comprimento.

Eu franzi a testa. *Aquele lado da mesa?*

— Talvez não tenha sido eu — falei para Dean depois de um momento. — Se eu estivesse apavorada e lutando pela minha vida, na primeira chance que tivesse, eu iria pra porta.

A menos que eu estivesse procurando uma arma. A menos que tivesse motivo pra acreditar que podia lutar e vencer.

As mãos de Dean se fecharam lentamente em punhos.

— Eu posso ter feito isso. — Ele passou as mãos pela mesa, uma veia do pescoço saltando na pele bronzeada. — Pra te assustar. Pra te *punir.*

Visualizei vidro voando para todo lado. *Esse ateliê é meu. Meu espaço. Meu santuário.* O que Dean estava dizendo só faria sentido se o UNSUB soubesse disso… e só se soubesse em algum nível que Celine ficaria e lutaria.

Que ela não fugiria.

Observei o resto da sala e integrei isso ao que eu tinha visto nas fotos iniciais da cena do crime. *A mesa virada. A cortina arrancada do varão. O cavalete quebrado. Os resquícios da pintura de Celine, quebrada e morrendo no chão.*

— E o querosene? — Lia tinha ficado incrivelmente quieta enquanto estávamos perfilando, mas tinha chegado ao limite.

A pergunta dela me arrancou da perspectiva de Celine e me jogou na do UNSUB. *Se você tivesse planejado sequestrá-la, você não teria levado o querosene. E se tivesse planejado queimá-la viva aqui, você teria botado fogo no local.*

— Pode ser que eu não tenha conseguido fazer — disse Dean, calmamente. — Talvez, ao entrar, eu não tenha percebido como seria. — Ele fez uma pausa. — O quanto eu ia gostar.

CONFLITOS DE SANGUE 55

O quanto você gostaria da luta. O quanto gostaria da fúria dela, do pavor. O quanto ia querer fazer isso durar.

— A boa notícia — falei, minha voz horrível e amarga e baixa — é que, se isso for trabalho de um dos Mestres, ela definitivamente é a primeira dele.

Capítulo 10

Sloane ainda estava analisando as provas físicas, mas eu tinha visto tudo que precisava ver, tudo que consegui suportar ver. Uma pequena parte de mim não pôde deixar de fazer paralelos entre aquela cena de crime e a primeira que eu tinha visto na vida: a da minha mãe.

Ela lutou. Ela sangrou. Eles a levaram.

A diferença era que Celine tinha sido levada em uma data de Fibonacci, e isso significava que, se era trabalho dos Mestres, nós não estávamos procurando uma garota desaparecida, uma Pítia em potencial.

Nós estávamos procurando um cadáver.

— Eu gostaria de ver o quarto da vítima — falei. Eu devia a Celine Delacroix conhecê-la, depois voltar ali e olhar tudo de novo, até encontrar o que estávamos deixando passar.

Era isso que perfiladores faziam. Nós mergulhávamos nas trevas repetidamente.

— Eu te levo até o quarto da Celine. — Michael não esperou permissão para sair andando na direção da casa principal. Troquei um olhar com a agente Sterling. Ela assentiu, indicando que era para eu seguir Michael.

— Eu espero aqui — disse Dean para mim.

Quando estávamos perfilando, eu não senti a distância esmagadora entre nós, mas agora minha mente foi até os segredos que eu estava guardando dele, as palavras debochadas do seu pai.

— Eu quero olhar a cena de novo — continuou Dean. — Alguma coisa aqui não me parece certa.

Nada parece certo, pensei. E aí, lá no fundo de mim, algo sussurrou: *nada nunca vai parecer certo*. Eu daria tudo que tinha para aquele caso. Daria e daria, até a garota que eu tinha sido, a garota que Dean amara, ter sumido, ser apagada como um castelo de areia levado pela maré.

Ignorando a dor que acompanhava esse pensamento, eu me virei e segui Michael para a casa. Lia foi andando ao meu lado.

— Você também vem? — perguntei.

Lia deu de ombros graciosamente.

— Por que não? — O fato de ela nem *tentar* mentir sobre as motivações me fez hesitar. — Vem comigo — disse Lia, passando por mim. — Eu odiaria ficar sozinha pelo tempo que fosse com Michael no quarto da ex-namorada dele.

Michael tinha dito que Celine foi a única pessoa que se importou com ele na infância. Tinha dito que ela era linda. Ele a tinha chamado por um apelido. E o relacionamento ioiô de Lia e Michael tinha tendência a terminar mal.

Todas as vezes.

Nós alcançamos Michael quando ele parou na soleira do quarto de Celine. Quando eu parei ao lado dele, vi a coisa que o fez parar.

Um autorretrato. Eu não questionei o instinto que dizia que Celine tinha pintado aquela obra de si mesma. Era grande, maior do que tudo. Diferentemente das fotografias que eu tinha visto da nossa vítima, aquele quadro mostrava uma garota que não era elegante, que não queria ser. A tinta estava grossa e texturizada na tela, quase tridimensional. As pinceladas eram brutas e visíveis. Celine só tinha se pintado dos ombros para cima. A pele estava limpa, marrom-escura e luminosa. E a expressão no rosto dela...

Nua e vulnerável e intensa.

Ao meu lado, Michael olhou para a pintura. *Você está fazendo uma leitura dela*, pensei. *Você sabe exatamente o que a garota daquele quadro está sentindo. Sabe o que a garota que o pintou estava sentindo. Você a conhece como conhece a si mesmo.*

— Ela não usou pincel. — Lia deixou o comentário ser absorvido antes de continuar. — A CeCe querida pintou isso aí com uma faca.

Meu cérebro integrou na mesma hora essa informação ao que eu sabia sobre Celine.

— O quanto vocês querem apostar que nossa Picasso que usa uma faca para pintar limpa os pincéis com querosene? — perguntou Lia. — Terebentina teria sido mais comum, mas estou supondo que Celine Delacroix não segue o comum. Segue, Michael?

— Você é perfiladora agora? — perguntou Michael a Lia.

— Só admiradora das belas artes — retorquiu Lia. — Eu morei num banheiro do Metropolitan Museum of Art por seis semanas quando estava nas ruas.

Ergui uma sobrancelha para Lia, sem conseguir saber se era verdade ou uma mentira descarada. Em resposta, Lia passou por Michael e entrou no quarto de Celine.

— Se Celine limpa os pincéis com querosene — murmurei, pensando em voz alta —, ela teria um pouco por perto. Não muito, mas...

Mas o suficiente pra você não ter precisado levar. Fiz uma pausa. *E se você não levou, talvez nunca tivesse tido a intenção de queimá-la viva.*

Poderia ter sido tudo coincidência. Tudo: a data, o querosene.

— Você acha que o FBI não sabe que algumas pessoas usam querosene como solvente de tinta? — perguntou Michael, lendo meus pensamentos pela minha expressão. — Acha que Briggs e Sterling não avaliaram esse caminho antes de pegarem o caso?

Na cena do crime, o cheiro de querosene estava sufocante. Não era de um pequeno derramamento que estávamos falando...

CONFLITOS DE SANGUE 59

mas, por algum motivo, Lia quis que eu avaliasse a possibilidade de ser.

Por quê?

Michael passou pela soleira e entrou no quarto de Celine. Depois de um último olhar para Lia, eu fui atrás.

— Mais dois quadros nas paredes — comentei, quebrando o silêncio. Celine tinha pendurado os quadros lado a lado, um par de pinturas abstratas sinistras. A tela da esquerda parecia estar completamente pintada de preto, mas, quanto mais eu olhava, mais fácil era ver um rosto olhando da escuridão.

Um rosto de homem.

Era um truque de luz e sombras sutil num quadro que, a um primeiro olhar, não tinha nenhuma das duas coisas. A segunda tela estava quase toda em branco, com uma sombra aqui e outra ali. Parecia uma pintura completamente abstrata até você se dar conta de que o espaço branco tinha um desenho próprio.

Outro rosto.

— Ela não pinta corpos. — Michael parou na frente dos quadros. — Mesmo no ensino fundamental, Celine se recusava a desenhar qualquer coisa que não fosse um rosto. Nada de paisagens. Nada de natureza morta. Os professores de arte que os pais dela contratavam ficavam loucos.

Era a primeira abertura que Michael me dava para perguntar sobre aquela garota, aquela parte do passado dele que nenhum de nós sabia que existia.

— Vocês se conhecem desde que eram crianças?

Por um momento, fiquei na dúvida se Michael responderia à pergunta.

— A gente se via de tempos em tempos — disse ele por fim. — Quando eu não estava no colégio interno. Quando *ela* não estava no colégio interno. Quando meu pai não estava me pressionando pra fazer amizade com os filhos de pessoas mais importantes do que um sócio que já comia na mão dele.

Eu sabia que o pai de Michael era temperamental. Sabia que era abusivo, quase impossível de interpretar, rico e obcecado com o sobrenome Townsend. E agora sabia mais uma coisa sobre Thatcher Townsend. *Por mais que você ganhe mais dinheiro, por mais que suba na escada social... nunca vai ser suficiente. Você sempre vai ser ávido. Sempre vai querer mais.*

— Boa notícia. — A voz de Lia interrompeu meus pensamentos. Quando Michael e eu a olhamos, ela estava removendo o fundo falso de um baú no pé da cama de Celine. — A polícia levou o laptop da nossa vítima como prova, mas não levou o laptop *secreto* dela.

— Como você... — comecei a perguntar, mas Lia me interrompeu com um movimento de mão.

— Eu fiquei um tempo trabalhando como ladra de apartamentos depois que fui expulsa do Met. — Lia botou o laptop na mesa de Celine.

— Vamos precisar de Sloane pra hackear a... — Michael parou de falar quando Lia entrou no sistema operacional.

Não tinha proteção de senha. *Você esconde o laptop, mas não usa proteção de senha. Por quê?*

— Vamos ver o que temos aqui — disse Lia, abrindo arquivos aleatórios. — Horário das aulas.

Só tive tempo de decorar os horários das aulas de Celine antes que Lia seguisse para outra coisa. Ela abriu um arquivo novo: uma fotografia de duas crianças paradas na frente de um veleiro. Reconheci a garotinha na mesma hora. *Celine.* Demorei mais para me dar conta de que o garotinho ao lado dela era Michael. Ele não podia ter mais do que oito ou nove anos.

— Chega — disse Michael rispidamente. Ele tentou fechar a foto, mas Lia o bloqueou. Na tela do laptop, reparei que a foto estava começando a mudar.

Não é foto, percebi depois de um momento. *É um vídeo. Uma animação.*

Lentamente, as crianças da foto se transformaram, até eu estar olhando para uma fotografia quase idêntica de dois adolescentes na frente de um veleiro.

Celine Delacroix, dezenove anos, e Michael Townsend, agora.

Capítulo 11

— **Tem alguma coisa** que você quer compartilhar com a turma, Townsend? — O tom de Lia foi leve e debochado, mas eu sabia com todo o meu ser que isso não era piada para ela.

Você veio aqui porque achou que ele estava escondendo alguma coisa. De você. De nós todos.

Enquanto Dean e eu estávamos perfilando a cena do crime, Lia ficou observando Michael. Ela devia ter visto algum tipo de sinal. Mesmo que ele não tivesse *mentido*, ela devia ter notado algo que a fez desconfiar...

De quê? De que você desconfia, Lia?

— Isso não é uma fotografia. — Michael olhou para Lia. — É um desenho digital. Celine usou uma licença criativa a partir da antiga foto e a atualizou. Obviamente. A menos que você não tenha notado que havia uma aula de arte digital no horário dela.

Por reflexo, repassei o resto dos horários de Celine em pensamento. *Pensamento visual. Morte e apocalipse na arte medieval. Teorias, práticas e políticas dos direitos humanos. Cores.*

— Quando foi a última vez que você a viu? — perguntou Lia a Michael. — Quando você foi pra casa no Natal?

Michael contraiu a mandíbula de leve.

— Eu não vejo Celine há quase três anos. Mas fico lisonjeado que você esteja com ciúmes. De verdade.

— Quem disse que eu estou com ciúmes?

— O leitor de emoções aqui presente. — Michael me olhou. — Talvez a perfiladora aqui presente possa contar para a detectora de mentiras que é quase patológico sentir ciúmes de uma das nossas vits?

Vits. De vítimas. O Michael que eu conhecia não era capaz de pensar em alguém de quem gostava daquele jeito. Celine Delacroix não era uma *vítima* sem nome e sem rosto para ele. E eu não pude deixar de me perguntar: se Celine não tinha visto Michael em três anos, como sabia a aparência dele atual de forma tão precisa?

— Me diz que não está escondendo alguma coisa. — Lia deu a Michael o que pareceu ser um sorriso perfeitamente agradável. — Vá em frente. Eu te desafio.

— Eu não vou fazer isso com você — disse Michael por entredentes. — O *assunto* aqui não é você, Lia. Não é da sua conta.

Eles estavam tão absortos na discussão que não viram a foto na tela mudar de novo. Desta vez, só havia um rosto no desenho.

O de Thatcher Townsend.

— Michael. — Esperei até ele me olhar para continuar. — Por que Celine teria uma foto do seu pai no computador? Por que ela o desenharia?

Michael olhou para a tela do computador, o rosto ilegível.

— Townsend, me diz que você acha que esse caso tem alguma coisa a ver com os Mestres. — Lia foi direto na jugular.
— Me diz que você não soube, desde que viu a cena do crime, que não tem.

— Em cinco segundos — disse Michael, o olhar grudado no de Lia — eu vou dizer que te amo. E se você ainda estiver no quarto quando eu falar, você vai saber.

Se ele a amava. Se não amava.

Se ela tivesse certeza de que a resposta era a segunda opção, Lia não teria se movido. Se nenhuma parte dela quisesse que ele a amasse, ela não teria se importado. Mas ela olhou para Michael com algo que parecia ódio nos olhos.

E saiu correndo.

Levei vários segundos para conseguir recuperar a voz.

— Michael...

— Não — disse ele. — Eu juro por Deus, Colorado, se você disser uma única palavra agora, eu não vou poder me controlar e vou dizer exatamente qual combinação de emoções vi no seu rosto quando você começou a pensar que Celine talvez não tenha sido levada por um dos seus preciosos Mestres.

Minha boca ficou seca. Se Celine tivesse sido levada pelos Mestres em uma data Fibonacci, ela já estava morta. Mas, se o caso não tivesse relação, ela ainda poderia estar viva. E eu...

Eu não estava feliz. Não estava esperançosa. Parte de mim, uma parte doentia e distorcida de mim que eu nem reconhecia direito, *queria* que ela fosse vítima da trama. Porque, se ela fosse vítima deles, havia uma chance de terem deixado alguma prova. Nós precisávamos desesperadamente de uma pista. *Eu* precisava de algo para seguir.

Apesar de eu saber que Celine era importante para Michael. Apesar de ele ser importante para mim.

Você

De algumas coisas você se lembra. De outras coisas, não. Algumas coisas *fazem* você estremecer... e outras coisas, não.

Capítulo 12

Quando eu tinha me tornado uma pessoa capaz de ficar decepcionada por haver uma possibilidade de uma garota desaparecida ainda estar viva?

Esse é o preço, pensei quando deixei Michael sozinho no quarto de Celine e segui para a cena do crime. *De estar disposta a fazer um acordo com qualquer diabo, a pagar qualquer preço.*

Dean deu uma olhada no meu rosto e contraiu a mandíbula.

— O que o Townsend fez?

— O que te faz pensar que Michael fez alguma coisa?

Dean me olhou.

— Primeiro: é o Michael. Segundo: ele está em contagem regressiva pra um surto. Terceiro: Lia está um raio de sol cor-de-rosa desde que desceu, e Lia não é um raio de sol *nem* cor-de-rosa a menos que esteja ferrando alguém ou profundamente perturbada. E, quarto... — Dean deu de ombros. — Eu posso não ser leitor de emoções, mas eu te conheço.

Neste momento, Dean, nem eu me conheço.

— Eu fui ver seu pai. — Não sabia se dizer essas palavras para Dean era uma confissão ou uma penitência. — Contei pra ele sobre nós, pra ele me contar sobre os Mestres.

Dean ficou calado por vários segundos.

— Eu sei.

Eu o encarei.

— Como...

— Eu conheço você — repetiu Dean — e conheço Lia, e o único motivo pra ela ter me contado que havia algo acontecendo entre ela e Michael foi pra me distrair de algo pior.

Eu contei ao seu pai como é quando você me toca. Contei que ele assombra os seus sonhos.

— Eu não sei o que aquele monstro falou pra você. — Dean sustentou meu olhar. — Mas sei que ele tem uma reação bem específica a qualquer coisa bonita, a qualquer coisa real... a qualquer coisa que é *minha*. — Ele passou os dedos de leve pelo contorno da minha mandíbula, depois os apoiou na minha nuca. — Ele não vai fazer mais isso, Cassie — disse Dean. — E você não vai permitir.

Senti um aperto no peito, mas não neguei o toque dele. Não me afastei.

— Celine Delacroix não foi levada por um dos Mestres. — Deixei o calor da pele de Dean aquecer a minha. Afastei o eco da voz do pai dele. — Não sei bem como, mas Michael sabia. Lia desconfiava que ele estava escondendo alguma coisa. E uma parte muito grande de mim deseja...

— Você queria que houvesse uma pista — interrompeu Dean. O sotaque do sul dele apareceu mais naquelas palavras do que em qualquer outra que eu o tivesse ouvido enunciar em muito tempo. — Você queria que nós tivéssemos um rastro pra seguir. Mas você não queria que essa garota tivesse sido queimada viva, Cassie. Você não queria que ela tivesse morrido gritando. Você não é capaz disso.

Ele pareceu tão seguro disso, tão seguro de mim, mesmo depois do que eu tinha contado a ele. Pensei na minha mãe, lutando até a morte com a predecessora. *Nós nunca sabemos de que elas são capazes.*

Eu mudei de assunto.

— Você não ficou surpreso quando eu falei que a Celine não tinha sido levada por um dos Mestres.

— Eu desconfiava. — Dean tinha ficado para trás para examinar a cena do crime de novo porque algo não lhe pareceu certo. Me perguntei por que ele viu e eu não. Em teoria, eu era uma Natural. Devia ser melhor do que isso. Eu tinha reconhecido que era a primeira vez do nosso UNSUB. Por que não dei um passo a mais e vi que os Mestres nunca teriam permitido que alguém tão descontrolado, tão *bagunceiro* entrasse no grupo?

— Você estava na cabeça da garota — disse Dean, calmamente. — Eu estava na do agressor. Pela perspectiva dela, não teria importado se o invasor a tivesse escolhido como primeira de nove mortes ou se ela fosse o único alvo. Não teria importado se houvesse um elemento de ritual nos movimentos dele ou só desejo e raiva. De qualquer modo, ela teria reagido.

Fechei os olhos e me imaginei no lugar de Celine novamente. *Você reagiu. Não saiu correndo. Você conhecia o* UNSUB. *Talvez estivesse apavorada, mas estava com raiva também.*

— Celine tem um laptop secreto — contei para Dean. — A polícia não viu. E acho que o que está acontecendo aqui tem a ver com o pai do Michael.

Capítulo 13

— A gente sabia que era um tiro no escuro. — Briggs dirigiu as palavras para Sterling, apesar de Dean e eu termos ido dar a notícia. — Mas as datas batiam e o MO encaixava direitinho. A gente tinha que verificar.

— Foi o que você falou — disse Sterling secamente. — E foi o que o diretor falou.

Pensei no que tinha visto daquela conversa. O diretor Sterling tinha falado só com Briggs… não com a filha, nem com Judd.

— Não joga seu pai na roda — disse Briggs para Sterling, a voz baixa.

— Eu não joguei. Você jogou. — O tom de Sterling me lembrou que Briggs era ex-marido dela além de parceiro. — Isso nunca foi um tiro no escuro, Tanner. Se você tivesse me perguntado, se você ou meu pai tivessem se dado ao trabalho de lembrar que havia uma perfiladora presente, eu poderia ter dito que havia raiva demais para bater com o que sabemos sobre os Mestres, muito pouco controle.

As implicações dessa declaração me acertaram como um caminhão.

— Você sabia que esse caso não tinha relação com os Mestres? — Minha voz saiu tensa. *Você sabia e me deixou acreditar…*

— Eu sabia que uma garota estava desaparecida — disse a agente Sterling, calmamente.

— E você nem pensou em compartilhar isso comigo? — A voz de Briggs soou rígida.

Sterling o encarou com firmeza.

— Você não perguntou. — Depois de um momento de silêncio, ela se virou para mim. Houve uma mudança sutil no tom dela, que me lembrou que, uma vez, ela me disse que, quando olhava para mim, ela me via. — Você nunca pode se permitir ficar tão concentrada em uma possibilidade, ou em um caso, a ponto de perder a objetividade, Cassie. Assim que o caso passa a ser sobre o que *você* precisa, seja vingança, aprovação, redenção, controle… você já perdeu. Há uma linha tênue entre seguir seus instintos e ver o que você quer ver, e essa não é uma lição que eu possa te ensinar. — Ela olhou para Briggs. — Nós todos temos que aprender essa sozinhos.

Você está pensando no caso Nightshade. Meu instinto de perfiladora disparou. Anos antes, Briggs e Sterling não sabiam que o assassino que eles estavam procurando era um dos Mestres. Eles não sabiam que quando foram atrás de Nightshade, ele iria atrás de uma deles: Scarlett Hawkins. A filha de Judd. A melhor amiga de Sterling.

— E que merda de lição você está tentando me ensinar? — disse Briggs. — A não tomar decisões sem discuti-las com você primeiro? A não ficar do lado do seu pai em nada? A não pedir para Judd confiar em mim?

— Eu tive motivo pra passar por cima do diretor no programa dos Naturais — respondeu Sterling, a armadura emocional firme no lugar. — Meu pai é muito bom no trabalho dele. Tem uma veia maquiavélica de um quilômetro. E sabe ser muito persuasivo.

— Eu fiz uma avaliação — respondeu Briggs. — Não tem nada a ver com o seu pai.

— Ele sempre quis um filho — disse Sterling baixinho. — Um filho motivado, ambicioso e esculpido à imagem dele.

O corpo todo de Briggs ficou tenso.

— Tem a ver com Scarlett? Você ainda culpa...

— Eu culpo a mim mesma. — Sterling soltou as palavras como uma bomba. — Não tem a ver com você, nem com meu pai. Tem a ver com não deixar que nenhum de nós fique tão obcecado com o caso, com *vencer*, que a gente não veja nem ligue para mais nada. Scarlett morreu pagando o preço de *vencer*, Tanner. Com ou sem Mestres, eu que não vou deixar que a gente faça a mesma coisa com esses jovens.

— E o que *esse* caso está fazendo com Michael? — retrucou Briggs. — Sacrificar o bem-estar psicológico dele em nome da sua hipocrisia, *isso* não tem problema?

— Eu detesto quando a mamãe e o papai brigam. — Lia parou ao meu lado. — Você acha que eles vão se divorciar? — Lia nunca tinha visto uma fogueira na qual não quisesse botar mais lenha.

Briggs apertou a ponte do nariz.

— Briggs e Sterling já são divorciados — esclareceu Sloane enquanto tirava as luvas de látex e se metia na confusão.

Dean interveio antes que a situação pudesse piorar.

— Nós ainda temos uma pessoa desaparecida.

Era por isso que a agente Sterling não tinha contestado a decisão de Briggs de ir lá. Eu pensei em Celine, pensei na emoção traiçoeira que tinha surgido em mim quando percebi o que aquele caso era... e o que não era.

Você não queria que essa garota tivesse sido queimada viva, Cassie. As palavras de Dean ecoaram na minha cabeça. *Você não queria que ela tivesse morrido gritando. Você não é capaz disso.*

Eu queria que isso fosse verdade.

— Nós temos que descobrir quem levou Celine. — Minha garganta se apertou e entrelacei os dedos nos de Dean, e que se danassem Daniel Redding e os jogos mentais dele. — Se ela estiver viva, nós temos que encontrá-la. E, se estiver morta, nós vamos descobrir quem a matou.

Eu tinha passado os dois meses e meio anteriores no porão, olhando para o trabalho dos Mestres. Tinha me sentado em frente ao diabo e oferecido um acordo. Mas, por mais que eu fizesse, por mais que *nós* fizéssemos, a realidade da situação era que eu talvez nunca encontrasse a minha mãe. Mesmo se pegássemos um dos Mestres, ou dois ou três, o ciclo infinito de assassinatos em série talvez nunca parasse.

Havia tanta coisa que não estava no meu controle. Mas aquilo estava.

— Cadê o Michael? — perguntou Sloane de repente. — Noventa e três por cento das vezes, quando há uma altercação física ou emocional, Michael está num raio de 1,20 metro da ação.

Houve um momento de silêncio, e o agente Briggs reiterou a pergunta de Sloane.

— *Cadê* o Michael?

— Ele ficou no quarto de Celine quando saí — falei.

O que eu não falei, o que deveria ter percebido bem mais cedo, era que eu estava disposta a apostar muito dinheiro que ele não tinha ficado lá por muito tempo.

Capítulo 14

Não demorou para descobrirmos para onde Michael tinha ido. Se ele desconfiava que o pai dele tinha algum envolvimento com o desaparecimento de Celine, ele quase certamente teria ido confrontá-lo de frente.

— Leva os garotos de volta para o esconderijo — disse Briggs para Sterling. — Eu vou atrás de Michael.

— Afinal, a única pessoa que Michael vai escutar quando estiver descontrolado é uma figura de autoridade — comentou Lia. — Não tem como isso dar ruim, principalmente se você começar a dar ordens. Deus sabe que as pessoas que passaram a vida sendo saco de pancada se saem melhor quando não têm o menor controle sobre uma situação e outra pessoa as domina completamente.

O senso de sarcasmo apurado de Lia era mais eficiente quando ela fazia as palavras parecerem completamente sinceras.

— E o que você sugere? — perguntou Briggs rispidamente.

— Nós quatro irmos — retorquiu Lia. — Obviamente. A menos que você realmente ache que Thatcher Townsend vá surtar e atacar todos nós fisicamente.

— Ele não vai fazer isso — interrompeu Dean. — Ele se importa com as aparências. — Ele fez uma pausa. — Se eu fosse Thatcher Townsend, se tivesse algo a ver com o desaparecimento de Celine Delacroix? Eu daria um show ainda melhor do que o habitual.

— E se Michael fizer o melhor que puder pra fazer o pai ultrapassar o limite? — perguntou a agente Sterling. — Se ele entrar em modo ofensivo e o pai surtar?

Algo sombrio e perigoso faiscou nos olhos de Dean.

— Aí Thatcher Townsend vai ter que passar por cima de mim.

— Se qualquer um de vocês dois o questionar — falei para os agentes do FBI antes que eles pudessem responder à ameaça inerente nas palavras de Dean —, a chance do pai de Michael surtar são bem pequenas. — Lia me olhou com uma cara de *você não está ajudando*, mas eu segui em frente. — Thatcher é soberbo e altamente propício a autoengano. Se ele surtar *mesmo*, desde que não haja nenhum outro adulto lá, pode ser que ele nos dê as informações de que precisamos.

Sloane pigarreou e fez uma tentativa de ajudar na minha argumentação.

— Eu estimaria que o pai de Michael tem 1,80 metro de altura e 73 quilos. — Quando ficou claro que nenhum de nós via a relevância daquele número, Sloane explicou: — Acho que a gente consegue encarar.

Lia se virou e piscou para Judd, que tinha se aproximado da discussão no meio.

— Tudo bem — disse Judd depois de um longo momento de deliberação. — Mas desta vez são vocês que vão com câmeras.

Estendi a mão para tocar a campainha na porta dos Townsend, mas Lia testou a maçaneta e, ao ver que estava destrancada, entrou. Ela acabaria fazendo Michael pagar pelo que tinha feito no quarto de Celine, mas correria para salvá-lo primeiro.

— Quer uma bebida?

Assim que ouvi a voz de Michael, atravessei a porta logo depois de Lia. Ouvi cliques baixos, de vidro em vidro, e concluí na mesma hora que Michael estava servindo uma bebida para si mesmo e oferecendo uma para outra pessoa.

Segui Lia pela casa. Sloane e Dean fizeram o mesmo. Na sala, a mesma onde Briggs e Sterling tinham entrevistado os pais de Celine, nós encontramos Michael com o pai.

Thatcher Townsend aceitou a bebida que Michael tinha preparado para ele e ergueu o copo, com um sorriso diabolicamente lindo brincando no rosto.

— Você deveria ter atendido quando eu chamei — disse ele para Michael, como se as palavras fossem um brinde, como uma piada interna que ele e Michael compartilhavam. Só de olhar para Thatcher eu soube que aquele homem era o melhor amigo de todo mundo. Ele era o vendedor perfeito, o que se especializava em vender a si mesmo.

Michael ergueu o copo e ofereceu ao pai um sorriso encantador.

— Eu nunca fui muito bom nas coisas que eu *deveria* fazer.

Em algum momento no passado, Michael quase certamente tinha temido os momentos em que a máscara encantadora do pai caía. Agora, ele tirava vantagem da sua capacidade de *fazê-la* cair.

Mas Thatcher Townsend prosseguiu como se não tivesse ouvido o tom debochado na voz de Michael.

— Como você está, Michael?

— Lindo, com tendência a provocar melancolia e uma capacidade de tomada de decisão questionável. E você?

— Sempre tão loquaz — disse Thatcher com um movimento de cabeça, sorrindo suavemente, como se ele e o filho estivessem relembrando coisas. Ele nos viu com o canto do olho. — Parece que temos companhia — disse para Michael. O Townsend mais velho voltou a atenção para nós. — Vocês devem ser os amigos de Michael. Eu sou Thatcher. Entrem, por favor. Sirvam-se de uma bebida só se conseguirem resistir à vontade de me denunciar ao FBI por contribuir para a delinquência de menores.

O pai de Michael era magnético. Encantador, simpático, imponente.

Você vive para ser idolatrado, pensei, e por mais que machuque Michael, você nunca para de usar o charme.

— Michael, querido... — Lia foi se juntar ao pai e ao filho e entrelaçou a mão na de Michael. — Nos apresente.

Num piscar de olhos, Lia tinha incorporado uma personagem que eu nunca tinha visto. Estava presente no jeito como ela sustentava a cabeça, no jeito como andava deslizando, no cantarolar da voz. Michael semicerrou os olhos para ela, mas devia ter conseguido ver pela expressão em seu rosto que ele teve sorte de ela não ter decidido fazer uma entrada mais memorável.

— Essa é a Sadie — disse ele para o pai, botando a mão na cintura de Lia enquanto a apresentava pelo codinome preferido. — E, perto da porta, temos Esmerelda, Erma e Barf.

Pela primeira vez, vi um sinal de irritação aparecer no rosto de Townsend pai.

— Barf? — Ele olhou para Dean.

— É apelido de Bartholomew — mentiu Lia com facilidade. — Nosso Barf tinha um problema de fala quando criança.

Como eu, Dean devia ter desconfiado que havia um método na loucura de Michael e Lia, porque ele não falou nada.

— Uma pergunta — disse Sloane, levantando a mão. — Eu sou Erma ou Esmerelda?

Thatcher Townsend deu todos os sinais de achar graça.

— Estou vendo que meu filho encontrou um lugar onde se encaixa perfeitamente. Pena que minha esposa não pôde estar aqui pra conhecer vocês. Sei que Michael contou que ela tem um lado aventureiro. Ela tem uma clínica gratuita aqui na cidade, mas viaja com o Médicos Sem Fronteiras sempre que tem oportunidade.

Era difícil imaginar Thatcher Townsend com qualquer coisa além de uma vida na sociedade. Meus instintos diziam que ele tinha mencionado o lado aventureiro da esposa só para punir o filho por se recusar a dar a ele nossos nomes verdadeiros. *Os punhos não são sua única arma. Você é um homem do intelecto, a menos que o garoto obrigue você a se tornar outra coisa.*

— Nós gostaríamos de fazer algumas perguntas sobre Celine Delacroix. — Dean foi direto ao assunto.

— Que isso, Barf — disse Michael em tom de repreensão —, deixa o cara terminar a bebida.

Thatcher ignorou o filho e concentrou sua performance em Dean.

— Fique à vontade para fazer a pergunta que quiser. Apesar da insistência do meu filho em tratar tudo como piada, posso garantir que a família da Celine e eu estamos levando isso muito a sério.

— Por quê? — perguntou Sloane.

— Infelizmente, não entendi — disse Thatcher.

— Por que você está levando isso muito a sério? — Sloane inclinou a cabeça para o lado e tentou fazer a situação toda ser esclarecida. — Por que foi você que chamou o FBI?

— Eu conheço Celine desde o dia em que ela nasceu — respondeu Thatcher. — O pai dela é um dos meus melhores amigos. Por que eu não ajudaria?

Um movimento rápido chamou minha atenção, quando Lia levantou o indicador na lateral da coxa, um número um sutil, apontando para baixo.

É a primeira mentira que ele contou. Considerando que a gente sabia que Thatcher e Remy tinham negócios juntos desde antes dos filhos deles nascerem, eu duvidava que Thatcher estivesse mentindo sobre o tempo que conhecia Celine, e isso significava que estava mentindo sobre o relacionamento dele com o pai de Celine. *Talvez você não o considere seu amigo. Talvez ele tenha te irritado. Talvez você seja do tipo que mantém os inimigos por perto.*

— Fico feliz de você querer encontrar Celine. — Thatcher dirigiu essas palavras diretamente a Michael. — Eu também quero, mas, filho, você está procurando essas respostas no lugar errado.

— Lugar errado, hora errada. — Michael tomou um gole da bebida. — É a minha especialidade.

Eu me preparei para Thatcher perder o controle. Dean se moveu sutilmente na direção de Michael. Mas Thatcher só sorriu enquanto mudava o olhar de Michael para outro alvo.

— Sloane, né? — disse ele, uma demonstração de que sabia nossos nomes reais o tempo todo. — Eu conheço seu pai.

Algumas pessoas tinham um sexto sentido para vulnerabilidade. Naquele instante, eu não tive dúvida de que Thatcher Townsend tinha feito sua fortuna usando exatamente aquela habilidade. Meu estômago ficou embrulhado por eu saber o que a mera menção ao pai faria com Sloane.

— Grayson Shaw e eu temos investimentos em comum — continuou Thatcher, jogando o nome do pai ausente de Sloane como se eles fossem velhos amigos. — Ele me contou que você é brilhante, mas não mencionou a jovem linda que você está se tornando.

Eu não precisava de Lia para me contar que o pai de Sloane não tinha dito nada de bom sobre ela.

— Eu fiquei muito triste — disse Thatcher, o olhar capturando o de Sloane e o sustentando — quando soube do seu irmão.

Minha mão foi até a de Sloane, mas ela não a pegou. Os braços penderam inertes ao lado do corpo.

— Não — retorquiu Lia, dando um passo súbito à frente. — Você não ficou triste. Não ligou, na verdade. E, aliás, quando falou para Michael que ele estava procurando no lugar errado *essas* respostas, a única verdade nessa frase foi uma palavrinha, *essas*. — A voz de Lia ficou grave e baixa. — Às vezes os maiores sinais de um mentiroso aparecem quando ele está falando a verdade.

As luvas tinham sido oficialmente retiradas. Thatcher Townsend podia ter ido para cima de mim ou de Lia ou de Dean e nós teríamos deixado rolar. Mas ele tinha ido para cima de Sloane e tinha usado o irmão morto dela para isso. Desde o momento em que entramos naquela sala, pai e filho estavam envolvidos em um jogo, um tentando superar o outro, cada um determinado a se sair melhor, a ter o poder, o controle. O fato de Thatcher ter usado Sloane para isso me deu vontade de dizer para ele o quanto ele era óbvio.

— Quais respostas Michael *deveria* obter com você? — perguntei. Às vezes, o melhor jeito de encurralar alguém era dar exatamente o que a pessoa queria. Nesse caso, controle. — Você é um homem poderoso. Está sempre prestando atenção em tudo. Que perguntas deveríamos estar fazendo?

Townsend sabia que eu estava sendo lisonjeira com ele, mas não se importou.

— Talvez se você me desse um pouco de direção, eu pudesse ser útil.

— Falando em ser útil... — Michael pousou a bebida na mesa. — De que formas Celine foi útil pra você?

— Como é? — Thatcher conseguiu parecer ao mesmo tempo incrédulo e ofendido. — O que exatamente está querendo dizer, Michael? Por mais diferenças que eu e você pudéssemos ter tido, você não pode acreditar que eu tive alguma coisa a ver com o desaparecimento de Celine.

— Você sempre gostou de me dizer no que eu podia ou não acreditar — disse Michael com tranquilidade. — Eu não podia acreditar que você pretendia me jogar escada abaixo ou que você pretendia quebrar meu braço ou que tinha me segurado embaixo da água na banheira de propósito. Que tipo de homem eu achava que você era?

Thatcher não reagiu a nenhuma das acusações de Michael. Era como se ele não tivesse nem ouvido.

— Você acha mesmo que eu matei Celine? Que eu a sequestrei? Que eu faria algum mal àquela garota?

Senti que eu *queria* acreditar nele, apesar de saber que ele era capaz de violência. Esse era o tipo de poder que Thatcher Townsend tinha sobre as pessoas. Era assim que as emoções no rosto dele e a voz eram convincentes.

— Você acha, Michael? — insistiu Thatcher. — Acha que eu tive alguma coisa a ver com o desaparecimento de Celine?

— Eu acho que você estava transando com ela.

Thatcher abriu a boca para responder, mas Michael continuou.

— Eu acho que você se cansou de transar com ela. Eu acho que você fez uma visita a ela no dia em que ela desapareceu. Eu acho que você a ameaçou. Me diz que eu estou errado.

— Você está errado — disse Thatcher, sem hesitar nem um segundo. Olhei para Lia, mas ela não deu sinal de que o homem estava mentindo.

Michael deu outro passo à frente. Apesar de eu não conseguir ver nenhum sinal de raiva no rosto de Thatcher Townsend, meus instintos me diziam que Michael via, que ele estava percebendo a fúria do pai aumentar. Por causa da acusação, por ter vindo do próprio filho, pelo jeito como o filho tinha lavado a roupa suja na frente de estranhos, manchando o nome dos Townsend.

— Não vem me dizer que você tem integridade demais, *classe* demais pra dormir com a filha do seu sócio. — Michael tinha uma reação muito específica à raiva. Ele jogava lenha na fogueira. Thatcher Townsend se via como o fundador de uma dinastia, um ser superior a qualquer homem. Ele *precisava* ser visto assim. E Michael sabia exatamente qual seria o custo de tirar isso. — Você pode tirar o garoto da comunidade pobre — disse ele para o pai em um tom gentil —, mas não pode tirar a comunidade pobre do homem.

Não houve aviso, não houve sinal no rosto de Thatcher. Os punhos não se apertaram. Ele não emitiu um único som. Mas em um segundo Michael estava parado na frente do pai e, no seguinte, eu ouvi um *crack*, e Michael estava caído no chão.

Thatcher tinha dado um tapa nele com as costas da mão. *Você bateu nele com força suficiente para derrubá-lo e deixá-lo lá. Mas, na sua mente, você já está reescrevendo a história. Você não perdeu a calma. Não perdeu o controle. Você venceu.*

Você sempre vence.

Dean entrou entre Michael e o pai dele enquanto Lia se abaixava para ver como Michael estava.

Thatcher Townsend foi se servir de outra bebida.

— Vocês são bem-vindos na minha casa — disse ele para nós ao sair da sala. — E me avisem se eu puder ajudar de alguma forma.

Capítulo 15

Havia uma diferença entre saber que o pai de Michael era abusivo e *ver*.

— Eu não sei vocês — disse Michael enquanto se levantava e limpava o sangue do lábio com as costas da mão —, mas achei que isso foi muito bem.

O tom casual na voz de Michael quase acabou comigo. Eu sabia que ele não ia querer a minha pena. Ele não ia querer a minha raiva. E, o que quer que eu sentisse, ele veria.

— *Bem?* — repetiu Dean. — Você achou que foi *muito bem?*

Michael deu de ombros.

— Especificamente, o fato de eu ter apresentado você ao meu pai como meu bom amigo Barf é uma lembrança que vou guardar com carinho para sempre.

Não importa a menos que você deixe que importe. Eu sofri por Michael, pelo garoto que ele tinha sido quando cresceu naquela casa.

— Você está bem? — Michael perguntou a Sloane.

Ela estava ao meu lado, imóvel, a respiração rasa e a pele pálida. *Pensando em Aaron. Pensando no que tinha acabado de acontecer com Michael. Pensando no seu pai. Pensando no dele.*

Sloane deu três passinhos hesitantes, se jogou em Michael e passou os braços pelo pescoço dele com tanta força que eu não sabia se ela um dia soltaria.

Meu telefone tocou. Quando vi os braços de Michael envolverem Sloane, eu atendi.

— Isso *não* foi bem. — O cumprimento da agente Sterling me lembrou que estávamos com grampos de vídeo e áudio. — Eu não vou perguntar se Michael está bem e não vou dizer que eu avisei. Mas vou avisar que Briggs está ansioso pra ver Thatcher Townsend fichado por agressão.

Botei o telefone no viva-voz.

— O grupo todo está ouvindo — falei para Sterling.

Por um momento, achei que ela ia repetir a declaração sobre o pai de Michael, mas ela devia ter se dado conta de que Michael não agradeceria por isso.

— O que descobrimos? — perguntou ela.

— Quando Thatcher disse que Michael estava errado, ele não estava mentindo. — Lia encostou no piano de cauda e cruzou uma perna na frente da outra. — Mas eu não sei dizer se ele quis dizer que Michael estava errado sobre uma parte ou tudo.

Repassei a acusação de Michael na minha mente. *Eu acho que você estava transando com ela. Eu acho que você fez uma visita a ela no dia em que ela desapareceu. Eu acho que você a ameaçou.* Tentei entrar na perspectiva de Thatcher, mas me vi adotando a de Michael. *Você o acusou de dormir com ela. Você o acusou de ameaçá-la. Você não disse que achava que ele a levou. Você não o acusou de invadir o ateliê, nem de quebrá-lo todo num acesso de raiva.*

— Mais alguma coisa? — A voz da agente Sterling interrompeu meus pensamentos, mas quando Lia relatou a única outra mentira relevante que tinha encontrado, a referência de Thatcher a Remy como um dos seus melhores amigos, meu cérebro voltou a perfilar Michael.

Você não chegou atacando. Não perdeu a cabeça. Você disse que tudo correu bem. Segui esses fatos até a conclusão lógica: Michael não acreditava que o pai tivesse machucado Celine fisicamente de alguma forma. *Se achasse, você teria reagido.*

Eu observei Michael: o hematoma se formando no rosto dele, o jeito como ele estava parado, como mantinha o corpo virado para longe do de Lia.

Quando Lia pressionou você querendo respostas no quarto de Celine, você disse uma coisa que fosse garantia de fazê-la fugir. E quando eu abri a boca para continuar a conversa...

Michael tinha feito o possível para nos afastar. Ele quis ficar sozinho no quarto de Celine. E algo que ele tinha visto naquele lugar o levou a ir até lá tomar uma bebida e ter uma conversa com o pai.

As engrenagens na minha cabeça giraram devagar no começo, depois mais rápido. *Você não acredita que seu pai a tenha levado. Mas aqui está você.* No quarto de Celine, Michael tinha sido cavalheiro e se referido à garota como uma das nossas vítimas. Tinha ido lá conversar com o pai, mas tinha se concentrado mais em descobrir se o pai tinha ameaçado Celine, se tinha dormido com ela, do que em descobrir onde Celine podia estar agora.

Porque você já sabe.

Michael me encarou e veio na minha direção. Eu pensei na cena do crime. Dean e eu tínhamos suposto que o vidro quebrado, o cavalete, as mesas viradas, todos os escombros tinham sido resultado de Celine se defendendo do agressor.

Mas e se não houve agressor? A possibilidade se enraizou na minha mente. Sloane tinha nos dito que os escombros eram resultado de alguém ter passado as mãos na mesa e derrubado no chão o que havia em cima com violência. Nós tínhamos suposto que tinha sido o UNSUB a fazer aquilo, para machucar Celine, para assustá-la, para dominá-la.

Mas Celine era uma pessoa que pintava seu autorretrato com uma faca. Ela jogava o corpo todo em tudo que fazia. Era firme. Era determinada. *Você tem temperamento forte.*

— Foi ela que fez aquilo. — Testei a teoria observando a reação de Michael às minhas palavras. — Foi por isso que você achou que seu pai tinha ido ver Celine no dia que ela desapareceu. Alguma coisa a provocou.

— Você não tem ideia do que está dizendo. — A voz de Michael estava totalmente desprovida de emoção.

— Sim — rebateu Lia. — Tem, sim.

Você destruiu seu próprio ateliê. Entrei na perspectiva de Celine de novo. *Você derrubou o vidro da mesa. Quebrou o cavalete. Virou a mesa. Você encharcou o local de querosene. Talvez fosse tacar fogo. Talvez fosse fazer o local arder em chamas, mas aí você parou, olhou em volta e se deu conta do que a destruição que você tinha causado parecia.*

Parecia que tinha havido uma luta. Que você tinha sido atacada.

Eu me perguntei se tinha sido só isso. Eu me perguntei se Celine tinha voltado o olhar de artista para a destruição, pensando em formas de fazê-la parecer ainda mais realista. *A marca de mão ensanguentada na porta. As gotas de sangue no tapete.* Eu me perguntei como ela tinha pensado em apagar as imagens de segurança, se tinha arrombado a porta do próprio ateliê.

— Um desafio artístico. — Dean continuou de onde eu tinha parado. — Um jogo. Pra ver se ela conseguia enganar todo mundo. Pra ver quanto tempo…

Quanto tempo levaria pra repararem que você tinha sumido.

— Alguém pode me contar o que eu estou perdendo aqui? — A voz da agente Sterling soou no telefone, me lembrando de que ela ainda estava na linha.

— Michael é um mentiroso — disse Lia secamente. — E Celine Delacroix é uma pobre menina rica doente que forjou *o próprio sequestro.*

— Não fala assim dela. — A reação de Michael foi imediata e instintiva. — O que quer que ela tenha feito, teve motivo.

— Você era a fim dela quando vocês eram menores? — Lia fez a pergunta como se a resposta não tivesse a menor importância. — Você ficava atrás dela, do mesmo jeito que ficou com aquele olhar babão pra Cassie quando ela chegou? — Ela estava dando golpes baixos. Era o único jeito que ela conhecia de bater. — Você convenceu a si mesmo de que não era bom pra ela — continuou, a voz baixa — porque uma pessoa como você só poderia ser *bom o bastante* pra alguém horrível como eu?

— Que coisa mais ridícula — disse Michael.

— Você a ama? — perguntou Lia, a voz doce como mel.

Vi a paciência de Michael sumindo. Ele passou o polegar pelo lábio ensanguentado e encarou Lia.

— Há mais tempo e mais do que amo você.

Capítulo 16

Nós encontramos Celine Delacroix na manhã seguinte, sentada na beirada de um píer a duas horas de carro da casa dela, o mesmo píer onde ela e Michael tinham sido fotografados anos antes. Ao meu lado, Dean observou com expressão pétrea quando Michael andou até a ponta do píer, na direção de Celine. Não consegui ver a expressão no rosto dela quando o viu. Não ouvi o cumprimento dele, nem as palavras que ela ofereceu em resposta. Mas vi o exato momento em que a lutadora em Celine cedeu para algo mais suave.

Algo vulnerável.

— É isso que acontece quando eles estão juntos — disse Dean, e eu soube que ele não estava falando de Michael e Celine. — Michael sabe exatamente o que Lia está sentindo. Lia sabe cada vez que ele mente pra ela. Eles machucam um ao outro e machucam a si mesmos.

Pensei em tudo que tinha acontecido: o confronto de Michael com o pai, a briga com Lia, a percepção de que tínhamos sido arrastados da busca pelos captores da minha mãe pelo que, no fim das contas, era uma pegadinha elaborada. Nós tínhamos passado menos de 24 horas no caso, mas até isso pareceu muito.

Um dia para o aniversário de Michael. Três dias até 2 de abril. Enquanto eu via Michael se sentar ao lado de Celine, a contagem regressiva pela próxima data de Fibonacci recomeçou na minha cabeça.

— Relaxa, Dean — disse Lia, chegando por trás de nós. — Eu estou bem. Nós encontramos a garota. Nós salvamos o dia. Se você acha que eu vou ficar toda emotiva por Michael Townsend, obviamente eu ando fazendo essa coisa de megera de coração gelado errado.

Michael não nos contou o que Celine tinha dito. Não nos contou se ela tinha explicado por que tinha feito o que tinha feito, nem o que pretendia conseguir com aquilo. No meio da manhã, estávamos de novo no avião, um grupo de elefantes emocionados junto.

Briggs não disse uma palavra para Sterling sobre o fato de que ela sabia desde o começo que aquele caso não tinha nada a ver com os Mestres.

Sterling não disse uma palavra para Briggs sobre ele ter reagido assim que o pai dela mandou.

Michael e Lia não falaram sobre as palavras de raiva que foram trocadas entre eles.

Eu não contei a Dean que, na noite anterior, tinha sonhado com o pai dele, com a minha mãe, com sangue nas paredes e sangue nas mãos dela... e nas minhas.

Quando estávamos no ar, Judd me puxou para os fundos do avião. Sentou-se numa poltrona e indicou a outra. Eu me sentei. Por vários segundos, ele não disse nada, como se nós dois estivéssemos sentados lado a lado na varanda da casa de Quantico, apreciando o café matinal e um pouco de tranquilidade.

— Sabe por que eu disse sim pra esse caso? — perguntou Judd por fim.

Eu revirei a pergunta na mente. *Você quer os Mestres tanto quanto eu.* Eles tinham matado a filha dele. Mas, apesar de aquele caso ter parecido ser relacionado, meus instintos diziam que Judd, diferentemente do diretor e do agente Briggs, tinha observado a agente Sterling com muita atenção durante a história toda.

Ele não estava apoiando a decisão de Briggs. Estava apoiando a dela.

— Uma garota estava desaparecida. — Eu repeti as palavras que a agente Sterling tinha dito no dia anterior. — Uma garota que Michael conhecia.

— Michael estava voltando pra cá. — Judd nunca tinha duvidado disso, nem por um segundo. — E quando um dos meus jovens entra num turbilhão emocional como aquele, ele, ou ela, certamente não faz isso sozinho.

Judd esperou um momento para as palavras serem absorvidas, enfiou a mão na bolsa e tirou uma pasta.

— O que é isso? — perguntei quando ele a entregou para mim.

— Um arquivo que se esforçaram muito pra esconder — respondeu ele. — Quando vocês estavam saracoteando atrás da srta. Delacroix hoje de manhã, um dos contatos da Ronnie conseguiu desenterrar.

Ronnie era apelido de Veronica, de agente Veronica Sterling.

— Um detento chamado Robert Mills. — Judd passou a falar em fragmentos enquanto eu botava os dedos na borda da pasta. — Condenado por assassinar a ex-esposa. Morto na prisão pouco depois de ser condenado.

O homem com quem Redding falou. Apertei mais a borda da pasta. *Aquele da ex-esposa cujo corpo nunca foi encontrado. A que foi levada, como a minha mãe.*

Quando abri a pasta, Judd segurou meu queixo e, com as mãos calejadas, virou meu rosto com delicadeza para o dele.

— Garota, não entre nesse turbilhão sozinha.

Capítulo 17

As informações nos arquivos eram apenas as essenciais. Robert Mills tinha sido condenado por matar a ex-esposa. Apesar de o corpo dela nunca ter sido encontrado, tinha havido uma preponderância de provas físicas. O DNA dele foi encontrado na cena do crime, que estava encharcada com o sangue da ex-esposa. Ele tinha histórico de violência. Mallory Mills estava vivendo com um nome falso na época do assassinato. Robert tinha acabado de descobrir o paradeiro dela. A polícia tinha encontrado três balas encharcadas de sangue na cena, e cada uma tinha dado resultado positivo para o DNA de Mallory. A análise forense de uma arma encontrada em uma caçamba de lixo próxima revelou que pelo menos seis tiros tinham sido disparados, o que fez a polícia supor que as outras três balas tinham ficado no corpo da vítima.

A arma estava registrada no nome do ex-marido dela.

Você foi deixada baleada e sangrando no chão por mais de cinco minutos. Havia poças de sangue, mais de 42% do sangue do seu corpo.

Além de mim, Dean observou as fotos da cena do crime no celular. Na casa, a agente Sterling devia estar pregando as cópias que tinha daquelas fotos, mais uma peça do quebra-cabeça na parede do porão. Eu tinha escolhido um lugar diferente para refletir sobre o que tinha lido no avião.

O cemitério.

Olhei para o nome da minha mãe, entalhado na lápide: LORELAI HOBBES. Eu sabia antes de termos enterrado o corpo que os restos que tínhamos botado lá não eram dela. Agora, eu estava tentando absorver o fato de que podiam pertencer a Mallory Mills. Não era a primeira vez que eu pensava na vida que minha mãe tinha encerrado para salvar a dela. Mas agora eu não estava pensando só no corpo sete palmos abaixo de nós. Eu estava pensando em uma mulher viva, respirando, estava vendo a imagem dela na mente enquanto repassava as provas que tinham sido usadas para condenar o ex-marido dela por homicídio.

Três balas desaparecidas. Eu me imaginei deitada de costas, com projéteis queimando minhas entranhas, meu peito, minha perna. *Você teria perdido a consciência. Sem intervenção médica imediata, você teria morrido.*

— Mas os Mestres escolheram você — falei, minha voz tão baixa que eu mal conseguia ouvir as palavras. — Assim como escolheram a minha mãe.

Se eu estivesse certa, Mallory Mills não tinha morrido daquelas feridas de bala. Os Mestres tinham atirado nela, depois a salvado. Eles a tinham levado, incriminado o marido e, quando ela estava curada, eles a forçaram a lutar com a predecessora *dela* até a morte. Eles a tinham mantido presa até pegarem a minha mãe.

— O que elas têm em comum? — perguntou Dean baixinho.

— Mallory tinha vinte e poucos anos. — Retomei os fatos. — Minha mãe tinha 28 quando desapareceu. As duas eram jovens, saudáveis. O cabelo de Mallory era escuro. O da minha mãe era ruivo. — Tentei não me lembrar do sorriso contagiante da minha mãe, como ela ficava dançando na neve. — As duas tinham sofrido abuso.

Minha mãe tinha saído de casa aos dezesseis anos para fugir de um pai mais monstruoso do que o de Michael. E Mallory Mills? Havia um motivo para ela estar usando um nome falso, um motivo para o promotor ter conseguido condenar o ex dela mesmo sem corpo.

Vocês escolhem mulheres que tiveram experiência direta de violência. Escolhem lutadoras. Escolhem sobreviventes. E aí as obrigam a fazer o impensável para sobreviver.

Eu queria ir na direção de Dean. Queria meus lábios nos dele, esquecer Mallory Mills e o nome da minha mãe naquela lápide e todas as coisas que eu tinha lido naquele arquivo.

Mas eu não podia.

— Quando eu fui ver seu pai, ele citou Shakespeare para mim. *A Tempestade*. "O inferno está vazio, e todos os demônios estão aqui."

Dean conhecia o pai tão bem a ponto de ler nas entrelinhas.

— Ele disse pra você que a sua mãe podia não ser só prisioneira deles. Ele disse que ela podia ser um deles.

— Nós não sabemos o que aqueles monstros fizeram a ela, Dean. Não sabemos o que ela precisou fazer pra sobreviver. — Um arrepio se espalhou pelo meu corpo, apesar de eu ainda sentir o calor do corpo de Dean. — Nós sabemos que ela não é só mais uma vítima. Ela é a Pítia. *Justiça*, foi assim que Nightshade a chamou. *Juíza e júri*. Como se ela fosse parte deles.

— Não por escolha. — Dean disse as palavras que eu precisava ouvir. Isso não as tornava verdade.

— Ela *escolheu* matar a mulher que nós enterramos. — Dizer essas palavras foi como arrancar um band-aid junto com umas cinco ou seis camadas de pele.

— Sua mãe escolheu *viver*.

Era o que eu estava me dizendo havia dez semanas. Eu tinha passado mais noites do que podia contar olhando para o teto e me perguntando: eu teria feito o que ela fez se tivesse sido obrigada a lutar pela minha sobrevivência? Poderia ter matado outra mulher, a Pítia anterior, jogada contra mim em uma batalha até a morte, só para me salvar?

Como tinha feito dezenas de vezes antes, eu tentei me botar no lugar da minha mãe, tentei imaginar como devia ter sido para ela depois que foi levada.

— Eu acordei numa escuridão quase total. Deveria estar morta, mas não estou. — O pensamento seguinte da minha mãe teria sido em mim, mas pulei isso e fui para a percepção que devia estar disparada na mente dela desde que entendeu o que tinha acontecido. — Eles me cortaram. Me esfaquearam. Me levaram até quase a morte. E me trouxeram de volta.

Quantas mulheres, fora a minha mãe e Mallory Mills, viveram a mesma história? Quantas Pítias tinham existido?

Vocês esperam que elas melhorem e...

— Eles me trancam num quarto. Eu não sou a única lá. Tem uma mulher vindo pra cima de mim. Ela está com uma faca na mão. E tem uma faca ao meu lado. — Minha respiração estava irregular. — Eu sei agora por que chegaram tão perto de me matar, mas por que me trouxeram de volta. — Aos meus ouvidos, minha voz até *parecia* a da minha mãe. — Eles queriam que eu olhasse nos olhos da Morte. Queriam que eu soubesse como era, pra que eu soubesse sem a menor sombra de dúvida que não estava pronta pra morrer.

Eu pego a faca. Eu luto. E venço.

— Os Mestres perseguem essas mulheres. — Dean me puxou da escuridão. Ele não usou nenhum dos nossos pronomes de perfilar, nem *eu*, nem *nós*, nem *você*. — Eles as observam. Sabem o que elas passaram, sabem a que sobreviveram.

Dou um passo à frente e paro quase com o rosto encostado no peito dele.

— Eles observaram a minha mãe... por semanas, meses ou *anos*, e eu nem consigo lembrar o nome de todas as cidades em que a gente morou. Eu sou a coisa mais próxima de testemunha que nós temos, mas não consigo me lembrar de um único detalhe útil. Não consigo me lembrar de um rosto que seja.

Eu tinha tentado. Tinha passado anos tentando, mas nós nos mudávamos tanto. E, a cada vez, minha mãe me dizia a mesma coisa.

Sua casa não é um lugar. Sua casa são as pessoas que te amam. Para todo o sempre, aconteça o que acontecer.

Para todo o sempre, aconteça o que acontecer.

Para todo o sempre...

E foi nessa hora que me lembrei: eu não fui a única a quem minha mãe tinha prometido amor. Eu não era a única testemunha. Eu não sabia o que tinham feito com a minha mãe, nem quem ela tinha se tornado. Mas tinha uma pessoa que sabia. Uma pessoa que a conhecia. Uma pessoa que a amava.

Para todo o sempre, aconteça o que acontecer.

Capítulo 18

Minha irmã, Laurel, era pequena para a idade. O pediatra achava que ela tinha uns quatro anos e era saudável, exceto por uma deficiência de vitamina D. Isso, junto com a pele muito branca e o pouco que tínhamos conseguido descobrir com a própria Laurel, tinha levado à teoria de que ela tinha passado a maior parte da vida em lugar fechado, possivelmente subterrâneo.

Eu tinha visto Laurel duas vezes nas dez semanas anteriores. Foram quase 24 horas para conseguir esse encontro, e, se as coisas fossem como os agentes Briggs e Sterling queriam, seria o último.

É perigoso demais, Cassie. Pra você. Pra Laurel. A repreensão da agente Sterling ecoou nos meus ouvidos enquanto observava a irmãzinha que eu quase não conhecia parada em frente a um balanço vazio, olhando para ele com uma intensidade que não combinava com a carinha de bebê.

Parece até que você consegue ver uma coisa que o resto de nós não vê, pensei. *Uma lembrança. Um fantasma.*

Laurel quase não falava. Não corria. Não brincava. Parte de mim tinha esperanças de que ela parecesse uma criança agora. Mas ela ficou ali parada, a três metros e anos-luz de mim, tão imóvel e estranhamente calada quanto no dia em que eu a encontrei sentada no meio de um quarto banhado em sangue.

Você é jovem, Laurel. É resiliente. Está em tutela protetiva. Eu queria acreditar que, com o tempo, Laurel ficaria bem, mas minha meia-irmã tinha nascido e sido criada para assumir um lugar à mesa dos Mestres. Eu não tinha ideia se ela algum dia ficaria bem.

Nas semanas que Laurel tinha ficado sob a tutela do FBI, ninguém tinha conseguido arrancar informações úteis dela. Ela não sabia onde era mantida. Não conseguia ou não queria descrever os Mestres.

— Com base no nível de deterioração daquele carrossel, eu estimaria que esse parquinho foi construído entre 1983 e 1985. — Sloane parou ao meu lado. Tinha sido sugestão da agente Sterling levar outro Natural conosco. Eu tinha escolhido Sloane porque ela tinha um jeito mais infantil… e a que tinha menos chance de perceber o quanto Laurel estava abalada psicologicamente.

Sloane segurou minha mão para me reconfortar.

— No esporte estônio chamado kiiking, os participantes ficam de pé num balanço enorme e tentam girá-lo em 360 graus.

Eu tinha duas opções: podia ficar ali ouvindo todos os factoides relacionados a parquinho em que Sloane conseguisse pensar para tentar acalmar meus nervos ou podia ir falar com a minha irmã.

Como se pudesse ler meus pensamentos, Laurel se virou, afastou o olhar do balanço e olhou para mim. Fui na direção dela e ela voltou a atenção para o balanço. Eu me ajoelhei ao lado dela e esperei um momento para ela se acostumar com a minha presença. Sloane também veio e se sentou um balanço depois.

— Essa é a minha amiga Sloane — falei para Laurel. — Ela queria conhecer você.

Nenhuma resposta de Laurel.

— Existem 285 espécies diferentes de esquilos — anunciou Sloane como um cumprimento. — E isso sem contar as espécies pré-históricas de animais parecidos com esquilos.

Para a minha surpresa, Laurel inclinou a cabeça para o lado e sorriu para Sloane.

— Números — disse ela com clareza. — Eu gosto de números.

Sloane abriu um sorriso compreensivo para Laurel.

— Os números fazem sentido, mesmo que nada mais faça.

Eu me concentrei em Laurel quando ela deu um passo hesitante na direção de Sloane. *Números são reconfortantes*, pensei, tentando ver o mundo pelos olhos da minha irmãzinha. *Familiares. Para os homens que trouxeram você para este mundo, os números são imutáveis. Uma ordem maior. Uma lei maior.*

— Você gosta de balanço? — perguntou Sloane para Laurel.

— É meu segundo uso favorito da força centrípeta.

Laurel franziu a testa quando Sloane começou a se balançar suavemente para trás e para a frente.

— Não assim — disse minha irmã para Sloane com firmeza.

Sloane foi parando e Laurel deu um passo à frente. Ela estendeu a mão e passou os dedinhos pelos elos das correntes do balanço.

— Assim — disse ela para Sloane, apertando o punho na corrente de metal.

Sloane se levantou e imitou o movimento de Laurel.

— Assim?

Laurel levantou o balanço e enrolou a corrente com cuidado no pulso de Sloane.

— As duas mãos — disse ela para Sloane.

Enquanto minha irmã de quatro anos enrolava a corrente solta com dificuldade no outro punho de Sloane, meu cérebro finalmente entendeu o que ela estava fazendo.

Correntes nos pulsos. Algemas.

Eu tinha me perguntado o que Laurel tinha visto quando olhou para o balanço, e agora sabia.

— Pulseiras — disse Laurel, parecendo mais feliz do que eu já tinha ouvido vindo dela. — Igual da mamãe.

Se eu já não estivesse no chão, aquelas palavras talvez tivessem me derrubado.

— A mamãe usa pulseira? — perguntei a Laurel, tentando manter a voz firme e calma.

—Às vezes — respondeu Laurel. — É parte da brincadeira.

— Que brincadeira? — Minha boca estava seca, mas eu não podia parar de falar. Aquilo era o mais perto que Laurel tinha chegado de me contar sobre o jeito como tinha sido obrigada a viver, sobre a nossa mãe.

— A brincadeira — repetiu Laurel, balançando a cabecinha como se eu tivesse feito uma pergunta muito boba. — Não a brincadeira do silêncio. A brincadeira de esconder. *A brincadeira.*

Houve um momento de silêncio. Sloane aproveitou a deixa.

— Brincadeiras têm regras — comentou ela.

Laurel assentiu.

— Eu sei as regras — sussurrou ela. — Sei todas as regras.

— Você pode contar as regras pra Sloane, Laurel? — pedi. — Ela quer saber.

Minha irmã olhou para os punhos de Sloane, ainda enrolados nas correntes.

— Não a Laurel — disse a garotinha em tom intenso. — A Laurel não participa da brincadeira.

Meu nome é Nove. Essa foi uma das primeiras coisas que a minha irmã disse para mim. Na ocasião, as palavras geraram arrepios pela minha coluna porque o grupo que estávamos procurando tinha nove membros. *Sete Mestres. A Pítia. E a cria da Pítia e dos Mestres era o nono membro do círculo sádico deles.*

Nove.

— A Laurel não participa da brincadeira — repeti. — A *Nove* que participa.

Os dedinhos de Laurel apertaram a corrente do balanço.

— A *mamãe sabe* — disse ela intensamente.

— Sabe de quê? — perguntei, o coração batendo na garganta. — O que a mamãe sabe?

— De tudo.

Havia algo errado nas feições da minha meia-irmã. O rosto dela era estranhamente desprovido de emoções. Ela não parecia uma criança.

Não a Laurel. A palavras dela ecoaram na minha cabeça. *A Laurel não participa da brincadeira.*

Eu não podia fazer isso com ela. O que quer que ela estivesse revivendo, de que estivesse *brincando*, eu não podia mandar a minha irmã para aquele lugar.

— Quando eu era pequena — falei baixinho —, a mamãe e eu fazíamos uma brincadeira. De adivinhar. — Meu peito se apertou quando uma vida de lembranças ameaçou me sufocar. — Nós olhávamos as pessoas e adivinhávamos. Como elas eram, o que as deixava felizes, o que queriam.

Comportamento. Personalidade. Ambiente. Minha mãe tinha me ensinado bem. Com base nas outras brincadeiras que a minha irmã tinha mencionado (*a brincadeira do silêncio, a brincadeira de esconder*), eu apostava que a minha mãe tinha ensinado a Laurel algumas habilidades de sobrevivência também. O que eu *não* sabia era se a brincadeira de que a "Nove" participava era outra das criações da minha mãe, elaboradas para disfarçar os horrores da situação delas e das correntes de Laurel, ou se aquela era uma "brincadeira" criada pelos Mestres.

Laurel esticou a mãozinha para tocar na minha bochecha.

— Você é bonita — disse ela. — Igual à mamãe. — Ela me encarou e olhou dentro de mim com uma intensidade perturbadora. — Seu sangue também é bonito?

A pergunta prendeu o ar nos meus pulmões.

— Eu quero ver — disse Laurel. Os dedinhos afundaram na minha bochecha com mais força. — O sangue pertence à Pítia. O sangue pertence à *Nove.*

— Olha! — Sloane soltou as mãos das correntes. Exibiu os punhos para Laurel. — Não tem mais pulseira!

Houve uma pausa.

— Não tem mais brincadeira — sussurrou Laurel. Ela abaixou a mão para a lateral do corpo. Virou-se para mim, a expressão esperançosa e infantil e totalmente diferente da que ela tinha um momento antes. — Eu me saí bem? — perguntou ela.

Você se saiu tão bem, Cassie. Eu podia ouvir minha mãe dizendo essas palavras para mim, um sorriso no rosto, quando eu entendi a personalidade da família sentada ao nosso lado no jantar.

Sloane tentou preencher o silêncio.

— Há sete maravilhas no mundo, sete anões, sete pecados capitais e sete tipos diferentes de gêmeos.

— Sete! — Laurel inclinou a cabeça para o lado. — Eu conheço *sete*. — Ela cantarolou uma coisa baixinho: uma série de notas, variando ritmo, variando tom. — Isso é sete — disse ela para Sloane.

Sloane cantarolou a mesma coisa para ela.

— Sete notas — confirmou ela. — Seis delas únicas.

— Eu me saí bem? — perguntou Laurel uma segunda vez.

Meu coração se apertou e passei os braços em volta dela. *Você é minha. Minha irmã. Minha responsabilidade. Não importa o que fizeram com você. Você é minha.*

— Você conhece o número sete — murmurei. — Você foi tão bem. — Minha voz entalou na garganta. — Mas, Laurel? Você não precisa mais fazer a brincadeira. Nunca mais. Não precisa ser Nove. Pode ser Laurel para todo o sempre.

Laurel não respondeu. Seu olhar se fixou em algo atrás do meu ombro direito. Eu me virei e vi um garotinho girando a irmã no carrossel.

—A roda está sempre girando — murmurou Laurel, o corpo ficando rígido. — Girando e girando...

Você

Logo.

Logo.

Logo.

Mestres vêm e Mestres vão, mas a Pítia vive no salão.

Capítulo 19

Minha conversa com Laurel tinha me dito duas coisas. Primeiro, fosse qual fosse a influência ou a posição que minha mãe tinha em relação aos Mestres, ela era prisioneira. As "pulseiras" dela eram prova disso. E, segundo...

— O sangue pertence à Pítia. O sangue pertence à Nove.

— Toc-toc. — Lia tinha o hábito de dizer as palavras em vez de bater na porta de verdade. Ela não esperou uma resposta para entrar no quarto que eu dividia com Sloane. — Um passarinho me contou que havia uma chance de 72,3% de você precisar de um abraço — disse Lia. Ela encarou o meu rosto.

— Eu não dou abraços.

— Eu estou bem — falei.

— Mentira — respondeu Lia na mesma hora. — Vamos tentar de novo?

Estava na ponta da minha língua dizer que, depois do fiasco na casa de Michael, ela também não devia estar *bem*, mas tive o bom senso de saber que indicar isso não terminaria bem para mim.

— Você não dá abraços — falei. — Mas qual é sua postura em relação a sorvete?

Lia e eu fomos parar no telhado com um pote de sorvete de chocolate branco com framboesa entre nós.

— Você quer que eu diga que a sua mãe ainda é a mulher de quem se lembra? — perguntou Lia, se encostando na moldura da janela atrás de nós.

Se eu pedisse, Lia faria a declaração parecer digna de se acreditar. Mas eu não queria que ela mentisse para mim.

— Nightshade contou para nós semanas atrás que a Pítia lidera os Mestres no lugar da cria. — As palavras tiveram gosto amargo na minha boca. — Mas Laurel falou que colocam correntes nos punhos dela.

Em parte rainha regente, em parte prisioneira. Impotente e poderosa. Quanto tempo uma pessoa podia aguentar esse tipo de dicotomia antes de fazer alguma coisa, qualquer coisa, para recuperar o poder de ação e o controle?

— Minha irmãzinha chama as algemas de *pulseiras*. — Eu olhei para a frente, apertando a colher com mais força. — Ela acha que é uma brincadeira. A brincadeira.

Fiquei em silêncio.

— Bom, eu ainda não estou entediada. — Lia balançou a colher para mim, um gesto imperioso de que eu devia continuar.

Eu continuei.

— Foi como se Laurel fosse duas pessoas diferentes — concluí vários minutos depois. — Uma garotinha e... outra coisa.

Outra coisa.

— Ela enfiou os dedos na minha bochecha com tanta força que doeu. Disse que queria ver meu sangue. E aí, quando Sloane tirou as correntes do balanço dos punhos, parecia que tinha se transformado. Laurel era uma garotinha de novo. Ela me perguntou... — As palavras entalaram na minha garganta. — Ela me perguntou se tinha se saído bem, como...

— Como se *tivesse* que ser sinistra e quase psicótica na hora certa? — sugeriu Lia. — Talvez ela tivesse mesmo.

Lia tinha crescido numa seita. Ela tinha me contado uma vez que davam presentes a ela por ser uma boa menina. Ao meu lado, ela soltou o rabo de cavalo e deixou o cabelo cair enquanto esticava as pernas na direção da beirada do telhado. *Mudança de aparência, mudança de postura.* Eu reconheci o método de Lia de se livrar de emoções que ela não queria sentir.

— Era uma vez... — A voz de Lia soou leve e casual — Uma garota chamada Sadie. Ela tinha falas a aprender. Ela tinha um papel. E quanto melhor o desempenhasse... — Lia abriu um sorriso apertado. — Bom, isso é uma história pra outra ocasião.

Lia não revelava coisas do passado com facilidade, e, quando fazia, não havia como saber se o que ela contou era verdade. Mas eu tinha captado uma coisa aqui, outra ali, como o fato de que o verdadeiro nome dela era Sadie.

Falas a aprender, um papel para desempenhar. Eu me perguntei o que mais Sadie e Nove tinham em comum. Eu sabia que não devia perfilar Lia, mas fiz mesmo assim.

— O que quer que tenha acontecido naquela época — falei baixinho —, não aconteceu com *você*.

Os olhos de Lia brilharam com um toque de emoção, como se eu estivesse tendo um vislumbre da água escura no fundo de um poço com um quilômetro de profundidade.

— Era o que a mãe da Sadie dizia para ela. *Só finge que não é você.* — O sorriso de Lia foi mordaz e breve. — Sadie era boa em fingir. Ela desempenhava o papel. Fui *eu* que aprendi a participar da brincadeira.

Para Lia, abandonar a identidade antiga foi um jeito de recuperar o poder. A "brincadeira" dela, o que quer que envolvesse, devia ter pouca semelhança com os detalhes do que minha mãe estava passando agora, com o que Laurel tinha sido criada para ver como normal. Mas havia similaridades suficientes entre as duas situações para me fazer imaginar se a minha mãe tinha encorajado minha irmãzinha a criar um limite entre "Laurel" e "Nove".

— E a mãe da Sadie? — perguntei a Lia. *A sua mãe,* consertei em silêncio. — Ela seguiu o conselho dela mesma? Criou uma parte dela que nada nem ninguém podia tocar?

Lia devia saber em algum nível que eu não estava só perguntando sobre a mãe dela. Eu estava perguntando sobre a minha. A mulher que tinha me criado era a Pítia? Ou esse era um papel que ela fazia? Teria segmentado uma parte de si e enterrado fundo? Se eu a encontrasse, haveria alguma coisa para salvar?

— Você é a perfiladora — disse Lia com leveza. — Me diz...

Lia parou de falar antes de eu terminar a frase. Segui o olhar dela para o caminho que levava até a casa... e para a garota andando por ele como se fosse uma passarela e ela fosse a estrela do show.

— Celine Delacroix. — O tom de Lia foi só um pouco menos preocupante do que o sorrisinho torto que surgiu no rosto dela quando ela se levantou. — Isso vai ser bom.

Capítulo 20

— **Uma garota não pode visitar** o melhor amigo de infância no aniversário dele?

Lia e eu descemos a escada a tempo de ouvir Celine explicando a Michael o motivo de sua presença. Sloane estava logo atrás dele com uma expressão protetora teimosa no rosto. Eu me perguntei se ela queria proteger Michael... ou Lia.

— Você nos seguiu. — Michael não pareceu completamente surpreso.

— Segui — repetiu Celine. — Subornei umas pessoas pra ficarem de olho em você. Dá no mesmo. — Sem hesitar por um momento, ela se virou para Sloane. — Você deve ser uma das amigas de Michael. Eu sou Celine.

— Você fingiu seu próprio sequestro. — No mundo de Sloane, isso era como um cumprimento. — No meu entendimento, é um comportamento muito anormal.

Celine deu de ombros.

— Eu fingi um bilhete de resgate? Liguei com uma dica falsa pra polícia?

— Você está dizendo que não fez nada de ilegal. — Dean entrou na sala e se intrometeu na conversa antes que Lia fizesse isso.

— Eu estou dizendo que, se alguém quiser destruir o próprio ateliê e ir pra uma das casas de veraneio passar uma semana, não é culpa *dela* se alguém achar que houve crime.

— E *eu* estou dizendo — retrucou Sloane. — Eu estou dizendo... — Ela parou de falar, sem saber como responder. — Eu estou dizendo que um burro miniatura comum vive entre 25 e 35 anos!

Celine sorriu, a expressão menos treinada do que as outras que vi no rosto dela.

— Gostei dela — falou para Michael em tom decisivo. — Ela diz o que está pensando. Nosso círculo social precisa de mais disso, você não acha?

O seu *círculo social*, corrigi em silêncio. *Não é o de Michael. Não mais.*

— Pelo bem de dizer o que estamos pensando — declarou Lia —, se você veio mesmo comemorar o aniversário de Michael, a gente não devia começar logo a festa?

Michael teve o bom senso de parecer assustado.

— Eu acho que um jogo pode ser uma boa — continuou Lia.

— Jogo? — Celine arqueou uma sobrancelha. — Que tipo de jogo?

Lia olhou para Michael e abriu um sorriso maligno.

— Que tal Eu Nunca?

Eu não sabia como Michael tinha pretendido passar o aniversário, mas desconfiava que não era perto da piscina no nosso quintal com Lia de um lado e Celine do outro.

— As regras são simples — disse Lia, colocando os pés na água que, mesmo aquecida, devia estar fria. — Todo mundo começa com dez dedos esticados. Cada vez que alguém disser uma coisa que você já fez, você abaixa um dedo. — Ela deixou a informação ser compreendida e começou o jogo com um estrondo. — Eu nunca fui sequestrada, ameaçada nem levei um tiro disparado por um UNSUB.

Eu vi o subtexto ali: o que quer que Celine e Michael compartilhassem, aquilo era o jeito de Lia de dizer para a outra garota que ela não sabia nada sobre ele agora.

Eu dobrei um dedo. Dean e Michael também.

Celine permaneceu incrivelmente inabalada.

— Eu nunca usei a palavra UNSUB como se fosse uma coisa perfeitamente normal para uma adolescente dizer.

Dean, Michael, Lia e eu abaixamos dedos. Lia pigarreou para chamar a atenção de Sloane.

— Eu não digo nada como se fosse perfeitamente normal — esclareceu Sloane. — Noventa e oito por cento das vezes eu não sou nada normal. — Ela fez uma pausa. — Eu nunca não soube os primeiros cem dígitos de pi.

Michael gemeu. Todos os jogadores exceto Sloane abaixaram um dedo. Eu estava com sete erguidos, e só tínhamos passado por três rodadas.

— Sua vez — disse Celine para mim. — Capricha.

Olhei para Lia.

— Eu nunca morei num banheiro do Metropolitan Museum of Art.

Lia abriu um sorrisinho e abaixou lentamente o dedo do meio da mão esquerda.

— Sério? — perguntou Celine.

Lia encarou a garota com um brilho perigoso nos olhos.

— Sério.

Dean devia ter sentido que a expressão nos olhos de Lia não era um bom presságio (para Celine, Michael ou Lia) porque escolheu aquele momento para entrar na brincadeira.

— Eu nunca — disse ele lentamente — peguei Michael Townsend.

— Um dia, gostosão — disse Michael com uma piscadela. — Se você for muito, muito bom.

Olhei para Dean e abaixei um dedo. *Por que você diria uma coisa assim?*, eu me perguntei, mas, quando Lia abaixou um dedo, percebi exatamente por que Dean tinha escolhido aquela frase.

Celine não se mexeu.

— Eu nunca — disse Michael depois de um momento — supus precipitadamente que minha metade da laranja estava apaixonada por uma garota que eu nunca tinha visto.

Lia abaixou um dedo e reorganizou os da mão esquerda para que só o dedo do meio ficasse levantado.

— Eu nunca usei a expressão *metade da laranja* — retrucou ela.

— Tecnicamente — observou Sloane — você acabou de usar.

Celine riu.

— Eu nunca tive uma quedinha por loiras — disse ela. E aí, de olho em Sloane, ela lançou um sorriso deslumbrante para a nossa cota e abaixou o próprio dedo… querendo dizer que ela *tinha.*

Você nunca ficou com Michael, percebi, *porque Michael não é seu tipo.*

— Eu nunca não quis um burro miniatura — declarou Sloane, sem perceber que Celine estava flertando com ela.

Era minha vez de novo.

— Eu nunca fingi meu próprio desaparecimento por uma coisa que Thatcher Townsend disse pra mim.

O pai de Michael tinha negado ter dormido com Celine, ter ido vê-la no dia que ela desapareceu e ter feito ameaças a ela. Mas, como Lia observara, a negação dele poderia parecer verdade se ele estivesse sendo sincero sobre uma das três coisas.

Talvez ele não tenha dormido com você, mas foi te ver mesmo assim. Talvez ele tenha feito alguma ameaça sobre outra coisa.

Celine, impetuosa, ousada e destemida, abaixou um dedo.

— Eu nunca fui ameaçado por causa de um dos negócios do meu pai — falou Dean em seguida, mas não deu em nada.

Celine se virou para Michael.

— Isso está ficando chato — disse ela. Claramente, o que quer que Thatcher Townsend tivesse dito para ela, ela não queria compartilhar.

Houve um momento de silêncio e Lia o preencheu.

— Eu nunca *deixei* alguém me dar uma surra.

Isso fez a atenção de Michael ir de Celine para Lia.

— Você me pegou — disse ele, indicando o lábio inchado. — Que perspicaz.

Em vez de responder, Lia abaixou a mão esquerda. Levei um momento para perceber que, ao fazer isso, ela também tinha abaixado o dedo do meio. Com um sobressalto, percebi que era o jeito de Lia de dizer para Michael que ela tinha passado pela mesma coisa que ele.

Houve outro silêncio prolongado e:

— Eu nunca fui reconhecida publicamente pelo meu próprio pai. — A voz de Celine soou rouca na garganta, como se a interação que tinha acabado de acontecer entre Michael e Lia tivesse tido um significado para ela também.

Sloane olhou para Celine. Como meu pai tinha me reconhecido, eu abaixei um dedo. Dean também. Michael também. E Lia.

Mas Sloane ficou com o dedo levantado.

— Você também é ilegítima? — perguntou ela a Celine. Não havia julgamento na voz dela, nenhuma percepção de que a pergunta não era do tipo que se podia fazer educadamente.

Michael se virou para olhar para Celine, procurando respostas no rosto dela.

— CeCe?

Se Celine era ilegítima, Michael não sabia. Pensei nas emoções que ele tinha visto no rosto do pai quando Celine estava desaparecida. *Furioso. Afrontado. Insultado pessoalmente.*

Faminto.

Um homem como Thatcher Townsend ficava faminto pelas coisas que não podia ter. Coisas que haviam negado a ele. *Coisas que são suas por direito.*

De repente, vi toda a situação de uma perspectiva diferente: por que Thatcher podia ter ido ver Celine, por que Celine podia ter reagido como reagiu, por que ela tinha seguido Michael até ali, por que Thatcher Townsend tinha se envolvido na investigação desde o começo.

Ela tem o temperamento do pai, pensei, a declaração de Elise Delacroix ganhando um novo significado na minha mente. *Não de Remy Delacroix. Do pai. Do pai de* Michael.

Michael deu as costas para os segredos que via expostos no rosto de Celine.

— Como rei aniversariante, está nos meus direitos exigir uma balbúrdia nas proporções da de *Onde Vivem os Monstros*. E, por um grande acaso — continuou ele, disfarçando as próprias emoções como só um leitor de emoções podia —, como se eu tivesse acabado de ganhar na loteria, eu tenho algumas ideias.

Capítulo 21

A ideia que Michael tinha de festa envolvia um parque de diversões alugado por uma noite só para a gente.

— Eu quero saber quanto isso custou? — perguntou Dean.

— Duvido — respondeu Michael. — Eu quero saber por que você tem fobia de integrar cores ao seu guarda-roupa? Aposto que não!

Quando conheci Michael, tinha tido dificuldade de perfilá-lo. Mas agora eu entendia. *Ler emoções nunca foi seu único mecanismo de sobrevivência.* Ele tinha aprendido a não sentir coisas, a transformar tudo em piada, a descartar revelações que abalavam demais sua visão de mundo.

Uma olhada rápida para Celine me disse que essa era uma característica que eles compartilhavam. Os cantos dos lábios dela se ergueram num sorriso leve.

— Nada mau — disse ela para Michael, observando as luzes da roda-gigante ao longe.

— O que eu posso dizer? — respondeu ele. — O bom gosto é de família.

O subtexto dessas palavras era ensurdecedor.

Sloane franziu a testa.

— O número de papilas gustativas que uma pessoa tem é hereditário, mas isso não afeta a estética nem as preferências de entretenimento até onde eu sei.

Celine nem hesitou.

— Do tipo nerd — exaltou ela. — Aprovada.

Sloane ficou calada por vários segundos.

— A maioria das pessoas não aprova.

Meu coração doeu pelo jeito objetivo como Sloane disse essas palavras.

Com atitude gentil nada típica, Celine passou um braço pelo de Sloane.

— Que tal tentar ganhar um peixinho dourado pra mim?

Sloane não tinha a menor ideia de como responder e por isso seguiu o caminho de menor resistência.

— Peixes dourados não têm estômagos nem pálpebras. E o período de atenção deles é de 1,09 vezes o de um humano comum.

Enquanto Celine levava Sloane para os jogos, eu fui atrás, mas Michael me segurou.

— Ela vai ficar bem — disse ele. — Celine é... — Ele parou de falar e mudou de rumo. — Eu confio nela.

— É bom ter alguém em quem confiar. — O tom de Lia não foi mordaz, mas isso não significava nada. Ela era mais do que capaz de encobrir o que queria realmente dizer.

— Nunca falei que você podia confiar em mim — respondeu Michael. — Eu não confio em mim.

— Talvez eu esteja dizendo que *você* pode confiar em *mim*. — Lia brincou com as pontas do rabo de cavalo preto, dando um tom de zombaria àquelas palavras. — Ou talvez eu esteja dizendo que você *não pode* confiar em mim de jeito nenhum para não me vingar de você de jeitos criativos e cada vez mais absurdos.

Com essa declaração um tanto preocupante, Lia passou o braço pelo de Dean como Celine tinha feito com Sloane.

— Estou vendo uma montanha-russa que é a minha cara, Deanzinho. Topa?

Lia raramente pedia coisas a Dean. Ele não ia recusar agora. Quando os dois se afastaram do grupo, segurei o instinto de ir atrás.

— De repente — murmurou Michael — sobraram dois. Nós fomos parar na casa de espelhos.

— Você está se esforçando muito pra não me perfilar — comentou Michael enquanto andávamos pela área que parecia um labirinto.

— O que me entregou? — perguntei.

Ele bateu com dois dedos na minha têmpora e indicou a inclinação do meu queixo. Passamos por um conjunto de espelhos curvados que distorceu nossos reflexos, nos esticou, nos condensou, as cores do meu reflexo se misturando com as cores do dele.

— Vou poupar seu esforço, Colorado. Eu sou uma pessoa cujo método é querer o que não pode ter pra provar a si mesmo que não merece as coisas que quer. E pra alguém com a minha habilidade, eu tenho um talento absurdo pra não ver o óbvio que está na minha cara.

Eu li nas entrelinhas.

— Você não tinha ideia. Sobre Celine. Sobre quem era o pai dela.

— Por outro lado, assim que ela falou, fez total sentido. — Michael fez uma pausa e experimentou as palavras que vinha evitando. — Eu tenho uma irmã.

Eu me vi em outro espelho. A distorção deixou meu rosto mais redondo, meu corpo menor. Pensei em Laurel, olhando para o balanço. *Eu também tenho uma irmã.*

— Lábios curvados pra baixo, tensão no pescoço, olhos desfocados vendo algo que não é o aqui e agora. — Michael fez uma pausa. — Você foi ver a *sua* irmã hoje, e não tem drama de papai e bebê Townsend que te faça esquecer o que viu.

Chegamos ao final da casa de espelhos e voltamos para o lado de fora. Engoli a resposta para a declaração de Michael quando vi Celine nos esperando. Ela estava segurando um aquário.

— Sloane ganhou um peixe dourado pra você — comentou Michael.

CONFLITOS DE SANGUE 115

— Sloane ganhou peixes dourados pra *todo mundo* — corrigiu Celine. — A garota é boa demais em jogos de parque de diversão. Tem algo a ver com "usar a matemática".

Fiz meus cálculos e concluí que, quer Michael quisesse ou não, ele *precisava* conversar com Celine. E eu precisava me afastar dos espelhos e das lembranças e do lembrete súbito de que a próxima data de Fibonacci chegaria em menos de 36 horas.

Encontrei Sloane sentada perto da roda-gigante, cercada de peixes dourados em aquários. Eu me sentei ao lado dela. A conversa que Michael e Celine estavam tendo foi abafada pela música que acompanhava as voltas da roda-gigante.

A roda está girando, ouvi uma vozinha sussurrar na minha memória, *girando e girando...*

Ao meu lado, Sloane estava cantarolando. No começo, achei que ela estivesse cantarolando junto com a música, mas aí percebi que ela estava cantarolando as mesmas sete notas repetidamente.

A música de Laurel.

Meus braços ficaram arrepiados.

— Sloane... — Eu ia pedir que ela parasse, mas alguma coisa na expressão do rosto dela me fez parar.

— Sete notas, seis únicas. — Sloane olhou para a roda-gigante e a observou girar. — Mi bemol, mi bemol, mi, lá bemol, fá sustenido, lá, si bemol. — Ela fez uma pausa. — E se não for uma música? E se for um código?

Capítulo 22

Sete. *Eu conheço sete.* As palavras de Laurel ficaram se repetindo na minha cabeça quando embicamos na entrada de carros e registrei o fato de que havia carros (no *plural*) parados lá. As luzes estavam acesas, não só na cozinha, mas em todo o primeiro andar.

Tem alguma coisa errada.

Eu saí do carro antes mesmo de Michael ter parado. Quando estava indo para a porta de entrada, passei por um trio de agentes. *Agente Vance. Agente Starmans.* Levei um momento para identificar o terceiro, um dos dois agentes da equipe de Laurel.

Não.

Entrei pela porta da frente e dei de cara com Briggs falando com outro agente. De trás, não consegui ver as feições do outro homem e falei para mim mesma que eu estava exagerando na reação. Falei para mim mesma que não o reconhecia.

Falei para mim mesma que Laurel estava bem.

E aí, o homem se virou. *Não. Não, não, não…*

— Cassie. — O agente Briggs me viu e passou pelo homem. *Agente Morris.* Meu cérebro forneceu o nome. *Agente Morris e agente Sides.* Os dois agentes designados para proteger a minha irmã.

É perigoso demais, Cassie, dissera a agente Sterling quando explicou por que meu encontro mais recente com minha irmã tinha que ser o último. *Para você. Para Laurel.*

— Onde ela está? — perguntei, meu corpo todo tremendo com a intensidade da pergunta. Em um certo nível, eu estava ciente de que Briggs tinha colocado a mão no meu ombro. Em um certo nível, estava ciente de que ele estava me guiando para outro aposento. — Os dois agentes da segurança de Laurel estão aqui — falei, a mandíbula contraída. — Eles deveriam estar escondidos. Com *ela*.

Meus olhos correram para os dois lados de Briggs, como se Laurel pudesse estar lá. Como se eu pudesse encontrá-la se olhasse com intensidade suficiente.

— Cassie. *Cassandra*. — Briggs apertou um pouco meu ombro. Eu quase não senti. Nem percebi que estava lutando com ele, empurrando-o freneticamente, até que os braços dele envolveram meu corpo.

— O que aconteceu? — perguntei. Minha voz soou estranha. Pareceu vir de outro lugar e não da minha garganta. — Cadê a Laurel?

— Ela não está aqui, Cassie. — Briggs foi quem me recrutou para o programa. De todos os adultos nas nossas vidas, ele era o mais focado, o mais determinado, o que tinha mais probabilidade de impor a posição que tinha.

— Não está porque desapareceu? — perguntei, ficando imóvel de repente. — Ou não está porque morreu?

Briggs afrouxou o aperto, mas não soltou.

— Desapareceu. Nós recebemos uma ligação da equipe de proteção dela várias horas atrás. Emitimos um alerta AMBER, bloqueamos todas as estradas de saída, mas…

Mas não adiantou. Você não a encontrou.

— Eles estão com ela. — Eu me obriguei a dizer essas palavras. — Eu prometi que ela nunca teria que voltar pra lá. Prometi que ela estava *protegida*.

—A culpa não é sua, Cassie — disse Briggs, levando a mão ao meu queixo e forçando meus olhos a encararem os dele. —

Esse programa é responsabilidade minha. *Você é responsabilidade minha. Eu decidi trazer Laurel.*

Eu soube sem perguntar que Briggs estava pensando na briga que tinha tido com a agente Sterling em Nova York, sobre Scarlett Hawkins e Nightshade e os sacrifícios que todos tínhamos feitos sob pretexto de *vitória*.

— Cadê a Sterling? — perguntei.

— Procurando vazamentos no quartel-general do FBI — respondeu Briggs. — Tentando entender como é que isso foi acontecer.

Aconteceu, pensei, as palavras apertando meu coração como uma pedra, *porque eu fui ver Laurel*.

Aconteceu por minha causa.

Você

A criança está inconsciente no altar, os membros pequenos formando um X na pedra. Tão pequena. Tão frágil.

Todos precisam ser testados. Todos precisam se mostrar dignos.

Sua garganta está machucada, cheia de hematomas. Suas mãos estão tremendo.

Mas a Pítia não pode demonstrar fraqueza.

A Pítia não pode hesitar.

Sua mão se fecha no pescoço da criança. Você aperta. A menina está drogada. A menina está dormindo. A menina não sentiria dor.

Mas o trabalho da Pítia não é proteger a menina.

Você solta o pescoço da pequena.

— A criança é digna.

Um dos Mestres, o que você chama de Cinco, estende a mão e encosta na testa da menina. Um a um, os outros fazem o mesmo.

— Existe uma questão que requer sua atenção — diz Cinco quando o ritual foi cumprido.

Quando a garotinha acorda no altar, eles encostaram seu corpo na parede. Você não luta quando eles acorrentam seus tornozelos e pulsos.

A Pítia é juíza. A Pítia é júri. Sem ordem, há caos. Sem ordem, há dor.

Capítulo 23

Eu corri para o quarto. A cada passo, meu cérebro afundava mais na perspectiva dos Mestres. *Laurel nunca vai ficar em segurança. Vocês sempre vão encontrá-la. Vocês a fizeram, e o propósito dela é glorioso. Ela é Nove, e o único jeito de sair da sua custódia é se vocês a testarem e ela fracassar.*

Nightshade tinha me dito que os Mestres não matavam crianças. Mas isso não os tinha impedido de deixar um dos predecessores de Laurel para morrer de sede e exposição ao calor quando ele tinha seis anos, só dois a mais do que Laurel agora.

Todos precisam ser testados. A declaração de Nightshade ecoou na minha memória. *Todos precisam ser considerados dignos.*

Se eu fosse uma pessoa normal, talvez nem pudesse imaginar que tipo de teste aqueles monstros poderiam elaborar para uma criança. Mas eu podia… Eu podia imaginar com detalhes apavorantes.

Vocês não vão só machucá-la. Vão fazer com que ela machuque outra pessoa.

— Cassie? — Sloane parou na porta do nosso quarto, um pouco do lado de fora, como se um campo de força a mantivesse longe.

— Descobriu? — perguntei. — O código?

Sloane respirou com irregularidade.

— Eu devia ter descoberto mais rápido.

— Sloane…

CONFLITOS DE SANGUE 121

— *Sete* não é só um número. — Ela não me deixou dizer que isso não era culpa dela. — É uma pessoa.

Meu coração disparou no peito quando eu pensei no fato que era quase certo que minha mãe tinha ensinado aquela música para Laurel.

— Sete é uma pessoa — repeti. — Um dos sete Mestres. — Minha boca ficou seca de repente; as palmas das minhas mãos estavam suando. Laurel estava segura até o encontro em que ela tinha passado essa informação. — Você sabe quem ele é?

— Eu sei quem ele *era* — corrigiu-me Sloane. — Mi bemol, mi bemol, mi, lá bemol, fá sustenido, lá, si bemol. Não são só notas. São números. — Ela pegou um pedaço de papel no bolso. Nele, ela tinha desenhado uma oitava em teclas de piano. — Se você se sentar ao piano e numerar as chaves, começando com o dó médio... — Ela preencheu os números.

— Mi bemol, mi bemol, mi... — falei. — Quatro, quatro, cinco?

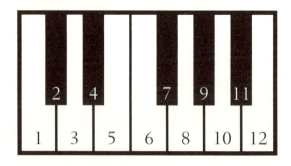

— Exatamente — disse Sloane. — Sete notas se traduzem em nove números, dois dígitos para lá e si bemol. 445-97-1011.

Levei um momento para fazer a conexão entre o que Sloane estava dizendo e o fato de que ela sabia a identidade dos Mestres.

— É um número de Seguro Social.

— Essa é a questão — respondeu Sloane. — *Não é* um número de Seguro Social. Ou pelo menos não é mais. Eu ando rodando em círculos tentando entender o que mais poderia ser, mas aí, em vez de pesquisar nos números de Seguro Social *atuais*, eu decidi fazer uma pesquisa histórica.

— Para o quanto disso precisou de hackeamento ilegal? — perguntou uma voz na porta. Olhei para lá e vi Lia e, atrás dela, Michael e Dean.

— Quase tudo — respondeu Sloane, sem nem hesitar. — Quando voltei algumas décadas, eu encontrei. Esse número de Seguro Social foi dado a um bebê menino em Gaither, Oklahoma, 43 anos atrás. O nome dele era Mason Kyle.

Eu mal conseguia ouvir meus próprios pensamentos por causa do meu coração disparado.

— Mason Kyle — repeti.

— Por que Mason não aparece na base de dados agora? — perguntou Lia. — Ele morreu?

— Aí que tá — respondeu Sloane, sentando-se ao meu lado na cama. — Fora o número de Seguro Social, não existe nenhum registro de Mason Kyle ter existido. Não tem certidão de nascimento. Não tem certidão de óbito. Nenhum histórico de emprego. Quem limpou os registros dele trabalhou com capricho. O único motivo pra eu ter encontrado o número de Seguro Social foi por ter hackeado um arquivo de décadas atrás.

Foi isso que Laurel nos deu. Foi para isso que eu tinha arriscado a segurança dela. Foi por causa disso que ela estava nas mãos deles de novo.

Para se tornar um Mestre, você tem que deixar sua vida antiga para trás. Precisa apagar todos os rastros de quem era. Você era Mason Kyle, pensei, dirigindo as palavras a um fantasma, *e agora é um fantasma.*

— Só isso? — perguntei a Sloane, o estômago pesado, um leve ruído nos ouvidos.

— Quando soube que Laurel estava desaparecida, eu continuei procurando — disse Sloane. — Eu procurei e procurei e… — Ela mordeu o lábio e abriu o tablet no colo, virando-o para mim. Uma foto de um garoto apareceu para nós. Ele tinha seis, talvez sete anos. — Este é Mason Kyle há mais ou menos 37 anos. Foi a única foto que consegui encontrar.

A fotografia estava desbotada e borrada, como se tivesse sido digitalizada por uma pessoa que não sabia usar um scanner, mas eu consegui identificar a maior parte das feições do garotinho. Ele tinha covinhas. Um sorriso sem um dos dentes da frente.

Ele poderia ser qualquer pessoa.

Eu devia ter deixado Laurel em paz. Mas os levei direto para ela. A implicação de que os Mestres estavam nos observando, de que podiam ser qualquer um em qualquer lugar, me fez pensar no sorriso assustador de Daniel Redding.

Eu queria poder estar lá pra ver o que esse grupo vai fazer com você por ir atrás deles.

— Tem um software que faz progressão de idade — disse Sloane, calmamente. — Se eu conseguir limpar a imagem e encontrar os parâmetros certos, talvez a gente possa…

Eu me levantei.

— Cassie? — Foi Dean que disse meu nome. Quando ele veio na minha direção, dei um passo para trás.

Eu não merecia consolo agora. Pensei na agente Sterling dizendo que Scarlett Hawkins tinha sido sacrificada no altar da ambição. Pensei na promessa que tinha feito para Laurel.

Eu menti.

Capítulo 24

O quintal estava totalmente escuro, exceto pela luz da piscina. Eu tinha ido até lá para ficar sozinha, mas, quando me aproximei da água, ficou claro que eu não era a única procurando refúgio.

Celine Delacroix estava nadando.

Quando cheguei mais perto, vi que ela tinha acendido a luz negra. Como o resto da casa, a piscina tinha sido elaborada para facilitar nosso treinamento. O contorno de um corpo brilhava no fundo da piscina. Havia manchas de respingos, visíveis só com a luz negra, nas bordas.

Meses antes, Dean tinha me mostrado aquilo. Ele tinha tentado me convencer a abandonar o programa dos Naturais. Tinha me dito que assassinato e caos não eram um idioma que alguém devesse querer falar.

Ao perceber que não estava sozinha, Celine se virou para mim, deslizando pela água.

— Sem querer ofender — disse ela —, mas vocês são péssimos em disfarçar que trabalham para o FBI.

Aquela garota era irmã de Michael. Estava segura ali. Mas, se ficasse, talvez não permanecesse assim por muito tempo.

— Você devia ir embora — falei para ela. — Voltar pra faculdade.

Celine nadou até a borda e saiu da piscina, gotas d'água escorrendo pelo seu corpo. Ela devia estar congelando, mas nem tremeu.

CONFLITOS DE SANGUE 125

— Eu nunca fui muito boa nas coisas que eu *deveria* fazer.

Eu tinha ouvido Michael dizer a mesma coisa... mais de uma vez.

— Você está bem? — perguntou Celine.

— Não. — Nem me dei ao trabalho de elaborar e voltei a pergunta para ela. — Você está?

Ela se sentou ao lado da piscina e deixou as pernas na água, a cabeça inclinada para o céu.

— Eu estou experimentando uma coisa nova — disse ela. — Honestidade total. Chega de segredos. Chega de mentiras. — Essa era a garota do quadro, a que pintou o autorretrato com uma faca. — Então, em resposta à sua pergunta, Cassie, eu não estou bem. Estou incrivelmente e talvez *irreversivelmente* ferrada. É isso que acontece quando você descobre já crescidinha, aos sete anos, que seu pai não é seu pai... que na verdade o melhor amigo dele que é. É isso que acontece quando, aos catorze anos, sua mãe, bêbada, admite para seu pai biológico que você é dele. E é isso que acontece quando o tal pai biológico finalmente entende que você sabe e te encurrala no seu ateliê pra dizer que seu pai, o homem que te criou, o sócio dele e suposto amigo, destruiu você. Que você seria muito mais se quem estivesse no controle fosse ele. Que, se tivesse tido a chance, ele poderia ter arrancado o sangue ruim de você quando era nova, como ele fez com o filho.

Sangue ruim. Eu podia imaginar Thatcher Townsend dizendo essas palavras, podia imaginá-lo dando uma surra em Michael para arrancar as fraquezas que ele via em si mesmo. E então, pensei em Laurel... no jeito como ela estava sendo criada, nas coisas que esperavam que ela fizesse.

O sangue pertence à Pítia. O sangue pertence à Nove.

— Como você descobriu? — perguntei, a voz rouca, tentando me concentrar no presente e não no que as minhas ações tinham causado para a única pessoa nesse mundo que eu tinha jurado proteger. — Quando tinha sete anos, como você descobriu que Thatcher Townsend era seu pai?

— Eu olhei pra cara dele — disse Celine com simplicidade.

— E olhei pra minha. Não só as feições, não os olhos e lábios e nariz, mas a estrutura facial básica. Os ossos.

Procurei no rosto de Celine alguma semelhança com o pai de Michael, mas não consegui ver.

Celine devia ter sentido algum ceticismo.

— Eu nunca esqueço um rosto. Posso dar uma olhada numa pessoa e saber exatamente como são os ossos da face por baixo da pele. Sinistro, eu sei, mas o que posso fazer? — Ela deu de ombros. — É natural.

Minha respiração entalou na garganta. Celine não sabia os detalhes do programa, por que o FBI tinha nos levado para lá, o que podíamos fazer. Ela não sabia o que significava ser um Natural com N maiúsculo. Mas pensei em Michael dizendo que, desde que eles eram crianças, ela só desenhava rostos. Pensei na foto digital que ela tinha criado, dela com Michael. Ela tinha usado uma fotografia deles quando crianças e tinha feito um desenvolvimento temporal com precisão impressionante.

Tem um software que faz progressão de idade. A declaração de Sloane ecoou na minha cabeça, e eu pensei no papel que os genes tinham executado para tornar cada um de nós os Naturais que nós éramos. Nossos ambientes tinham apurado nossos dons, mas a semente estava lá desde o começo.

E Celine era irmã de Michael.

— Eu falei sério quando disse que você devia ir embora — disse para Celine, a voz áspera como lixa na garganta. — Mas, antes de você ir, eu preciso de um favor.

Capítulo 25

O rosto que me olhava do desenho de Celine era um que eu reconhecia.

Nightshade.

A semelhança que a meia-irmã de Michael tinha desenhado era sinistramente precisa, até a expressão jovem no rosto do assassino.

Sete, pensei, meu coração disparado no peito. *Sete Mestres, sete jeitos de matar.* A progressão seguia uma ordem previsível, começando com o Mestre que afogava as vítimas e culminando em veneno. *Nightshade é Sete.*

Nightshade é Mason Kyle.

A parte de mim que tinha ficado entorpecida e vazia desde que percebi que os Mestres estavam com Laurel começou a rachar, como gelo sob a força de uma picareta. Nas dez semanas anteriores, o FBI não tinha conseguido descobrir nada sobre o passado de Nightshade. Agora, nós tínhamos o nome dele. Nós sabíamos onde ele tinha nascido. E, o mais importante, nós sabíamos que ele tinha se esforçado muito para esconder essa informação.

Foi você que levou Laurel pra Las Vegas. Foi você que me disse onde ela estava.

Senti como se minhas vísceras tivessem sido expostas, como se tudo dentro de mim estivesse vazando para fora. O homem naquele desenho tinha matado a filha de Judd. Ele tinha nos perseguido e, quando o pegamos, tinha embrulhado Laurel para mim com um laço de fita. *Por quê?* Ele tinha sido instruído a fazer isso? Tinha sido tudo parte de um jogo doentio?

Encontrei a agente Sterling na cozinha, sentada em frente a Briggs. As mãos dela estavam cruzadas na mesa, a centímetros da dele. *Você não se permite tocar nele. Não permite que ele toque em você.*

Foi ela que me levou até Laurel. Ela não culparia Briggs por isso. Não me culparia. Depois da morte de Scarlett, a agente Sterling tinha saído do fbi... porque ela culpava *a si mesma.*

— Celine Delacroix é uma Natural — falei da porta. No momento, se perder em culpa não era um privilégio que nenhum de nós podia se dar ao luxo. — Ela fez uma progressão de uma foto que Sloane tinha encontrado. O nome de Nightshade é Mason Kyle. Nós podemos usar isso. — Minha voz falhou, mas eu me obriguei a continuar falando. — Nós podemos usá-lo.

Capítulo 26

Foram necessárias dezesseis horas para conseguir a entrevista. De um lado do espelho falso, Briggs e Sterling estavam sentados em frente a Nightshade. Do outro lado, Dean, Michael, Lia e eu observávamos.

Nós tínhamos deixado Sloane em casa com Celine e Judd. O único adulto do nosso lado do vidro era o pai da agente Sterling. *Isso vai dar certo*, pensei, a garganta apertando. *Tem que dar.*

— Eu entendo que você acha que não tem nada pra dizer pra nós. — A agente Sterling começou o interrogatório como se fosse uma conversa, tratando os sentimentos e desejos do assassino em série como se fossem completamente válidos. — Mas eu achei que essa foto pode fazer você mudar de ideia.

Ela botou uma imagem na mesa, não a de Mason Kyle, ainda não. Agora, a agente Sterling precisava de um ponto de entrada, algo para pôr à prova a capacidade de silêncio do assassino. Nesse caso, uma foto de Laurel.

— Vocês a chamavam de Laurel? — perguntou o agente Briggs. — Ou de Nove?

Nenhuma resposta.

— Eles estão com ela, sabe. — A voz da agente Sterling soou firme e calma, mas havia algo intenso nela, como se cada palavra que passasse por seus lábios fosse um ser vivo. — Nós a escondemos, mas não muito bem. Eles a encontraram. Talvez sempre tenham sabido onde ela estava. Talvez só estivessem esperando.

Eu devia tê-la protegido, pensei intensamente. *Eu devia ter estado lá.*

Ao meu lado, Dean botou a mão na minha nuca. Eu queria descansar no toque dele, mas não fiz isso. Não merecia ser tocada. Não merecia me sentir segura. Não merecia fazer nada além de me sentar ali e ver o homem que tinha matado a filha de Judd pegar a foto de Laurel.

— Você a levou pra Las Vegas — disse a agente Sterling.

— Por quê?

— Se eu não soubesse a verdade — comentou Briggs quando ficou claro que Nightshade não ia dizer nada —, eu pensaria que você gostava da criança. Que *queria* tirá-la da vida que ela estava tendo.

A única coisa que Nightshade ofereceu em resposta àquelas palavras foi outro fluxo de silêncio ensurdecedor.

— Ele não ficou feliz quando descobriu que os Mestres estavam com ela de novo — informou Michael aos agentes. Nós estávamos com microfones. Briggs e Sterling podiam nos ouvir, mas Nightshade não. — Mas ele não está surpreso nem está chateado. Se está sentindo alguma coisa agora, é saudade.

De que você tem saudade? Não de Laurel. De outra coisa. De outra pessoa...

— Perguntem sobre a minha mãe — falei.

Quando o FBI *te pegou, você apostou sua última ficha, sua única ficha, para falar comigo. Você tirou Laurel dos outros Mestres. Você me contou coisas que ninguém de fora das suas sagradas paredes deveria saber.*

— Lorelai te pediu pra tirar a filhinha dela de lá? — perguntou o agente Briggs. — Ela sussurrou uma súplica desesperada no seu ouvido?

A Pítia não sussurra. A Pítia não suplica. Eu conseguia sentir essas palavras (ou algo parecido com elas) fervendo abaixo da superfície do silêncio de Nightshade. *O FBI não consegue nem imaginar o que a Pítia é... pra você, pra sua irmandade. Você não vai contar.*

Silêncio é poder.

— Mostrem Mason Kyle pra ele — sugeriu Dean ao meu lado.

Se tirar o poder dele, pensei, *vocês tiram o silêncio.*

A agente Sterling não disse nada quando puxou a fotografia que Sloane tinha encontrado de Mason Kyle.

Michael soltou um longo assovio.

— O queixo dele se projetou de leve. Ele mal consegue se segurar pra não apertar os lábios. Olha como as mãos dele estão cruzadas na mesa. Tem tensão nos polegares.

— Ele está com raiva — inferi. — E está com medo. — Pensei em tudo que eu sabia sobre Nightshade. — Ele está com raiva por estar com medo e está com medo por estar com raiva, porque ele deveria estar acima de coisas assim. Ele devia estar acima de tudo.

Minha compreensão de emoções partia de um lugar diferente da de Michael. Não tinha nada a ver com os músculos na mandíbula de Nightshade nem com o brilho nos olhos — tinha tudo a ver com conhecer o que um homem que vive para vencer sentia quando percebia que tinha apostado tudo na mão errada.

Quando percebia que tinha *perdido.*

— Isso é uma progressão de idade daquela fotografia. — O agente Briggs pegou o desenho que Celine tinha feito para nós.

Quando Nightshade olhou para o próprio rosto, a agente Sterling partiu para a ofensiva.

— Mason Kyle, nascido em Gaither, Oklahoma, com número de Seguro Social 445-97-1011.

Isso era tudo o que sabíamos sobre Mason Kyle, mas era suficiente. *Nós não devíamos saber seu nome. Era pra você ser um fantasma, um espectro. Mesmo sentado em uma cela, era pra você ter esse poder.*

— Eu sou um homem morto. — As palavras foram quase inaudíveis. Meses de silêncio não tinham sido gentis com a garganta do assassino. — Eu não sou digno.

Para os Mestres, isso é uma sentença de morte, pensei. *Uma Pítia que não é digna morre em uma batalha contra a sucessora. Quando uma criança demonstra ser indigna do manto de Nove, ela é deixada pra morrer no deserto. E um Mestre que não cumpre seu dever...*

— Vai ser doloroso. Vai ser sangrento. — Nightshade, Mason Kyle, olhou através dos agentes, como se eles nem estivessem ali. — Ela não pode permitir que seja de outro jeito, não depois de decidir me deixar viver até agora.

Minha boca ficou seca como algodão. *Ela*, no caso, era a *minha mãe*.

— A Pítia? — disse a agente Sterling. — É ela que decide se você vive ou morre?

Não houve resposta.

— Me deixem falar com ele — pedi. Nem Briggs nem Sterling deram sinal de ter me ouvido. — Me deixem falar com ele — repeti, curvando os dedos em punhos e os soltando repetidamente. — Eu sou a única com quem ele já falou. Ele não vai contar pra vocês sobre a minha mãe porque vocês não são parte disso. Mas, aos olhos dele, eu sou... ou pelo menos poderia ser.

Na última vez que eu tinha falado com aquele homem, Nightshade tinha me dito que talvez um dia a escolha da Pítia, a de matar ou ser morta, poderia ser minha.

Com um leve movimento de cabeça, a agente Sterling retirou o fone do ouvido. Colocou-o na mesa e aumentou o volume para que Nightshade pudesse ouvir.

— Sou eu. — Tive dificuldade de encontrar as palavras certas. — A filha da Lorelai. A filha da sua Pítia. — Fiz uma pausa. — Acho que a minha mãe foi o motivo pra você ter levado Laurel quando foi pra Las Vegas. Não era pra você fazer isso. E não era pra você me contar onde ela estava. Você praticamente a embrulhou pra presente pra mim, sabendo que eu a entregaria para o FBI. Minha irmã não tinha sido testada. Ela não tinha sido considerada digna ou indigna. E você a libertou. — Nenhuma reação ainda, mas eu me sentia chegando mais perto. — Você tratou Laurel como uma criança, não como sua futura líder, não como a *Nove*. — Eu abaixei a voz. — Ela me contou sobre a brincadeira que ela faz, quando a minha mãe está acorrentada.

Se eu estivesse do outro lado do espelho falso, eu teria me inclinado para a frente e invadido o espaço dele.

— Sabe o que eu acho? Eu acho que a minha mãe queria Laurel fora de lá. Ela sabe ser bem convincente, né? Ela sabe fazer você se sentir especial. Sabe fazer você sentir como se não precisasse de mais ninguém nem mais nada, desde que você a tenha.

— Você fala como ela. Sua voz parece a dela. — Foi a única coisa que eu tive como resposta: nove palavras.

— Você tirou Laurel daquele lugar *por ela*. Sabia que eles encontrariam um jeito de levar a menina de volta. Sabia que os outros Mestres não ficariam felizes com você… mas fez mesmo assim. E agora você está falando que a minha mãe vai dizer para os outros que você tem que morrer? Por quê? — Deixei a pergunta no ar. — Por que ela faria uma coisa assim depois de tudo que você fez por ela?

— Você ainda não aprendeu? — A resposta soou baixa e achando uma graça fatal. — A Pítia faz o que precisa pra sobreviver.

— E pra sobreviver ela vai ter que mandar que eles te matem?

— Você mencionou *a brincadeira*. Mas você sabe o que essa *brincadeira* envolve?

Eu sei que envolve a minha mãe acorrentada à parede. Sei que envolve sangue.

— Pra fazer um julgamento, a Pítia precisa primeiro ser purificada — disse Nightshade. — Pra admitir alguém no nosso grupo, ela precisa passar pelo Ritual dos Sete. Sete dias e sete dores.

Eu não queria imaginar o significado por trás daquela frase, mas imaginei. *Sete Mestres. Sete jeitos de matar pessoas. Afogamento, queimadura, empalamento, estrangulamento, esfaqueamento, espancamento e envenenamento.*

— Sete dores — falei, as batidas do meu coração afogando o som das minhas palavras nos meus próprios ouvidos. — Vocês a torturam por sete dias.

— Se ela decretar que o acólito é indigno, ele é descartado. Nós encontramos outro e o processo se repente. De novo. E de novo. E de novo.

Você está gostando de me contar isso. Você gosta de me machucar. Como gosta de machucá-la.

— Por que você salvou Laurel? — perguntei estupidamente. — Por que levá-la com você quando sabia que eles a pegariam de volta?

Não houve resposta. Eu esperei, deixei o silêncio crescer, e quando ele não demonstrou sinal de interrompê-lo, eu me virei e saí pela porta. Meus passos não hesitaram e eu entrei na sala de interrogatório.

A expressão na cara de Briggs me disse que eu pagaria por isso depois, mas minha atenção estava totalmente concentrada em Nightshade. Ele passou os olhos pelo meu rosto, pelo meu corpo. Absorveu cada detalhe da minha aparência e sorriu.

— Por que se dar ao trabalho de ajudar a *Nove* a se livrar dos Mestres se você sabia que eles a pegariam de volta? — repeti.

Eu vi os pensamentos de Nightshade nos olhos dele, vi-o procurando nas minhas feições as semelhanças com a minha mãe.

— Porque deu esperança pra Pítia — disse ele, um sorriso surgindo nos lábios. — E nada dói tanto quanto ter a esperança tirada de si.

Uma chama branca e quente de fúria ardeu dentro de mim. Andei na direção dele, todos os músculos do meu corpo contraídos.

CONFLITOS DE SANGUE 135

— Você é um monstro.

— Eu sou o que sou. E ela é o que é. Pra se salvar, ela condenou outros. Ela vai me condenar.

— Depois de a torturarem por sete dias? — falei, a voz baixa.

A agente Sterling se levantou para me impedir de chegar mais perto. Nightshade inclinou a cabeça para baixo. O corpo dele tremeu. Levei um momento para perceber que ele estava rindo. Era uma risada silenciosa e divertida que me deixou fisicamente enjoada.

— Para questões menores, um único ritual de purificação basta. Se os Mestres estiverem se sentindo generosos, talvez até deem escolha a ela.

Escolha de como ser torturada. Meu estômago se embrulhou, mas fechei bem a boca e me recusei a ceder à bile subindo pela minha garganta.

— E se eles não gostarem da resposta que ela der? — perguntei quando tinha recuperado o controle. — E se ela disser pra eles deixarem você viver?

— Ela não vai fazer isso. — Nightshade se encostou na cadeira. — Porque, se o julgamento dela parecer comprometido, eles vão purificá-la de novo.

Torturá-la de novo.

— Onde ela está? — perguntei rispidamente. — Nos diga onde eles estão e nós podemos acabar com isso. Nós podemos proteger você.

— Não, Cassandra — disse Nightshade com um sorriso quase carinhoso —, não podem.

Você

Desta vez, foi a faca. A arma de Cinco. Mais rápida do que algumas, mais lenta do que outras.

Caos e ordem, ordem e caos.

Agora você está no chão e sua memória está cheia de buracos. Você não se lembra de Laurel voltar. Não lembra como nem quando ela ficou com hematomas no pescoço.

Mas você se lembra do seu sangue pingando da faca de Cinco. Você se lembra da música e da dor e de dizer aos Mestres que o traidor tinha que morrer.

Você se lembra de Laurel mergulhando os dedos no seu sangue. Sorrindo, como ensinou a ela.

— Eu me saí bem, mamãe? — pergunta ela, se encolhendo no seu colo.

A roda gira. Você tentou pará-la. Mas algumas coisas nunca deixarão de ficar em movimento.

Capítulo 27

O FBI botou Nightshade em isolamento e posicionou agentes o vigiando 24 horas por dia. Às 2h da madrugada, ele estava morto.

Os Mestres podem chegar a qualquer um, em qualquer lugar.

— Hoje é dois de abril. — Eu me obriguei a falar em voz alta, parada na frente da parede de provas no porão.

4/2. A primeira de quatro datas de Fibonacci em abril.

— Depois vem quatro de abril — continuei. — Cinco de abril. Vinte e três de abril.

— Cassie. — Dean se aproximou por trás de mim.

Eu estava lá embaixo desde que tínhamos voltado para casa. Quase nem pisquei quando recebemos a notícia de que Mason Kyle estava morto.

— Você precisa dormir — murmurou Dean.

Eu não respondi, só fiquei olhando para as vítimas na parede. Pensei no fato de que, para cada série de nove vítimas, a Pítia tinha dado autorização. Ela tinha designado um acólito digno de matar porque, se não fizesse isso, a dor começaria de novo.

Vocês escolhem sobreviventes de abuso. Escolhem guerreiras. E fazem com que elas sentenciem outros à morte.

— Cassie. — Dean entrou na minha frente e bloqueou minha visão da parede. — Você não pode continuar fazendo isso com você mesma.

Posso, pensei, *e vou*.

— Olha pra mim. — A voz de Dean soou familiar, familiar demais. Eu não queria consolo. — Você quase não dormiu desde que Laurel sumiu. Você não come. — Ele não desistiu. — Chega, Cassie.

Fingi conseguir ver através dele. Eu conhecia aquela parede tão bem a ponto de ver cada foto na minha mente.

— Quando nós descobrimos que meu pai tinha um imitador, eu recuei. Soquei um saco de areia até meus dedos sangrarem. Lembra o que você fez?

Lágrimas ameaçaram surgir nos meus olhos. *Eu me ajoelhei na frente de você e limpei o sangue dos nós dos seus dedos. Afastei você do limite sempre que você foi longe demais.*

Dean passou um braço em volta do meu tronco e outro em volta dos meus joelhos e me pegou no colo para me afastar da parede. Eu sentia o coração dele batendo quando ele me carregou para a porta do porão.

Me larga, pensei, meu corpo rígido como uma tábua. *Só me larga. Me solta.*

Dean me segurou com firmeza enquanto me carregava até meu quarto. Ele me colocou sentada na ponta da cama.

— Olha pra mim. — A voz dele estava gentil. Tão gentil que acabou comigo.

— Não — falei, engasgada.

Não seja gentil. Não me abrace. Não me salve de mim mesma.

— Você acha que o que aconteceu com Laurel é culpa sua.

Para, Dean. Por favor, não me obriga a fazer isso. Por favor, não me faz dizer as palavras.

— E você sempre acreditou lá no fundo que, se você não tivesse saído do camarim da sua mãe naquele dia, se tivesse voltado antes, poderia tê-la salvado. Cada vez que a polícia fez uma pergunta que não soube responder, o que você ouviu foi que você não servia pra nada. Você não serviu pra salvá-la. Você não serviu pra ajudar a polícia a pegar as pessoas que fizeram aquilo.

— E agora ela está sendo torturada. — A verdade explodiu de mim como se fossem estilhaços, com força mortal. — Está sendo torturada até ela dar o que eles querem.

— Permissão — disse Dean, em tom calmo. — Absolvição.

Eu rolei para longe dele, e ele não me impediu. Senti a exaustão do dia sobre mim num instante, mas não consegui fechar os olhos. Eu me permiti afundar na perspectiva da minha mãe.

— Não é que eu não tenha escolha — falei de maneira suave, sem me dar ao trabalho de dizer para ele que não estava mais falando por mim, mas por ela. — Eu sempre tenho escolha: eu sofro ou outra pessoa sofre? Eu luto? Luto contra eles? Ou cumpro o papel que me deram? Eu tenho mais controle, mais poder, se *fizer* com que eles me destruam ou se eu cumprir o papel da Pítia tão bem que eles vão parar de pensar em mim como uma coisa que pode ser destruída?

Dean ficou calado por vários segundos.

— Contra nós sete — disse ele por fim —, você sempre vai ser impotente. — Ele curvou a cabeça. — Mas contra qualquer um de nós, quem dá as cartas é você.

Pensei em Nightshade, morto na solitária.

— Se eu disser morra, você morre.

— Mas primeiro um de nós tem que perguntar.

A Pítia julgava, mas não trazia os casos. Um dos Mestres tinha que apresentar uma questão para ela resolver. E, antes de tomar uma decisão, ela era torturada. Se vários Mestres se opusessem à resposta dela, ela era torturada de novo.

— Vocês me escolheram porque eu era uma sobrevivente — sussurrei. — Porque viram em mim o potencial de me tornar algo mais.

— Nós escolhemos você — retrucou Dean — porque pelo menos um de nós acreditou que um dia você podia passar a gostar. Do poder. Do sangue. Alguns de nós querem que você abrace o que é. Alguns de nós preferem que você lute, que resista a nós.

Aquele grupo seguia regras muito específicas. Depois da nona morte, eles acabavam... permanentemente.

— O que vocês fazem comigo é o mais perto que qualquer um pode chegar de reviver a glória. Vocês passam uma faca pela minha pele ou a veem formar bolhas sob uma chama. Vocês seguram minha cabeça debaixo da água ou me fazem olhar vocês enfiarem uma haste de metal na minha carne. Agarram meu pescoço. Me espancam. — Pensei em Nightshade. — Vocês forçam seu veneno mais doloroso pela minha goela. E cada vez que me machucam, cada vez que me *purificam*, eu aprendo mais sobre vocês. Sete monstros diferentes, sete motivações diferentes.

Minha mãe sempre tinha sido ótima em manipular pessoas. Ela ganhava a vida como "médium", dizendo para as pessoas o que elas queriam ouvir.

— Alguns de nós — disse Dean depois de pensar por um momento — são mais fáceis de manipular do que outros.

Pensei de novo em Nightshade. Minha mãe não tinha ordenado a morte dele quando foi capturado. Era quase certo que os Mestres tivessem levado a questão para o julgamento dela, mas ela tinha negado... e pelo menos uma parte deles tinha aceitado.

— Nightshade era um membro recente desse grupo quando eles levaram a minha mãe — falei lentamente, tentando pensar em fatos, qualquer fato, que pudesse dar uma luz sobre a dinâmica deles. — Ele completou a nona morte dois meses antes de ela ser levada. — Eu me obriguei a voltar para o ponto de vista da minha mãe. — Ele era competitivo. Era ousado. Queria me machucar. Mas eu o fiz querer mais outra coisa. Eu o fiz querer a mim.

— O que ele queria não era material. — Dean fechou os olhos e os cílios fizeram sombra no seu rosto. — A Pítia nunca vai pertencer a um homem.

— Mas um de vocês deve ter me identificado como uma Pítia em potencial — falei. Pensei de novo em como Nightshade

CONFLITOS DE SANGUE **141**

era novo no grupo quando minha mãe foi levada. — Um de vocês me escolheu, e não foi Nightshade.

Esperei outra percepção, mas não houve nada, e esse *nada* me consumiu como um buraco negro sugando todas as outras emoções. Eu não conseguia lembrar quem poderia estar vigiando a minha mãe. Não conseguia me lembrar de nada que pudesse nos dizer como e por quem ela tinha sido escolhida.

Dean se deitou ao meu lado, a cabeça no meu travesseiro.

— Eu sei, Cassie. *Eu sei.*

Pensei em Daniel Redding, sentado à minha frente se gabando da forma como tinha se metido entre mim e Dean, cada vez que nossas mãos se encostassem, a cada toque gentil.

Eu não preciso de nada gentil agora. Eu me permiti me virar para Dean, deixei a respiração entalar na garganta. *Eu não quero.*

Estendi os braços para Dean e o puxei com vigor para perto. Ele enfiou as mãos no meu cabelo. *Nada gentil. Nada leve.* Minhas costas se arquearam quando ele apertou a mão no meu rabo de cavalo. Num segundo eu estava ao seu lado, no seguinte estava em cima dele. Meus lábios capturaram os de Dean, com violência e força e calor e *realidade.*

Eu não conseguia dormir. Não conseguia parar de pensar. Não conseguia salvar Laurel. Não conseguia salvar a minha mãe.

Mas eu podia viver… mesmo não querendo, mesmo doendo. Eu podia *sentir.*

Capítulo 28

Eu sonhei, como tantas vezes antes, que estava andando pelo corredor na direção do camarim da minha mãe. Eu me via estendendo a mão para a porta.

Não entre. Não acenda a luz.

Eu vivia tendo esse sonho, mas nunca conseguia me fazer parar. Nunca conseguia fazer nada além do que tinha feito naquela noite. *Levar a mão ao interruptor. Sentir o sangue nos dedos.*

Eu virei o interruptor e ouvi um ruído baixo, como de folhas ao vento. O aposento continuou escuro. O som ficou mais alto. *Mais perto.* E foi nessa hora que eu percebi que não eram folhas. Era o som de correntes sendo arrastadas por um piso de azulejo.

— Não é assim que se brinca.

O aposento foi inundado de luz e eu me virei e vi Laurel atrás de mim. Ela estava segurando um pirulito, do mesmo tipo que estava encarando quando eu a vi da primeira vez.

— É *assim* que se brinca.

Mãos me empurraram na parede. Algemas apareceram nos meus punhos. Correntes deslizaram pelo chão como cobras.

Eu não conseguia respirar, não conseguia ver…

— Você pode se sair melhor do que isso.

Levei um momento para perceber que as correntes tinham sumido. Laurel tinha sumido. O camarim tinha sumido. Eu estava sentada em um carro. Minha mãe estava no banco da frente.

— Mãe. — A palavra foi estrangulada na minha garganta.

— Dança até passar — disse minha mãe. Essa era uma das frases dela. Cada vez que a gente saía de uma cidade, cada vez que eu ralava o joelho. *Dança até passar.*

— Mãe — falei com urgência, com uma certeza súbita de que, se eu pudesse fazê-la se virar e olhar para mim, ela veria que eu não era mais uma garotinha. Ela veria e se lembraria.

— Eu sei — disse minha mãe por cima da música. — Você gostava da cidade e da casa e do nosso jardinzinho. Mas casa não é um lugar, Cassie.

De repente, nós não estávamos mais no carro. Estávamos no acostamento da estrada e ela estava dançando.

— Todo mundo tem escolhas — sussurrou uma voz atrás de mim. Nightshade surgiu das sombras, o olhar na minha mãe enquanto ela dançava. — A Pítia escolhe viver. — Ele sorriu. — Talvez um dia essa escolha seja sua.

Acordei com um sobressalto e encontrei Dean dormindo ao meu lado e Celine Delacroix na porta.

— Eu vim me despedir — disse ela. — Michael fez uma repetição impressionante do seu número *aqui não é o seu lugar e você tem que ir embora.*

Se havia uma coisa que a minha última conversa com Celine tinha me ensinado era que ali *era* o lugar dela. Mas eu não podia culpar Michael por querer mandá-la embora. Nós estávamos naquilo. Já estávamos em perigo.

Celine não precisava estar.

— Quando isso acabar… — comecei a dizer.

Celine levantou a mão com unhas perfeitamente bem-feitas.

— A menos que você queira me explicar o que é *isso…* pode parar por aí. — Ela fez uma pausa. — Cuida do Michael por mim.

Pode deixar. Eu não podia fazer essa promessa em voz alta.

— E, se você tiver oportunidade — continuou Celine, um sorriso sutil repuxando os cantos dos lábios —, fala bem de mim pra Sloane.

Ela não esperou resposta e saiu pela porta.

Ao meu lado, Dean se mexeu.

— De que você precisa? — perguntou ele baixinho.

Eu precisava fazer mais alguma coisa além de ficar na frente da parede do porão, esperando que um corpo aparecesse. Eu precisava sair daquela casa.

Precisava seguir a única pista que tínhamos.

— Eu preciso ir pra Gaither, Oklahoma.

Você

Você esquece às vezes como era Antes. Antes das paredes. Antes das correntes. Antes da roda girar e do sangue e da dor.

Antes da raiva.

Eles levam fotografias para mostrar o que fizeram ao Sete. Colocam outro diamante no seu pescoço.

As pontas dos seus dedos tocam de leve na beirada da foto, prova de morte. Houve sangue. Houve dor. Você fez aquilo. Juíza e júri, você teve a vida dele nas mãos.

Você fez aquilo. Você o matou.

Você sorri.

Capítulo 29

A cidade onde Nightshade tinha nascido não era o tipo de lugar onde o FBI aparecia regularmente.

— Gaither, Oklahoma, população de 8.425 habitantes — declarou Sloane assim que saímos do carro alugado. — Quando Oklahoma nasceu como estado, Gaither era próspera, mas sua economia desmoronou durante a Grande Depressão e nunca se recuperou. A população foi diminuindo, e a idade média dos residentes foi aumentando com regularidade nos últimos sessenta anos.

Em outras palavras, Gaither tinha uma boa cota de cidadãos idosos.

— Três museus — continuou Sloane —, treze marcos históricos. Embora o turismo local seja uma fonte substancial de renda para a cidade, as comunidades rurais próximas dependem principalmente da agricultura e pecuária.

O fato de que havia turismo em Gaither significava que nós podíamos dar uma olhada sem anunciar nossas intenções… nem o fato de que a agente Sterling tinha um distintivo. Briggs tinha ficado em Quantico. Eu não era boba de tentar imaginar por quê.

Dois de abril. Aquela era uma data de Fibonacci, e o desaparecimento de Laurel era quase certamente um aviso de que coisas estavam por vir.

Judd tinha nos acompanhado até Gaither, assim como o agente Starmans. Meu instinto me dizia que Briggs tinha enviado esse último para proteger Sterling também, e não só nós.

Não pensa nisso, falei para mim mesma quando saímos andando pela rua principal histórica. *Pensa em Mason Kyle.*

Tentei visualizar Nightshade passando a infância naquela cidade. As fachadas das lojas tinham um charme vitoriano. Placas de pedra detalhavam a história da cidade. Quando espalmei a mão em uma delas, tive uma sensação estranha. Como se algo estivesse faltando.

Como se algo estivesse faltando para *mim*.

— Você está bem? — perguntou a agente Sterling. Em uma tentativa de não parecer policial, ela tinha decidido usar calça jeans. Mas parecia policial mesmo assim.

— Estou — falei, olhando para trás e me obrigando a mirar a frente de novo.

Quando dobramos uma esquina, um portão de ferro forjado surgiu. Atrás dele ficava um caminho de pedra, com vários tipos de plantas de cada lado.

Por uma fração de segundo, não consegui respirar e não tinha ideia do motivo.

Dean andou à frente e parou na placa na frente do portão.

— Ou Redding está com prisão de ventre — disse Michael ao ver a sutil mudança na postura corporal de Dean — ou as coisas vão ficar interessantes agora.

Andei até Dean, tomada pela sensação sinistra de que eu sabia o que a placa diria. *Jardim envenenado.* Eram essas as palavras que eu esperava ver.

— Jardim do boticário — foi o que eu li.

— Boticário — disse Sloane, parando ao nosso lado. — Da palavra latina que significa *repositório* ou *armazém*. Historicamente, o termo era usado pra se referir tanto à versão histórica de uma farmácia quanto à versão histórica de um farmacêutico.

Sem esperar resposta, Sloane passou pelo portão. Lia foi atrás.

Dean virou o olhar para mim.

— Quais as chances de ser coincidência que Nightshade tenha crescido em uma cidade com um jardim do boticário e — Dean indicou o prédio ao lado com a cabeça — um museu do boticário?

Um arrepio percorreu meu corpo. A arma de escolha de Nightshade era veneno. Havia uma linha tênue entre conhecer as propriedades medicinais das plantas e saber como usá-las para matar.

— Estou sentindo que é um momento romântico pra vocês dois — disse Michael em tom de brincadeira, batendo no nosso ombro. — Eu que não quero estragar.

Ele passou por nós e entrou no jardim, mas o jeito como olhou para trás me mostrou que ele reconhecia o sentimento incômodo que eu tinha nas entranhas.

— Se vocês acharam o jardim legal — disse uma voz —, deviam entrar pra ver.

Um homem mais velho (meu palpite colocava a idade dele por volta dos setenta anos) apareceu na porta do museu. Ele era baixo e compacto, com óculos redondos e uma voz que não combinava com a aparência: grave e rouca e nem um pouco hospitaleira.

Um homem bem mais jovem apareceu atrás do homem idoso. Ele parecia ter 19 ou 20 anos e usava o cabelo loiro platinado penteado para trás, o que acentuava um bico de viúva.

— O jardim tem entrada gratuita — disse o cara do bico de viúva. — Os visitantes do museu precisam dar uma contribuição.

Foi quase como colocar uma placa gigante de NÃO ENTRE em cima da entrada do local.

A agente Sterling parou ao meu lado.

— Acho que o jardim está de bom tamanho por enquanto — disse ela para o cara com o bico de viúva.

— Imaginei — murmurou o garoto, e entrou de volta na casa. Havia algo nele que me deu a mesma sensação incômoda que senti quando vi o portão de ferro.

— Mantenham-se hidratados e na sombra — aconselhou o homem, o olhar permanecendo em Sterling. — Mesmo na primavera, o calor de Gaither chega de repente, sem avisar. — Sem dizer mais nada, ele foi atrás do garoto com o bico de viúva para dentro do museu.

A agente Sterling falou antes que eu ou Dean pudéssemos fazer algum comentário.

— Andem pelo jardim, finjam estar apreciando o lindo dia de primavera e pensem no que aprenderam — aconselhou ela.

Você quer que a gente vá devagar. Pra não mostrar o que fomos fazer ali.

Eu fiz o que ela mandou. *Erva-de-são-joão. Milefólio. Amieiro. Espinheiro.* Enquanto passava por cada planta identificada no jardim, fui analisando minhas primeiras impressões. Meu instinto me dizia que o homem idoso tinha morado em Gaither a vida toda. O cara do bico de viúva sentia uma tendência de protegê-lo... e ao museu.

Você não gosta de turistas, mas trabalha num museu. Isso falava de uma personalidade contraditória ou de falta de oportunidades de emprego.

Virei no caminho, seguindo a volta para o portão de ferro. Quando cheguei lá, tive a mesma sensação de déjà vu de quando vi o jardim pela primeira vez.

Estou deixando passar alguma coisa.

Enquanto olhava a rua, vi um par de turistas, depois voltei minha atenção para uma moradora passeando com o cachorro. Ela dobrou uma esquina e desapareceu. Eu não pretendia fazer mais do que segui-la para ver o que havia depois da esquina, mas, quando saí andando, não consegui mais parar.

Estou deixando passar alguma coisa.

Estou deixando...

Dean me alcançou. Os outros não estavam muito atrás. Vi nosso grupo de proteção com o canto dos olhos.

— Aonde estamos indo? — perguntou Dean.

Eu não estava mais seguindo a moça com o cachorro. Ela tinha ido para um lado e eu para o outro. O charme histórico de Gaither tinha sumido quarteirões antes. Agora, havia casas, a maioria pequena e precisando de reparos.

— Cassie — repetiu Dean —, aonde estamos indo?

— Não sei — falei.

Lia nos alcançou.

— Mentira.

Eu não tinha percebido que estava mentindo, mas agora que Lia tinha falado, ficou claro. *Eu sei aonde eu estou indo. Eu sei exatamente aonde estou indo.*

A sensação incômoda de déjà vu, a *coisa* profundamente inquietante que tinha se apossado de mim, desde que pisamos naquela cidade, se solidificou em algo mais concreto.

— Eu conheço este lugar — falei. Eu não estava sentindo algo estranho em Gaither. Estava sentindo algo *familiar*.

Eu sei, sussurrou minha mãe na minha memória. *Você gostava da cidade e da casa e do nosso jardim...*

Houve tantas casas ao longo dos anos, tantas mudanças. Mas, quando parei na frente de uma casinha simples com pintura azul e um carvalho enorme que lançava sombra no gramado todo, senti como se alguém tivesse jogado água gelada na minha cara. Eu me vi na varanda, rindo enquanto minha mãe tentava jogar uma corda por cima de um galho da árvore.

Fui até a árvore e passei o dedo pela corda puída do balanço pendurado nela.

— Eu já estive aqui — falei com voz rouca, me virando para os outros. — Eu *morei* aqui. Com a minha mãe.

Capítulo 30

Nightshade tinha nascido em Gaither. Décadas depois, minha mãe tinha morado lá. Não podia ser coincidência.

Ciente do sangue correndo nas minhas veias, eu me obriguei a entrar na perspectiva dos Mestres. *Cada um de vocês escolhe seu próprio aprendiz. Quem escolhe a Pítia?* Dei um passo na direção da casa, meus batimentos sufocando todos os outros sons.

— Não foi Nightshade quem selecionou a sua mãe. — A voz de Dean rompeu a cacofonia na minha cabeça. — Se ele tivesse feito isso… se *eu* tivesse feito isso — disse Dean, mudando da terceira pessoa para a primeira —, eu não teria esperado a filha de Lorelai entrar para o programa dos Naturais para me apresentar.

Paralisada entre uma lembrança e um pesadelo, pensei em Nightshade: no jeito como os ombros dele tremeram ao rir quando eu o interroguei, no cadáver cinza imóvel. *Se você não escolheu a minha mãe, tem uma boa chance de a mesma pessoa ter escolhido vocês dois.*

— Isso muda as coisas. — A agente Sterling pegou o celular. Ela tinha nos levado ali na esperança de conseguir alguma informação sobre Mason Kyle: quem ele tinha sido antes de se tornar Nightshade, quanto tempo antes ele tinha desaparecido daquela cidade. Ela não tinha esperado encontrar uma ligação direta entre Gaither e os Mestres.

Forcei que o ar entrasse e saísse dos meus pulmões, forcei meu coração disparado a ir mais devagar. *Essa é a descoberta que estávamos esperando. É a nossa chance.* E com base na calma sobrenatural com que a agente Sterling tinha falado, no jeito como tinha passado de pessoa comum a agente em dois segundos... ela sabia.

— Existe uma chance de 98% de você estar ligando para o agente Briggs — avaliou Sloane, olhando para a agente Sterling. — E 95,6% de chance de você tentar nos tirar de Gaither.

Você não pode fazer isso. Minha boca estava seca demais para formar as palavras. *Eu não vou permitir.*

— Nós viemos procurar uma agulha num palheiro. — A voz sinistramente calma de Sterling nem hesitou. — E nós acabamos de encontrar uma espada. Vamos ter que reavaliar os riscos envolvidos em xeretar por Gaither. Se Judd e eu dissermos que vocês têm que ir, vocês vão sair. Sem discussão, sem segundas chances.

O telefone de Briggs devia ter caído no correio de voz, porque Sterling não disse nada e desligou.

— Você está segurando um pico de adrenalina. — Michael não se apressou para ler a agente Sterling. — Está frustrada. Está com medo. E, mais do que tudo, por baixo da máscara da agente Veronica Sterling, você está com a cara de uma caçadora de aventuras no alto de uma montanha-russa, à beira da queda.

A agente Sterling nem piscou com o comentário dele.

— Nós vamos ter que reavaliar o risco — repetiu ela.

Eu sabia que ela estava pensando em Laurel. Em Scarlett Hawkins. No dano colateral e no verdadeiro significado de *risco*.

— Eu não vou a lugar nenhum — falei, minha voz tão intensa quanto a de Sterling estava calma.

Eu tinha passado anos repreendendo a mim mesma pelos buracos na minha memória, pelo fato de que não conseguia lembrar metade dos lugares onde eu e minha mãe tínhamos morado, pelo fato de que não consegui contar à polícia nada que ajudasse a identificar a pessoa ou as pessoas que a levaram. Eu

CONFLITOS DE SANGUE 153

não ia embora de Gaither, Oklahoma, sem respostas… sobre a minha mãe, sobre Nightshade, sobre a conexão entre os dois.

— Vou sair do programa se precisar — falei para Sterling, a garganta apertada. — Mas eu vou ficar.

— Se Cassie vai ficar — disse Sloane em tom de motim —, eu vou ficar.

Dean nem precisou dizer que também ia ficar.

— Eu acho Cassie razoavelmente tolerável — comentou Lia casualmente.

— Seria uma pena deixar a *razoavelmente tolerável* para trás. — Michael sorriu de um jeito que não era exatamente um sorriso, a pele se repuxando em volta do que restava dos hematomas.

— Judd. — A agente Sterling procurou apoio, a voz tensa e controlada. Eu me perguntei se Michael conseguia ouvir um espectro inteiro de emoções por baixo daquele controle. Eu me perguntei o quanto Veronica Sterling estava próxima de se tornar a mulher que era antes de Scarlett ser assassinada, alguém que sentia as coisas profundamente. Alguém que agia antes de pensar.

Judd me olhou e olhou para cada um dos outros, depois olhou de soslaio para a agente Sterling.

— Sabe qual é a primeira regra de criar filhos, Ronnie? — disse ele, de um jeito que me fez lembrar que ele teve participação na criação dela. — Não os proíba de fazer algo que você tem certeza de que eles vão fazer de qualquer modo. — O olhar de discernimento de Judd pousou em mim. — É desperdício de uma boa ameaça.

Uma hora depois, o agente Briggs ainda não tinha retornado à ligação da agente Sterling.

Hoje é uma data de Fibonacci, e Briggs não está atendendo o telefone. Eu me perguntei se ele estava atolado em uma cena de crime, se já tinha começado.

— Nós precisamos de algumas regras básicas.

A agente Sterling tinha nos hospedado no único hotel de Gaither e designado o agente Starmans para continuar tentando falar com Briggs enquanto ela nos orientava. Com movimentos controlados e precisos, ela espalhou uma coleção de pequenos objetos metálicos na mesa de centro, um de cada vez.

— Rastreadores — disse ela. — São pequenos, mas não indetectáveis. Levem com vocês o tempo todo. — Ela esperou até cada um de nós pegar um rastreador, mais ou menos do tamanho e formato de uma pastilha, e continuou: — Vocês não vão a lugar nenhum sozinhos. Vão andar em pares ou mais o tempo todo, e nem pensem em abandonar o agente que estiver no seu grupo de proteção. E por fim…

A agente Sterling tirou duas armas da pasta e verificou se as travas estavam acionadas.

— Você sabe manusear uma arma de fogo? — A agente Sterling olhou para Dean, que assentiu, e depois voltou o olhar para Lia.

Eu me perguntei se os dois tinham sido treinados para usar armas antes de eu entrar no programa ou se a agente Sterling os tinha escolhido por causa de experiências passadas.

Lia estendeu a mão na direção de uma das armas.

— Eu sei, sim.

Judd pegou primeiro uma arma e depois a outra com a agente Sterling.

— Eu só vou dizer uma vez, Lia. Você só puxa a arma se a vida de vocês estiver em perigo iminente.

Pela primeira vez, Lia engoliu a resposta espertinha. Judd deu uma das armas para ela e se virou para Dean.

— E — continuou ele, a voz baixa — se a vida de vocês *estiver* em perigo e vocês *puxarem* a arma… é bom que estejam preparados pra atirar.

Você já enterrou sua filha. Eu traduzi o significado inerente nas palavras de Judd. *Aconteça o que acontecer, você não vai nos perder.*

CONFLITOS DE SANGUE 155

Dean agarrou a arma, e Judd voltou olhos de águia para Michael, Sloane e para mim.

— Quanto ao resto de vocês, seus arruaceiros, tem dois tipos de pessoa numa cidade deste tamanho: as que gostam de falar e as que não gostam de jeito nenhum. Fiquem só com as primeiras, senão vou arrancar vocês daqui tão rápido que vão ficar com dor no pescoço.

Não havia como questionar essa ordem. Eu ouvia o militar na cadência de Judd, no tom.

— Essa é uma missão para coleta de informações — traduziu Sloane. — Se encontrarmos alguém hostil…

Não é para dar trela.

Capítulo 31

O melhor lugar para encontrar pessoas que quisessem conversar era no bar. Nesse caso, rapidamente encontramos uma lanchonete. Era meio longe da parte histórica da cidade e recebia mais moradores, mas não tão longe a ponto de não receber turistas ocasionais. Perfeito.

NÃO LANCHONETE DA MAMA REE. A placa acima da porta me disse praticamente tudo que eu precisava saber sobre a dona do estabelecimento.

— Mas Cassie — sussurrou Sloane quando entramos no restaurante. — É uma lanchonete.

Uma mulher de sessenta e poucos anos olhou de trás do balcão e nos observou de cima a baixo, como se tivesse ouvido o cochicho de Sloane.

— Podem sentar onde quiserem — disse ela depois que terminou de nos examinar.

Escolhi um assento na janela, entre dois cidadãos idosos jogando xadrez e um quarteto de mulheres mais velhas ainda fofocando e tomando café da manhã. Sloane não estava brincando quando disse que a média de idade dos cidadãos de Gaither estava aumentando.

Lia e Sloane se sentaram ao meu lado. Dean e Michael ficaram no assento do outro lado, e Sterling e Judd foram para bancos no balcão.

— Nós não temos cardápio. — A mulher que tinha nos mandado sentar, eu supunha que Mama Ree, botou cinco copos de água na mesa. — Agora, é café da manhã. Em uns dez minutos, vai ser almoço. No café da manhã, temos comida de café da manhã. No almoço, temos comida de almoço. Se você conseguir pensar em algo, eu posso cozinhar, desde que vocês não estejam esperando nada chique.

Ela disse *chique* como se fosse um palavrão.

— Eu comeria pãozinho com molho. — O sotaque sulista de Dean arrancou um sorriso da mulher.

— Com uma porção de bacon — declarou ela. Não era uma pergunta.

Dean não era bobo.

— Sim, senhora.

— Torrada francesa pra mim — pediu Lia. Ree pigarreou, e meus instintos disseram que *francesa* chegava perto demais de *chique*, mas anotou o pedido de Lia mesmo assim antes de voltar a atenção para mim.

— E pra você, mocinha?

Essas palavras me levaram ao passado. Não era a minha primeira vez na Não Lanchonete. Eu me via em uma mesa de canto com giz de cera espalhado na mesa.

— Vou querer uma panqueca de mirtilo — acabei dizendo. — Com calda de morango e um milk-shake de Oreo.

Meu pedido fez a mulher inabalável parar, como se aquela combinação fosse familiar para ela, da mesma forma que o jardim do boticário tinha sido para mim.

Você não é do tipo que fofoca com gente de fora, pensei. *Mas talvez compartilhe coisas interessantes com alguém de Gaither.*

— Você provavelmente não se lembra de mim — falei —, mas eu morava em Gaither com a minha mãe. O nome dela era…

— Lorelai — falou Ree antes de mim. E sorriu. — E isso faz de você a Cassie da Lorelai, já crescida. — Ela me olhou de novo. — Você puxou a sua mãe.

Eu não sabia se isso era um elogio... ou um aviso.

Faz ela falar, pensei. *Sobre a mamãe. Sobre a cidade. Sobre Mason Kyle.*

— Eu não me lembro de muita coisa de quando morava aqui. Eu sei que devem ter sido umas poucas semanas, mas...

— Umas poucas semanas? — Ree ergueu as duas sobrancelhas tão alto que elas quase desapareceram no cabelo grisalho. — Cassie, você e sua mãe moraram aqui quase um ano.

Um ano? Tive a sensação de ter levado um soco no estômago. Eu podia perdoar a mim mesma por esquecer umas semanas no meio de uma infância nômade, mas um ano? Um ano inteiro da minha vida que, se eu tivesse lembrado sequer o nome da cidade, talvez tivesse dado à polícia uma pista sobre o caso da minha mãe anos antes?

— Você era uma coisinha miudinha — continuou Ree. — Com uns seis anos. Quietinha. Comportada, não como a minha Melody. Se lembra da Melody?

Assim que ouvi o nome, vi a imagem de uma garotinha de maria-chiquinha.

— Sua neta. Nós éramos amigas.

Eu nunca tive amigas. Nunca tive um lar. Essas eram as verdades da minha infância.

— Como está sua mãe? — perguntou Ree.

Eu engoli em seco e olhei para a mesa à minha frente.

— Ela morreu quando eu tinha doze anos.

Outra verdade da minha infância que acabou se mostrando mentira.

— Ah, querida. — Ree estendeu a mão e apertou meu ombro. Em seguida, com a praticidade de uma mulher que tinha criado várias gerações de crianças, ela se virou para Sloane e Michael e anotou os pedidos deles.

Você conhece luto, pensei. *Sabe quando confortar e quando deixar as coisas de lado.*

Quando Ree foi para a cozinha, Michael ofereceu uma observação.

— Ela gostava da sua mãe, mas havia raiva ali também.

Se minha mãe tinha morado ali por quase um ano, o que nos fez pegar a estrada? E o que exatamente minha mãe tinha deixado para trás?

Nossa comida chegou e eu passei o tempo todo pensando em como fazer Ree falar. Eu precisava de detalhes, tanto sobre a vida da minha mãe em Gaither quanto sobre a de Mason Kyle.

No fim das contas, não precisei pedir a Ree para falar. Quando tínhamos terminado de comer, ela puxou uma cadeira.

— O que te trouxe de volta a Gaither? — perguntou ela.

Homicídio. Sequestro. Séculos de tortura sistemática.

— Nós trouxemos as cinzas da mãe da Cassie — respondeu Lia no meu lugar. — O corpo de Lorelai foi encontrado alguns meses atrás. Cassie disse que aqui era o lugar onde ela ia querer descansar.

Eu já tinha admitido que não me lembrava muito do meu tempo em Gaither, mas Lia era Lia, e Ree acreditou em cada palavra que saiu da boca dela.

— Se eu puder fazer alguma coisa por você — disse Ree diretamente —, Cassie, querida, é só me dizer.

— Tem uma coisa. — Essa era a abertura que eu estava esperando. — Se a minha mãe e eu ficamos aqui por um ano, foi o período mais longo que ficamos em algum lugar. Não consigo me lembrar de muita coisa. Sei que a minha mãe amava a cidade, mas, antes de eu espalhar as cinzas dela… — Eu fechei os olhos por um momento, para deixar a dor real que vivia dentro de mim chegar à superfície. — Eu gostaria de tentar lembrar o porquê.

Eu não tinha o calibre de Lia como mentirosa, mas sabia usar a verdade a meu favor. *O período mais longo que ficamos em algum lugar. Eu não consigo me lembrar de muita coisa. Eu gostaria de lembrar o porquê.*

— Eu não sei o quanto consigo contar. — Não dava para dizer que Ree não era franca. — Lorelai era do tipo que ficava na dela. Ela chegou na cidade fazendo uma baboseira de um show, alegando que era médium. Que ajudava as pessoas a "se conectarem com os entes queridos mortos", que lia o futuro. — Ree riu com deboche. — O conselho da cidade não teria deixado que ela ficasse por muito tempo, mas Marcela Waite é trouxa pra esse tipo de coisa e é conhecida por três coisas por aqui: a boca de sacola, o marido rico morto e uma tendência de perturbar os membros do conselho até fazerem o que ela quer.

Até ali, a história era familiar.

— Sua mãe veio aqui duas ou três vezes nas primeiras semanas, com você junto. Ela era jovem. Arredia, apesar de disfarçar bem. — Ree fez uma pausa. — Eu ofereci um emprego a ela.

— De garçonete? — perguntei. Eu tinha trabalhado como garçonete numa lanchonete antes de Briggs me recrutar para o programa dos Naturais. Eu me perguntei se alguma parte de mim tinha se lembrado da minha mãe ter feito a mesma coisa.

Ree repuxou os lábios.

— Eu tenho o mau hábito de contratar garçonetes que já viram o lado feio da vida. A maioria está fugindo de alguma coisa. Eu nunca soube que coisa era essa pra Lorelai. Ela não me deu essa informação, e eu não pedi. Ela aceitou o emprego. Fiz uma boa proposta de aluguel pra ela.

— A casa azul com o carvalho grande — falei baixinho.

Ree assentiu.

— Minha filha tinha saído de lá pouco tempo antes. Eu estava com Melody e Shane, e me pareceu um desperdício deixar a casa fechada.

Saído de lá. Traduzi essas palavras com base na forma como Ree as tinha dito: *Significa que ela pulou fora e largou os filhos com você.*

Era fácil entender por que Ree teve empatia por uma mãe solo lutando para sustentar a filha.

Sua casa não é um lugar, Cassie. A litania da minha mãe tinha ficado comigo por anos, mas agora eu a ouvia de um jeito diferente, sabendo que, ainda que brevemente, nós tivemos uma casa uma vez.

— Minha mãe era próxima de alguém? — perguntei a Ree, as lembranças dançando fora do meu alcance. — Se envolveu com alguém?

— Sua mãe sempre teve olho bom pra homens bonitos. — Essa era Ree tentando ser diplomática. — Por outro lado, ela também tinha olho bom pra confusão.

Não tão diplomática.

Ree semicerrou os olhos para Dean.

— Você é confusão? — perguntou ela.

— Não, senhora.

Ela se virou para Michael.

— E você?

Ele abriu seu sorriso mais encantador.

— Cem por cento.

Ree soltou uma risada debochada.

— Foi o que eu pensei.

A porta do restaurante se abriu nessa hora e o cara do bico de viúva do museu do boticário entrou. Ree sorriu quando o viu, da mesma forma que tinha feito quando Dean tinha pedido pãozinho com molho.

— Você se lembra do Shane? — perguntou Ree. — Meu neto.

Shane. Senti uma lembrança fora do meu alcance. Ree começou a se levantar.

— A minha mãe conheceu um homem chamado Mason Kyle? — perguntei antes que ela pudesse ir embora.

Ree me olhou.

— Mason Kyle? — Ela balançou a cabeça, como se tentando refrescar a memória. — Eu não ouço esse nome há 25 anos. Ele foi embora de Gaither quando tinha quanto mesmo? Uns dezessete anos? Bem antes de a sua mãe vir pra cidade, Cassie.

Quando Ree foi na direção do balcão e do neto, uma das mulheres mais velhas da mesa atrás de nós estalou a língua.

— Uma pena o que aconteceu com a família Kyle — disse ela. — Uma tragédia.

— O que houve? — perguntou Sloane, se virando no banco.

O homem idoso jogando xadrez do nosso outro lado se virou para olhar para ela.

— Eles foram mortos — grunhiu ele. — Por uma *daquelas pessoas.*

Que pessoas?

— O coitadinho do Mason tinha só uns nove anos — disse a mulher que tinha estalado a língua. — A maioria das pessoas aqui acha que ele viu a coisa toda.

Imaginei o garotinho da foto e pensei no assassino monstruoso que ele tinha se tornado.

— Chega. — Ficou claro pelo tom de voz de Ree e pela reação imediata das pessoas ao nosso redor que a palavra dela era lei. Com um movimento de cabeça, ela se virou para o neto. — Shane, o que você…

Antes que a pergunta saísse dos lábios dela, Shane viu alguma coisa pela janela. O corpo dele ficou tenso e ele saiu da lanchonete correndo para a rua.

Olhei pela janela a tempo de vê-lo andando na direção de um grupo de umas doze pessoas. Estavam andando em filas de quatro. *Idades variadas. Etnias variadas.* Cada uma delas estava totalmente vestida de branco.

Shane tentou se aproximar de uma garota atrás dos outros, mas um homem com cabelo denso, preto como tinta e com fios brancos entrou na frente dele.

— Vou arriscar aqui — disse Lia, os olhos grudados no confronto que viria — e chutar que *aquelas pessoas* são os emissários da seita amigável da região.

Capítulo 32

Aquelas pessoas. Essa foi a expressão que o homem jogando xadrez tinha usado para descrever o assassinato da família de Mason Kyle uns trinta e tantos anos antes.

Michael jogou três notas de vinte na mesa e nós cinco fomos para a porta.

— Mel. — Shane tentou desviar do homem de cabelo grisalho. — *Melody.*

— Está tudo bem, Echo — disse o homem para a garota que Shane tinha chamado de Melody. — Fale sua verdade.

Uma garota que eu quase reconheci, da mesma forma que quase reconheci Shane, deu um passo à frente. Seus olhos estavam voltados para o chão.

— Eu não sou mais Melody — disse ela, a voz leve e fraca, quase um sussurro. — Eu não quero ser Melody. Meu segundo nome, meu verdadeiro nome, é Echo. — Ela ergueu os olhos para os do irmão. — Eu estou feliz agora. Você não pode ficar feliz por mim?

— Feliz por você? — repetiu Shane, a voz travando na garganta. — Mel, você não pode nem falar comigo sem olhar pra ele esperando aprovação pelo que está dizendo. Você desistiu da faculdade, da *faculdade*, Melody, pra entrar pra *seita* de lavagem cerebral que roubou nossa mãe de nós quando a gente era criança. — Shane fechou as mãos em punho. — Então, não, eu não posso ficar *feliz* por você.

— Sua mãe estava perdida. — O homem encarregado dirigiu essas palavras a Shane, seu jeito quase gentil. — Nós tentamos dar consolo, oferecer um jeito mais simples de viver. Eu fiquei tão triste quanto você quando ela escolheu um caminho diferente.

— Você foi o *motivo* pra ela ter ido embora da cidade! — explodiu Shane.

A postura do oponente dele não se alterou.

— O Rancho Serenidade não é pra todo mundo. Nós não podemos ajudar todo mundo, mas, aqueles que podemos ajudar, nós ajudamos. — Ele olhou para Melody de um jeito tão sutil que, se eu não estivesse observando, nem teria notado.

— Eu encontrei a minha Serenidade — recitou Melody, a voz sem expressão, os olhos vidrados. — Em Serenidade, eu encontrei equilíbrio. Em Serenidade, eu encontrei paz.

— Você está sob o efeito de alguma coisa? — perguntou Shane antes de se virar para o homem que tinha confrontado. — O que você deu pra ela? O que está *dando* pra ela?

O homem olhou para Shane por um momento e curvou a cabeça.

— Nós temos que ir.

— Nós estamos a uns três segundos do Draco Malfoy ali partir pra violência — disse Michael, a voz baixa. — Três... dois...

Shane deu um soco no homem. Quando o líder da seita limpou o sangue do lábio com as costas da mão, ele olhou para Shane e sorriu.

A agente Sterling não demorou para obter informações sobre o Rancho Serenidade. O homem no comando se chamava Holland Darby. Ele tinha sido investigado pelas autoridades locais mais de dez vezes nos últimos trinta anos, mas não houve prova de ele estar fazendo nada de errado.

As primeiras reclamações datam do estabelecimento da comunidade Rancho Serenidade nos arredores de Gaither mais de três décadas antes. De acordo com os arquivos que a agente Sterling obteve, Holland Darby era um acolhedor de andarilhos e pessoas perdidas, mas, ao longo dos anos, tinha atraído mais do que uns poucos residentes jovens e impressionáveis para irem para o lado dele. *Nunca ninguém com menos de dezoito anos. Nunca homens.*

Isso me dizia o que eu precisava saber sobre Holland Darby. *Você faz seu dever de casa. Se você aliciasse menores, poderia ter problemas com a lei, e o que quer que você esteja fazendo no Rancho Serenidade, a última coisa que você quer é ter polícia na sua propriedade. Seus seguidores incluem homens e mulheres, mas, no que diz respeito aos moradores da região, você prefere mulheres. Quanto mais jovens, melhor, desde que sejam maiores de idade.*

— Ele levou Melody pra cidade como um teste. — O tom de Lia não dava sinal do fato de que aquilo era pessoal para ela, que Holland Darby tinha despertado lembranças que ela mantinha bem enterradas. — Darby queria que Shane visse a irmã. Queria que Melody deixasse claro que *eles* são a família dela agora.

Quanto menos contato Melody tiver com a família, mais fácil ela fica de manipular, mas quanto mais vezes ela olhar nos olhos dele e escolher você, mais certeza ela vai ter que eles não vão perdoá-la. Que não podem perdoá-la, e que, mesmo que ela quisesse sair do Rancho Serenidade, ela não poderia ir para casa.

— Claramente — disse Lia, se levantando —, o Gaither Hotel só tem uma vaga noção do que significa ar-condicionado. — Ela tirou o cabelo das costas e do pescoço. — Eu vou botar uma roupa mais fresquinha.

A expressão de Lia nos desafiava a questionar se a necessidade dela de trocar de roupa tinha mesmo a ver com a temperatura. Ao meu lado, Michael a viu se afastar. Por melhor que ela fosse em esconder as emoções, ele era melhor em percebê-las. *Ele sabe o que você está sentindo. Você sabe que ele sabe.*

Depois de mais um momento, Michael foi atrás dela no quarto. Eu vi exatamente como isso se desenrolaria, o vai e vem entre eles, Michael tentando levar as emoções dela para a superfície, Lia jogando o fiasco com Celine na cara dele.

— Eu acredito — disse Sloane, preenchendo o silêncio — que tem aproximadamente 87% de chance de Michael e Lia acabarem se pegando ou se envolvendo em atos físicos de...

— Vamos voltar nossa atenção para o caso — interrompeu a agente Sterling. — Pode ser? — Ela entrou no modo sermão.

— Houve dezenas de reclamações registradas contra o Rancho Serenidade quando Holland Darby começou a comprar terrenos grandes nos arredores da cidade 33 anos atrás. Se eu fosse adivinhar, diria que a maioria das reclamações não tinha base ou era inventada. Ninguém queria andarilhos, fugitivos e ex-viciados em drogas vindo morar no que antes eram fazendas familiares. — A agente Sterling botou as reclamações de lado e abriu o arquivo mais grosso. — Aproximadamente nove meses depois do estabelecimento do Rancho Serenidade, o departamento do xerife da região abriu uma investigação sobre o envolvimento do grupo nos assassinatos de Anna e Todd Kyle.

— Os pais do Nightshade? — perguntei.

Sterling assentiu. Por uma hora, ela, Dean, Sloane e eu reviramos todas as provas que a investigação tinha conseguido obter.

Não era muita coisa.

Na época dos homicídios, Anna e Todd Kyle eram um casal jovem com um filho de nove anos. O pai de Anna, Malcolm Lowell, morava com eles. Ao ler nas entrelinhas, eu inferi que era Malcolm quem tinha dinheiro: ele era o dono da casa, foi quem se recusou a vender suas terras para Holland Darby quando o intruso estava comprando as terras dos vizinhos. Houve algum tipo de altercação envolvendo os dois homens. Palavras foram trocadas. Ameaças foram insinuadas.

E, naquela noite, invadiram a casa de Malcolm Lowell, mataram a filha e o genro dele e atacaram Malcolm com crueldade, com dezessete facadas, deixando-o sangrando no chão. De acordo com o relatório policial, Mason, de nove anos, estava em casa o tempo todo.

Você os ouviu gritar? Você se escondeu? A mulher idosa na lanchonete tinha dito que a maioria das pessoas de Gaither acreditava que Mason Kyle tinha visto os pais serem mortos, mas o relatório não dava indicação disso.

Malcolm, avô de Nightshade, foi quem ligou para a emergência. Quando a assistência médica chegou, sua vida estava por um fio. O homem sobreviveu. A filha e o genro, não. Depois do ataque, Malcolm Lowell não conseguiu oferecer uma descrição física de quem o atacou, mas as desconfianças recaíram quase imediatamente nos ocupantes do Rancho Serenidade.

— Eu estou trabalhando numa linha do tempo. — Sloane tinha usado o bloco de cortesia do hotel, arrancando uma página atrás da outra e colocando no chão, rabiscando informações em cada uma. Ela apontou para a da esquerda. — Trinta e três anos atrás, Holland Darby estabelece sua comunidade nos arredores da cidade. Menos de um ano depois disso, Anna e Todd Kyle são assassinados. Vinte e sete anos atrás, o Mestre de venenos que acabaria escolhendo Nightshade como aprendiz matou nove pessoas, completando sua iniciação para o grupo dos Mestres.

Segui a lógica do cálculo de Sloane: Nightshade tinha completado as mortes da sua iniciação seis anos antes. A seita operava em um ciclo de 21 anos. Portanto, o Mestre de venenos anterior a Nightshade tinha sido iniciado dois a três anos *depois* que Anna e Todd Kyle foram assassinados.

Qual é a conexão?

— Primeira alternativa — falei. — O Mestre que acabou vindo a treinar Nightshade como aprendiz morava em Gaither durante a época dos assassinatos. Nós sabemos que os Mestres preferem Pítias que têm histórico de violência e abuso. É possível que um critério similar seja usado na seleção de assassinos.

— Eu fechei os olhos por um momento e deixei a lógica se

assentar. — O Mestre anterior sabia o que Mason tinha visto e que tinha sobrevivido e o escolheu pra ser recrutado.

Dean me encarou.

— Segunda alternativa: eu sou o Mestre que recrutou Nightshade. Eu também sou a pessoa que matou Anna e Todd Kyle. Eu não fui pego, e o caso obteve atenção suficiente da imprensa local pra atrair a atenção dos Mestres, que ofereceram de canalizar meu potencial para *bem mais*. — Ele passou as pontas dos dedos da mão direita na minha esquerda. — Eu aceitei a proposta e aprendi a matar sem deixar rastros, sem misericórdia.

Ao meu lado, Sloane estremeceu.

— Anos depois — continuou Dean baixinho —, quando era época de eu escolher meu aprendiz, me lembrei de Mason Kyle. Talvez não soubesse que ele estava na casa quando eu matei a família dele. Ou talvez — continuou ele, a voz totalmente diferente da dele — eu tenha decidido deixá-lo vivo. De qualquer modo, ele é meu.

Um silêncio se estabeleceu na sala. Se os pais de Nightshade tivessem sido mortos por um dos Mestres, solucionar os assassinatos dos Kyle podia nos levar direto até a pessoa que tinha recrutado Nightshade.

Encontre um Mestre, siga o rastro.

— Terceira alternativa. — A agente Sterling, que andava surpreendentemente calada enquanto Dean e eu organizávamos nossos pensamentos, acrescentou a voz dela à mistura. — O unsub dos homicídios dos Kyle matou os pais de Nightshade *pra que* o pequeno Mason Kyle ficasse mais adequado a se tornar um assassino um dia. — Ela se levantou e começou a andar pela sala. Eu nunca a tinha visto tão concentrada. — Eu conheço o caso de Nightshade de cor. O assassino que estávamos procurando era brilhante, narcisista, tinha necessidade de vencer e superar todos os competidores. Ainda assim, no último interrogatório, Nightshade aceitou que a Pítia mandaria matá-lo. Ele não lutou. Não entregou os outros Mestres pra se salvar.

— Ele era leal — traduzi.

— Você acha que essa lealdade pode vir da época da infância. — Dean ergueu o olhar para o de Sterling. — Você acha que o nosso UNSUB começou a preparar Nightshade pra entrar para os Mestres desde que ele era menino.

Sloane franziu a testa.

— Os pais de Nightshade foram mortos 1.887 dias *antes* do Mestre de Nightshade completar sua própria iniciação — observou ela. — Descartando anomalias no contínuo de espaço e tempo, parece improvável que alguém pudesse ter começado a preparar um aprendiz pra assumir seu lugar antes de *ter* esse lugar.

As mãos de Sloane tremeram, um sinal claro de ansiedade. Ela se acalmou e se voltou para o restante da linha do tempo.

— Nove anos depois que os pais de Mason Kyle foram assassinados, Mason foi embora de Gaither e não voltou. Isso bota o êxodo dele em aproximadamente vinte e quatro anos atrás. Uns doze anos depois disso, Cassie e a mãe dela vieram pra cidade. — Os olhos azuis de Sloane foram na direção dos meus. Percebi ela tentando calcular as chances de que continuar fosse me magoar.

Eu a poupei do trabalho.

— Seis anos depois que minha mãe e eu saímos de Gaither, Nightshade matou nove pessoas e assumiu seu lugar à mesa dos Mestres. Menos de dois meses depois disso, minha mãe foi levada.

Minha mãe e Nightshade tinham morado naquela cidade com mais de uma década de distância. Mas um dos Mestres, ou mais, devia ter ficado de olho neles depois. *Você tem uma boa memória. Tem um bom olho para detectar potencial. E sabe ser muito, muito paciente.*

— Supondo que quem atacou a família Kyle tinha dezesseis anos ou mais — disse Sloane —, estamos procurando um UNSUB com pelo menos quarenta e tantos anos… e possivelmente bem mais velho.

Pensei nos idosos da lanchonete, no homem que nos convidou para visitar o museu do boticário.

— Nós precisamos saber o que a polícia não botou no arquivo oficial — disse Dean. — Fofocas. Teorias.

— Pra sua sorte — comentou Lia, entrando de volta na sala —, fofoca é uma das minhas especialidades. — Ela estava usando uma saia preta comprida e uma blusa cheia de babados que pendia dos ombros. Tinha feito um delineado grosso e preto nos olhos e estava com pulseiras de cobre de cinco centímetros de largura nos pulsos. — Numa escala de um a dez — disse ela —, o quanto eu pareço médium?

— Seis vírgula quatro — respondeu Sloane sem hesitar.

— Médium? — perguntei. Eu tinha quase certeza de que não queria saber aonde aquilo estava indo.

— Lia e eu estávamos falando sobre nossa conversinha com Ree na Não Lanchonete — disse Michael, se aproximando por trás de Lia com uma expressão no rosto que me fez pensar que eles tinham feito bem mais do que falar. — E nós dois nos lembramos de Ree falando algo sobre uma viúva boca de sacola com um fraco por médiuns.

Lia arqueou uma sobrancelha para mim. Eu conhecia aquele arqueio de sobrancelha. Não era coisa boa.

— De jeito nenhum — falei. — Eu passei a maior parte da minha infância ajudando minha mãe a enganar pessoas pra que achassem que ela era médium. Eu não vou te ajudar a fazer a mesma coisa.

Sloane me olhou, olhou para Lia e olhou para mim de novo.

— Tem uma probabilidade muito alta — sussurrou ela — de Lia te dizer agora que você está mentindo.

Capítulo 33

Poderia ser pior, falei para mim mesma quando ajustei a câmera na lapela e Lia se inclinou para a frente para tocar a campainha da fofoqueira da cidade. *Lia podia ter escolhido uma válvula de escape mais destrutiva para as questões dela.*

— Posso ajudar? — A mulher que atendeu a porta tinha cinquenta e poucos anos e cabelo vermelho vívido que não pareceria natural nem se ela fosse duas décadas mais jovem. O estilo dela tendia para o justo e brilhoso.

Você usa batom rosa vibrante mesmo quando está em casa. A casa é clássica, discreta... tudo que você não é.

— Se você for Marcela Waite, eu acredito que nós podemos ajudar você — murmurou Lia.

Até a credibilidade de uma mentirosa Natural tinha limite. Por mais que eu detestasse fazer aquilo, aproveitei o momento.

— Meu nome é Cassie Hobbes. Você conheceu minha mãe, Lorelai. Ela ajudou você a se conectar com entes queridos do outro lado.

O reconhecimento faiscou nos olhos de Marcela.

— Quarenta e quatro por cento dos médiuns acreditam em OVNIS — disse Sloane subitamente. — Mas o dobro disso acredita em extraterrestres.

— O reino dos espíritos fala com Sloane em números — disse Lia solenemente.

— Você tem quatro cachorros enterrados no seu quintal. — Sloane se balançou. — E trocou 479 telhas do telhado ano passado.

A mão de Marcela foi até o peito. Claramente, não tinha ocorrido e nem ocorreria a ela que Sloane só era boa de matemática e extremamente observadora.

— Vocês têm uma mensagem pra mim? — perguntou Marcela, os olhos iluminados.

— Minha mãe faleceu vários anos atrás — falei, seguindo a história que tínhamos contado para Ree. — Eu vim pra Gaither pra espalhar as cinzas dela, mas, antes de fazer isso...

— Sim? — disse Marcela, sem fôlego.

— O espírito dela me pediu pra vir aqui fazer uma leitura pra você.

Eu era uma pessoa horrível.

Quando Marcela Waite serviu chá para nós e se sentou na minha frente em uma sala de estar formal, eu engoli a pontada de culpa e me obriguei a me concentrar no CPA dela. *Comportamento. Personalidade. Ambiente.*

Essa casa era do seu marido. Ele tinha dinheiro de família. Você, não. Ele nunca fez pressão pra você mudar, e você não mudou... mas também não alterou a decoração dele. Meus instintos diziam que ela o amara.

— Você é uma pessoa muito espiritual — falei, me sentindo mais como a minha mãe do que em muito tempo. — Estou sentindo que você tem um toque do Dom.

A maioria das pessoas gostava de se considerar intuitiva, e noventa por cento daquele trabalho era dizer ao cliente o que ele queria ouvir.

— Você anda tendo sonhos — continuei. — Me conta sobre eles.

CONFLITOS DE SANGUE 173

Quando nossa anfitriã começou a descrever seu sonho da noite anterior, eu me perguntei como minha mãe conseguiu fazer aquilo por tantos anos.

Você fez o que precisou, pensei. *Fez por mim.* Mas, lá no fundo, eu também tinha que admitir, *você gostava de jogar esse jogo. Gostava do poder.*

Levei um momento para perceber que Marcela tinha parado de falar.

— Tem dois lados no sonho que você descreveu — falei automaticamente. — Os lados diferentes representam dois caminhos, uma decisão que você precisa tomar.

O truque do ofício da minha mãe era sempre ser vaga até o cliente dar pistas de como proceder.

— Novo contra velho — continuei. — Perdoar ou não perdoar. Pedir desculpas ou morder a língua. — Não houve reação de Marcela, e eu fui um pouco mais pessoal. — Você se pergunta o que seu marido ia querer que você fizesse.

Isso abriu as comportas.

— A irmã dele tem sido horrível comigo! É ridículo o jeito como ela me olha com desprezo considerando que *ela* está no quarto casamento!

A irmã do seu marido nunca te achou boa o bastante pra ele... e deixou isso claro desde o primeiro dia.

Sloane pigarreou.

— Tem 56 anagramas com o nome Marcela, incluindo *caramel, reclama* e *Carmela.*

Marcela ofegou.

— O doce favorito do meu Harold era caramelo. — Ela franziu a testa. — Harold quer que eu reclame? Com a irmã dele?

Lia pegou a deixa.

— Sinto cheiro de caramelo — disse ela, os olhos se focando em algo ao longe. — Harold está aqui. Está conosco. — Ela agarrou minha mão e voltou o olhar para Marcela Waite. — Ele quer que você saiba que ele sabe como a irmã dele é.

— Ele nem sempre via quando estava vivo — acrescentei, elaborando a declaração de Lia para que ficasse mais consistente com meu perfil de Marcela. — Mas vê tudo agora. Ele sabe que é difícil, mas está contando com você ser superior. Porque ele sabe que você pode ser.

— Ele disse isso? — perguntou Marcela baixinho.

— Ele não fala muito — respondi. — Em forma de espírito, ele não precisa.

Marcela fechou os olhos e curvou a cabeça. *Você precisava ouvir que ele te apoia. Precisava lembrar que ele te amava também.*

Eu quase consegui acreditar que estávamos fazendo uma coisa boa ali, mas aí Lia arqueou as costas e seu corpo se contorceu em uma posição nada natural.

— *Socorro.* — A voz de Lia saiu num sussurro agudo tipo unhas no quadro-negro. — *Eu não encontro meu filho. Tem sangue. Tanto sangue...*

Apertei a mão de Lia num alerta. Não era assim que eu escolheria levar o assunto até os homicídios dos Kyle, mas Lia, no melhor estilo Lia, não me deixou escolha.

Eu me obriguei a não revirar os olhos.

— Me conta seu nome, espírito — falei.

— Anna — sussurrou Lia. — Meu nome era Anna.

Capítulo 34

Para a nossa sorte, Marcela Waite, como a maioria das fofoqueiras e amantes de leggings de lantejoula dourada, tinha um senso apurado de drama. Eu tinha quase certeza de que ela tinha gostado mais da performance de Lia do que de falar com o marido morto.

— Deve ter sido Anna Kyle — disse Marcela, batendo com as unhas vermelhas na lateral da xícara. — Eu tinha dezenove anos quando ela e o marido foram mortos. Aquela pobre mulher.

— O que aconteceu? — perguntei. Nós tínhamos feito nosso show. Agora era hora da fofoqueira da cidade fazer o dela.

— Anna Kyle foi esfaqueada na cozinha. O marido também — disse Marcela com voz baixa. — E o pai de Anna quase não sobreviveu.

— E o filho? — perguntei. — Ela disse que não conseguia encontrar o filho.

— Ele estava lá — disse Marcela. — Viu tudo. — Foi a mesma coisa que tínhamos sentido na lanchonete, mas contradizia o relatório oficial que a agente Sterling tinha conseguido. — Se vocês quiserem saber a minha opinião, tinha alguma coisa errada com aquele garoto. Ele era bagunceiro e vivia andando com as crianças *daquelas pessoas.*

Guardei a referência a *aquelas pessoas* para consideração futura.

— Que horror — murmurou Lia. — É um milagre o assassino ter deixado o garoto vivo.

Marcela repuxou os lábios. Mesmo sem Michael presente para ler as emoções dela, reconheci a expressão de uma mulher prestes a dizer uma coisa que ela sabia que não deveria.

— Eu não faço fofoca, sabe — disse Marcela —, mas algumas pessoas dizem que o pequeno Mason conhecia o assassino. Tem gente que acha que ele não só testemunhou os homicídios. — Ela abaixou a voz a um sussurro. — Tem gente que acha que ele ficou assistindo.

Sloane franziu a testa.

— Por que alguém acharia isso?

Marcela nem tentou resistir a responder.

— Eu contei pra vocês do pai de Anna? Ele foi esfaqueado um monte de vezes, precisou passar por uma cirurgia e, quando acordou, disse pra polícia que não viu o agressor.

— Mas?

— Mas, depois disso, Malcolm Lowell se recusou a ter qualquer envolvimento com o neto. Não quis ficar com a guarda de um parente de sangue, não conseguia nem *olhar* pra ele. O velho Malcolm nunca mais falou com o garoto.

Eu via como isso teria se desdobrado numa cidade pequena, como foi para Nightshade. *No começo, as pessoas sentiam pena de você. Mas depois que seu avô acordou, depois que ele insistiu com a polícia que não tinha visto o agressor, as pessoas começaram a fazer perguntas. E se ele estivesse mentindo? E se estivesse protegendo alguém?*

E se esse alguém fosse você?

— O que aconteceu com Mason? — perguntou Sloane, as mãos se retorcendo no colo. — Os pais dele morreram. A família não o quis. Pra onde ele foi?

A pergunta foi muito familiar para Sloane.

— Um casal da cidade ficou com o garoto — disse Marcela, tomando outro gole de chá. — Hannah e Walter Thanes.

CONFLITOS DE SANGUE 177

— Eles ainda moram em Gaither? — perguntou Lia casualmente.

Marcela botou a xícara na bandeja.

— Hannah faleceu vários anos atrás, mas Walter ainda mora aqui. Ele cuida do museu do boticário na rua principal.

Você

Você sabe que não deve apreciar os momentos tranquilos. Sabe que não deve olhar para Laurel dormindo e pensar por um momento sequer que ela é só uma criança.

— Ela parece tranquila, né? — A voz de Cinco é como óleo na sua pele.

Ele está segurando a faca.

— O que você está fazendo aqui? — Às vezes, compensa ser arrogante, lembrar aos sádicos que você pode estar à mercê deles, mas eles também estão à sua.

— Eu recebi uma notícia interessante de um velho amigo.

Você não morde a isca.

Cinco sorri com o seu silêncio.

— Parece que o FBI apareceu em Gaither. — Ele passa um dedo pelo fio da lâmina da faca. De leve. Com cuidado.

Você o encara de frente.

— O que o FBI está fazendo não é da minha conta.

— Mas é — respondeu Cinco, apertando a lâmina da faca na ponta do próprio dedo e tirando sangue — quando envolve a sua filha.

Capítulo 35

Os outros nos encontraram em frente ao museu do boticário.

— Sterling está em dúvida se nos deixa na linha de frente, Judd está com aquela cara que ele faz quando está pensando em Scarlett e o agente Starmans precisa desesperadamente ir ao banheiro — murmurou Michael para Lia e para mim. — Caso vocês quisessem saber.

Olhei para o agente Starmans, que logo pediu licença para usar o banheiro lá dentro. Judd enfiou a mão no bolso de trás, tirou a carteira de couro surrado e entregou a Sloane uma nota de vinte dólares amassada.

— Doação — disse ele. — Para o museu.

Quando Sloane pegou a cédula, eu troquei um olhar com a agente Sterling. *Você odeia que seja eu a pessoa que tem um motivo plausível para estar fazendo perguntas. Odeia que o povo de Gaither fale comigo. Mas, mais do que tudo, você odeia o fato de não odiar nos botar na linha de fogo tanto quanto deveria.*

Dean estendeu a mão para a porta do museu e a segurou aberta para Sterling.

— Depois de você — disse ele, um gesto que um observador veria como cavalheirismo sulista, mas que reconheci como uma promessa tácita: nós seguiríamos a orientação dela.

Sterling entrou primeiro e o resto de nós logo atrás.

— Boa tarde, pessoal. — Walter Thanes estava atrás do balcão, parecendo tanto uma relíquia quanto aquelas coisas alojadas entre as paredes.

Sloane ofereceu o dinheiro que Judd tinha dado a ela. Thanes indicou uma caixa de madeira no balcão. Quando Sloane colocou o dinheiro na caixa, me obriguei a me virar para longe do homem que tinha criado Nightshade e observei as prateleiras.

Centenas de frascos com rótulos desbotados ocupavam uma parede. Ferramentas enferrujadas estavam expostas com orgulho na frente de béqueres feitos de vidro fosco. No balcão embaixo deles havia um livro grosso com capa de couro, as páginas amareladas e a tinta desbotada pelo tempo. Quando vi o título manuscrito no alto, meu coração pareceu parar.

Registro de venenos — *1897.*

Pensei em Nightshade, no veneno que ele tinha usado para matar Scarlett Hawkins: indetectável, incurável, doloroso. Segurei um tremor quando uma presença ao meu lado criou uma sombra no papel.

— Para comprar remédios que podiam ser venenosos, o boticário pedia que os clientes assinassem o recebimento. — Walter Thanes passou a ponta do dedo de leve sobre a lista. — Láudano. Arsênico. Beladona.

Eu me obriguei a afastar a atenção da página aberta para o homem idoso.

Thanes abriu um sorriso de leve.

— Existe uma linha tênue entre remédio e veneno, sabe.

Essa frase é atraente pra você. Na mesma hora, meu cérebro partiu em velocidade máxima. *Você acha venenos fascinantes. Você acolheu Nightshade quando ele era menino.*

— O museu foi um boticário de verdade em algum momento? — perguntou a agente Sterling, afastando a atenção do nosso suspeito de mim.

Thanes uniu as mãos na frente do corpo enquanto atravessava a sala até ela.

— Ah, sim. Meu avô era o dono do boticário de Gaither quando jovem.

— Uma arte em extinção — murmurou Sterling —, já naquela época.

Essas palavras ressoaram com Thanes. Ele gostou dela, de falar com ela.

— Um belo grupinho esse que você trouxe — comentou ele.

— Minha sobrinha e os amigos — respondeu Sterling tranquilamente. — Cassie e a mãe moraram aqui quando Cassie era jovem. Quando eu soube que o grupo todo estava planejando uma viagem pra Gaither, achei que seria bom eles terem a supervisão de uma adulta.

Lia parou do meu lado, parecendo estar encantada pela balança antiquada da exata cor e textura de uma moeda de um centavo enferrujada.

— Uma curiosidade — disse a detectora de mentiras baixinho. — A parte sobre a supervisão de uma adulta era verdade.

Atrás de nós, Thanes refletiu sobre a declaração da agente Sterling.

— Imagino que isso faça de você irmã de Lorelai.

Ouvir o nome da minha mãe saindo dos lábios dele teve um efeito visceral em mim. Eu queria me virar para ele, mas meus pés estavam grudados no chão.

Você conheceu a minha mãe.

— Você tem filhos? — perguntou a agente Sterling, uma pergunta completamente natural e benigna na língua dela. Eu segui pela parede externa e me virei para poder espiar a reação do homem.

— Raiva — murmurou Michael, se aproximando por trás de mim e falando diretamente no meu ouvido. — Amargura. Saudade. — Ele ficou calado por um momento. — E culpa.

O fato de que Michael mencionou culpa no final me disse que era o mais fraco dos sentimentos. *Porque foi perdendo a força ao longo dos anos?*, eu me perguntei. *Ou porque você é constitucionalmente incapaz de sentir mais do que uma leve pontada?*

— Eu tive um menino. — A resposta do homem à pergunta de Sterling foi entrecortada e abrupta. — Mason. Foi embora quando tinha dezessete anos. Partiu o coração da minha esposa.

Um olhar na direção de Lia revelou que ela não tinha detectado nenhuma mentira naquelas palavras.

— Mason — repeti, fazendo minha melhor imitação de adolescente curiosa. Eu me permiti hesitar e: — Umas pessoas estavam conversando lá na Ree hoje de manhã. — Eu desviei o olhar, com hesitação suficiente para sugerir que eu não devia dizer o que ia dizer. — Sobre os homicídios de Anna e Todd Kyle...

— Cassie — disse minha "tia" com rispidez, reforçando a ideia de que eu era uma garota que tinha passado um limite.

— Foi uma coisa horrível. — Thanes agarrou um frasco antiquado com um crânio. — Eu nunca gostei do pai de Anna. Ele se casou com uma garota da cidade, mas nunca se esforçou pra conhecer o pessoal daqui. A esposa dele morreu quando Anna tinha uns seis anos e ele criou a garotinha sozinho no casarão na colina. Ele se sentia bom demais para esta cidade desde o primeiro dia. — Ele balançou a cabeça, como se tentando se livrar das lembranças. — Malcolm ignorava o resto de nós, mas se chocou com Holland Darby e os seguidores dele. Isso nunca acaba bem pra ninguém por aqui.

Lancei um olhar para a agente Sterling, como se estivesse em dúvida se valia a pena o risco de parar de morder a língua.

— Anna e Todd Kyle foram assassinados. E o filho deles... Mason...

O velho me encarou por um momento.

— Minha esposa e eu não pudemos ter filhos. Pareceu uma coisa cristã de se fazer. E Mason... — Thanes fechou os olhos. — Mason era um bom garoto.

Com base no desenrolar daquela conversa, eu via duas versões possíveis de Walter Thanes. Uma era um homem idoso que tinha se esforçado para fazer o melhor por um garoto sofrido que agradeceu indo embora assim que teve idade para tirar a poeira de Gaither dos sapatos. A outra era um ator incrível, cujo sofrimento tinha menos a ver com o garoto que tinha ido embora da cidade e mais com o homem que Mason Kyle tinha se tornado.

Nightshade tinha falhado com os Mestres.

Nightshade tinha sido capturado.

Nightshade tinha se tornado um problema.

O som de um sino me arrancou dos meus pensamentos, com a abertura da porta do museu. Eu me virei por instinto e me ocupei com outras prateleiras de relíquias.

— Walter. — A voz que cumprimentou Thanes era suave e tinha uma cadência agradável. *Nada hostil.*

— Darby. — Thanes ofereceu um cumprimento curto em resposta. — Posso ajudar com alguma coisa?

Darby, pensei, feliz de repente de ter me virado de costas. *De Holland Darby?*

— Eu soube que Shane teve um confronto com meu pai. — Essas palavras ditas de forma calma preencheram as lacunas. O falante não era o Darby mais velho. Ao que parecia, era o filho dele. — Eu gostaria de trocar uma palavra com o garoto.

— Sei que Shane ficaria grato pela sua preocupação, doutor — disse Thanes num tom que sugeria o oposto. — Mas eu dei a tarde de folga pra ele, falei para que se recompusesse antes de voltar aqui.

A resposta do filho de Darby foi calculada.

— Eu odiaria ver Shane acusado de agressão. E nós dois sabemos que meu pai é capaz de o provocar pra um confronto e depois fazer uma denúncia.

Houve outro silêncio longo e Walter Thanes mudou de assunto abruptamente.

— Esse pessoal aqui estava fazendo perguntas sobre Mason, sobre o que aconteceu com Anna e Todd Kyle. Talvez não seja pra mim que eles devam perguntar.

Eu me lembrei do que Marcela Waite tinha dito, sobre Mason Kyle andar por aí com as crianças "daquelas pessoas".

Você era amigo de Mason Kyle. Meu cérebro partiu em velocidade máxima quando eu me virei para olhar melhor para o homem. A agente Sterling deu um passo à frente para chamar a atenção dele antes que ele pudesse olhar para mim.

Esse Darby tinha o cabelo escuro do pai, porém mais volumoso e sem sinal de fios brancos. Os olhos eram de um azul-claro, quase transparente. Calculei que devia ter uns quarenta e poucos anos, e nada disso explicava por que enfiei as unhas nas palmas das mãos assim que o vi.

Senti um peso surgir no fundo do meu estômago. Minha boca ficou seca e de repente eu não estava no museu. Eu estava segurando um balanço de corda, vendo uma versão mais jovem do mesmo homem rindo e colocando minha mãe em cima da amurada da varanda.

Ela também estava rindo.

Saí da lembrança a tempo de registrar a apresentação do homem.

— Kane Darby — disse ele, estendendo a mão para a agente Sterling. — Eu sou o médico da cidade e, como você deve ter percebido, meu pai não é amado nessa região.

Kane. Meu cérebro grudou no nome. Ouvi minha mãe o dizendo. Vi-a parada ao luar, a mão entrelaçada na dele.

— Vocês estavam perguntando sobre Mason Kyle? — continuou Kane, tão tranquilo e calmo que eu soube que ele tinha um jeito natural de médico. — Nós fomos amigos de infância, apesar de termos tido pouco contato depois do assassinato dos pais dele.

Eu devia ter olhado para Lia em busca de indicação se Kane Darby estava ou não contando a verdade. Devia ter me dedicado a perfilar o homem.

Mas não fiz isso.

Não consegui.

Sentindo como se as paredes estivessem se fechando, passei por Lia, por Michael, por Dean, o mundo se borrando até eu sair pela porta.

Capítulo 36

Minha mãe nunca tinha sido o tipo de mulher que se apaixonava loucamente. Ela tinha se envolvido com meu pai quando era adolescente na intenção de escapar da casa do pai abusivo. Mas quando descobriu que estava grávida, ela fugiu, não só do pai dela, mas também do meu.

Eu só conseguia pensar, enquanto Dean me seguiu para fora (com Lia, Michael e Sloane logo atrás), que Kane Darby tinha segurado a mão da minha mãe. Tinha dançado com ela ao luar.

Ele a tinha feito sorrir.

Sua mãe sempre teve olho bom pra homens bonitos. As palavras de Ree ecoaram na minha cabeça. *Por outro lado, ela também tinha olho bom pra confusão.*

Tentei me lembrar de alguma coisa, *qualquer* outra coisa sobre o relacionamento da minha mãe com o filho do líder da seita, mas não achei nada. Meu tempo em Gaither era um buraco negro.

Ao ver essa perda de memória com o olhar de uma perfiladora, eu fiz a pergunta óbvia. *O que meu subconsciente está se esforçando tanto pra esquecer?*

Eu atravessei a rua. Vagamente, percebi que os outros ficaram perto de mim, que o agente Starmans tinha reaparecido e estava andando a uma distância discreta atrás de nós.

— Eu vou dar um tiro no escuro aqui e supor que Kane Darby tem questões paternas. — Michael me fez o favor de não comentar sobre as *minhas* emoções. — O bom doutor estava mesmo tão calmo quanto pareceu... até o momento em que mencionou o pai.

— E Mason Kyle? — perguntei. — O que Kane Darby sentiu quando ouviu o nome de Nightshade?

— Às vezes, uma emoção pode mascarar outra. — Michael fez uma pausa. — O que eu senti do bom doutor foi uma combinação de raiva, culpa e medo. O que quer que possa estar escondido, aquele mix de emoções específico é algo que Kane Darby já sentiu. Essas três emoções estão entrelaçadas pra ele e, quando chegam, são todas de uma vez.

— Raiva porque outra pessoa tem todo o poder e você não tem nenhum. — Lia andou à nossa frente e se virou para andar de costas, com passos leves. — Culpa porque você foi condicionado a acreditar que não existe pecado maior do que pensamentos desleais. — Ela se virou de volta. — E medo — concluiu baixinho, o rosto escondido de nós — porque você sabe lá no fundo que será punido.

Você não está falando de Kane Darby.

— Em outras palavras — traduziu Michael, agindo como se Lia não tivesse acabado de nos mostrar um vislumbre de suas cicatrizes mais profundas —, o bom doutor tem questões paternas.

Como Lia, Kane Darby tinha sido criado numa seita. Com base no fato de que ele tinha falado negativamente sobre o pai, eu supus que, como Lia, ele tinha saído.

Mas você não foi embora da cidade. Não cortou todos os laços. Não recomeçou do zero.

— Kane Darby e a minha mãe tiveram um envolvimento — admiti. Lia tinha sido honesta. O mínimo que eu devia ao grupo era o mesmo. — Não me lembro de muita coisa, mas, pelo que pude lembrar... — Eu fechei os olhos, vi a expressão no rosto da minha mãe, as palavras sendo apertadas na minha garganta. — Pode ser que ela tenha sido apaixonada por ele.

Houve um momento de silêncio e Sloane interrompeu a pausa na conversa.

— Contando o porteiro na recepção e os vários encontros casuais, nós falamos com uns doze cidadãos de Gaither nas últimas três horas. E de todo mundo com quem conversamos ou que observamos, só tem uma pessoa que nós identificamos como tendo um relacionamento próximo tanto com Nightshade quanto com a mãe da Cassie.

Kane Darby. Tentei me forçar a lembrar qualquer outra coisa sobre ele, qualquer interação que tivesse tido com ele quando eu era criança, por mais boba que fosse.

— Darby filho teria só uns dez anos quando os pais de Nightshade foram assassinados — comentou Dean.

— E eu tinha nove quando matei um homem — respondeu Lia calmamente. — As crianças são capazes de coisas horríveis, Dean. Você sabe disso.

Às vezes, pensei, vendo o mundo pelos olhos de Lia, *você precisa se tornar o monstro pra sobreviver.*

Pensei em Laurel, prisioneira junto com a minha mãe. Em Kane Darby, crescendo sob o domínio do pai. Em Nightshade, cujos pais foram assassinados na própria casa. E pensei nos buracos na minha memória, no quanto do que eu achava que sabia sobre a minha infância acabou sendo mentira.

— Nós precisamos de mais informações sobre Kane Darby — falei, meu estômago se contraindo quando um plano se solidificou na minha mente. — E acho que sei como conseguir.

Você

Você deveria ter imaginado *que daria nisso, que Cassie lembraria. A roda gira. O dado está lançado.*

É só questão de tempo até os Mestres pedirem para você julgar.

Você não demonstrou fraqueza quando Cinco contou da chegada da sua filha em Gaither, não deu sinal de que as palavras dele tinham atingido o alvo. Mas, nas horas seguintes, você sentiu a mudança chegando, se sentiu à beira de se tornar outra pessoa.

Outra coisa.

Quando o acólito, não mais aprendiz, mas ainda não Mestre, vier apresentar o trabalho dele para aprovação, para acrescentar um diamante à coleção em volta do seu pescoço, você estará pronta.

Esse é jovem. Esse quer sua admiração. Esse você pode usar.

Você escuta. Você assente. Você coloca a mão de leve na pele do peito dele para desenhar um símbolo: sete círculos em volta de uma cruz. Você sussurra no ouvido do acólito.

Você é poderoso, *murmura.* Vai ser o melhor entre eles se escolher bem seus alvos.

Você oferece imortalidade se ele for merecedor. Se ele fizer o que você mandar.

Lorelai estremeceria com as suas palavras, com seu plano. Mas Lorelai não está mais aqui. Cassie não precisa de Lorelai.

Ela precisa da Pítia.

Ela precisa do monstro.

Ela precisa de você.

Capítulo 37

Quando a agente Sterling nos alcançou, ela mandou todo mundo de volta para o hotel, menos Dean e eu. Eu falei o que queria fazer. Ela me fez explicar os prós e os contras. Ela me fez esmiuçar tudo repetidamente. Ouviu meus argumentos e acabou concordando. Nós três voltaríamos para a casinha azul onde eu tinha passado um ano da minha infância. Caso não houvesse alguma complicação imprevista, eu veria se o ocupante atual me deixaria espiar lá dentro. Com sorte, talvez desse para trazer algumas lembranças à tona.

Em algum momento, a agente Sterling talvez precisasse revelar o disfarce e abordar Kane Darby como agente do FBI. Em algum momento, nós poderíamos interrogá-lo diretamente sobre Nightshade *e* a minha mãe. Mas agora nós precisávamos saber com quem estávamos lidando, e essa informação estava trancada na minha mente.

— Eu diria que você não precisa fazer isso — murmurou Dean quando a casa apareceu na nossa frente —, mas eu sei que precisa.

Menos de um ano antes, eu tinha ido com Dean até a casa da infância dele. Tinha me ajoelhado na terra com ele, procurando as iniciais da sua mãe numa cerquinha velha. Na ocasião, nem passou pela minha cabeça que um dia ele pudesse retribuir o favor.

— Acho que a gente devia ter trazido Townsend junto.

O comentário de Dean me fez arquear uma sobrancelha.

— Pra ele fazer comentários impróprios e aliviar a tensão? Ou pra poder te dizer exatamente o que eu estou sentindo?

Dean considerou a resposta com muito cuidado.

— A que não for me fazer ganhar um sermão dizendo que você sabe se cuidar.

Eu dei uma risada debochada e andei na direção da varanda. Quando subi a escada, o segundo degrau rangeu.

— *Te peguei!* — *Eu pulo do degrau para a varanda e passo os braços em volta da minha mãe antes que o barulho possa me entregar.*

— *Você que pensa...* — *Minha mãe me pega e me segura pendurada de cabeça para baixo.* — *Eu que te peguei!*

— Cassie. — A voz de Dean interrompeu a lembrança. Primeiro, achei que ele estivesse preocupado comigo, mas, quando observei os arredores, percebi que ele estava mais preocupado com a pessoa que tinha acabado de abrir a porta.

— Shane — falei, observando a aparição do neto de Ree. De alguma forma, eu não esperava que a casa estivesse ocupada. — Não sei se você se lembra de mim, mas eu morava aqui.

Shane me olhou com tanto desdém quanto tinha feito no museu.

— E daí?

— Eu gostaria de dar uma olhada na casa — respondi. — Eu não sei o quanto a sua avó te contou...

Antes que eu pudesse terminar o pensamento, Shane voltou para dentro de casa. Deixou a porta bater depois que entrou, mas não a trancou. Entendi isso como um convite e estendi a mão até a maçaneta.

Quando Shane percebeu que eu o tinha seguido para dentro de casa, ele me encarou por um momento.

— Você não era corajosa assim.

— Você não era antissocial assim — retruquei.

Shane riu com deboche.

— Você sabe o que dizem, ruiva: dança que passa.

Ouvir as palavras da minha mãe saindo pela boca de Shane foi como um choque elétrico. Aquilo era real. Minha mãe e eu não tínhamos só morado ali. Nós tínhamos criado raízes. Tivemos pessoas nas nossas vidas. Tivemos algo para sentir falta quando pegamos a estrada.

— Quer olhar a casa? — disse Shane, o tom mal-humorado se aliviando de leve. — Eu que não vou te impedir. Eu só moro aqui.

Sem dizer nada, aceitei o convite de Shane e comecei a andar pelo ambiente. *A entrada. A cozinha. Uma escadinha em espiral.* Eu soube antes de dar o primeiro passo no alto da escada que encontraria dois quartos. Quando parei na porta do quarto que tinha sido da minha mãe, outra lembrança me acertou com a força de uma onda de maremoto.

Pesadelo. Está escuro. Eu quero a minha mãe. Mas a mamãe não está sozinha.

— Eu não te mereço. — Minha mãe está de costas para Kane. — Eu te contei sobre o tipo de homem que meu pai é. Mas não te contei que eu tenho uma irmã mais nova. Eu a deixei naquele inferno e nunca nem olhei para trás.

Eu esfrego os cantos dos olhos. Irmã? A mamãe não tem irmã. Só eu.

Somos só mamãe e Kane e eu.

Eu me mexo. O chão range embaixo de mim. Eles se viram...

O resto da lembrança foi menos vívida. Eu não senti, não a vivi de novo, mas sabia o que tinha acontecido. Sabia que minha mãe e Kane se viraram e me viram, que foi ele que se curvou para ficar da minha altura e me pegou no colo. Eu sabia que ele tinha dito para a minha mãe que era ele que não a merecia.

Que não *nos* merecia.

— Você está bem?

Eu não sabia quanto tempo havia que Dean estava atrás de mim, mas deixei meu corpo descansar no dele. Eu me permiti sentir o calor dele, do mesmo jeito que a minha mãe tinha sentido o de Kane.

— Eu sabia que Kane e minha mãe tinham se envolvido — falei, as palavras como lixa na minha garganta. — Mas não sabia que ele era parte da minha vida também.

Kane Darby e a minha mãe não tiveram só um lance. Tiveram algo sério.

Se você tinha algo sério com ele, pensei, imaginando minha mãe como ela estava na minha lembrança, *se ele nos levava a sério, por que nós fomos embora?* Enquanto eu descia a escada em espiral, meu estômago deu um nó. Eu me senti do mesmo jeito como quando sonhava com o camarim da minha mãe.

Não entra. Não abre a porta.

Meu olhar se grudou no pé da escada. Meu coração disparou, mas nenhuma lembrança veio. Eu só fiquei ali parada até ouvir um estrondo vindo da cozinha. Fui na direção do barulho, mas a agente Sterling me interrompeu. Olhou para mim com expressão de alerta e foi na frente até a cozinha.

Shane estava parado em frente à pia, com sangue pingando da mão, um copo quebrado no chão.

Sangue.

Volta a dormir, amor, sussurrou a voz da minha mãe de algum lugar da minha lembrança. *É só um sonho.*

— Sofreu um acidente? — perguntou a agente Sterling para Shane.

Shane ignorou Sterling e semicerrou os olhos para mim.

— Você não devia ter voltado aqui, ruivinha.

— Cuidado. — A voz de Dean soou grave e cheia de advertências.

Shane o ignorou.

— A última coisa de que Gaither precisa é forasteiros caindo no que o Rancho Serenidade quer vender. Você devia dizer isso pra sua amiguinha — continuou ele, a voz pingando de veneno — *se* você a vir de novo.

Por um momento, pareceu que eu estava vendo essa interação de fora do meu corpo.

— Que amiguinha? — perguntei.

Shane não respondeu. Pegou um papel-toalha, pressionou na mão ensanguentada e tentou passar por nós. A agente Sterling o impediu. Pela primeira vez desde que chegamos a Gaither, ela pegou o distintivo.

— Eu sou do FBI — disse ela. — E você precisa parar agora e explicar exatamente o que quis dizer.

Shane olhou do distintivo de Sterling para mim e para o distintivo de novo.

— Holland Darby está no radar do FBI? — Ficou claro pelo tom de voz de Shane que ele estava se esforçando muito para não se encher de esperanças.

A agente Sterling deixou a explicação de Shane no ar.

— E a garota que estava com você? — perguntou Shane. — Ela é do FBI também? Foi por isso que eu recebi uma ligação de um amigo meu dizendo que ela está lá, pedindo pra se juntar a eles?

A garota que estava com você. Eu tinha um plano de descobrir mais sobre Kane Darby. Mas, ao que parecia, eu não era a única. Todas as estradas em Gaither levavam à seita vizinha, e não precisei de muito tempo perfilando para entender qual das minhas amigas Naturais podia ter decidido seguir aquela pista.

Sozinha.

Capítulo 38

O Rancho Serenidade era mais para um complexo do que um rancho, envolto por uma cerca de três metros de altura por todos os lados. A agente Sterling parou o carro em frente ao portão.

— Fiquem aqui — ordenou ela.

Obviamente, ela não estava pensando direito. Lia era o mais próximo de família que Dean tinha. Antes que ele pudesse botar a mão na maçaneta, eu estendi a mão para impedi-lo.

— Eu sei — falei. — Lia fez uma coisa burra e você não estava presente pra impedir. E agora ela está lá dentro, fazendo um jogo muito perigoso com pessoas muito perigosas. Mas você precisa se acalmar, porque viu a reação de Darby a Shane. Ele queria que Shane batesse nele, e vai querer a mesma coisa de você.

Poder. Controle. Manipulação. Essa era a língua que Holland Darby falava. Era uma língua que Dean e eu conhecíamos muito bem.

Todo o corpo de Dean estava tenso, mas ele se obrigou a inspirar e expirar.

— Lia tinha sete anos quando a mãe dela entrou pra uma comunidade religiosa — disse ele, a voz rouca. — A mãe de Lia era cidadã ilegal aqui, e depois do que ela tinha passado, o homem encarregado lá pareceu um salvador. — Dean fechou os olhos. — Pra Lia, ele era outra coisa.

Pensei em Lia, aprendendo a reconhecer enganação. Lia aprendendo a mentir.

— Lia gosta de lugares altos — continuou Dean baixinho — porque a mãe dela deixou um homem como Holland Darby enfiar Lia num buraco no chão por dias seguidos. Porque a Lia de seis anos não tinha um espírito humilde. Porque não aceitou o perdão quando foi oferecido. Porque não se arrependeu dos pecados.

Dean se obrigou a parar, mas minha mente estava girando com todas as implicações. Quando criança, Lia tinha ficado presa numa batalha de vontades com um homem que lidava com poder, manipulação e controle. O tipo de homem que oferecia perdão com benevolência desde que você aceitasse que cabia a ele dar a salvação. A partir do momento que Lia viu *aquelas pessoas* na cidade, a partir do momento que leu sobre o Rancho Serenidade, ela se tornou uma bomba relógio.

Poder. Controle. Manipulação. Lia sabia que abordar Holland Darby como turista não adiantaria. Abordá-lo como alguém do FBI só o faria se fechar mais. Mas abordá-lo como uma alma perdida precisando de redenção?

Você vai fazer esse jogo melhor do que ele. Vai descobrir o que ele está escondendo. E, se custar a você, o que quer que custe, tudo bem.

— Eu não vou bater em ninguém. — Dean se esforçou para parecer que *não estava* a um passo de deixar seu lado mais sombrio tomar conta. — Mas eu também não vou ficar no carro.

— Ótimo — respondi quando o líder da seita se aproximou do portão onde a agente Sterling estava. — Porque eu também não vou.

CONFLITOS DE SANGUE 197

Capítulo 39

— **Como posso ajudar?** — A voz de Holland Darby era agradável e tranquila, mais poderosa e magnética do que a do filho.

A agente Sterling nem olhou para Dean e para mim quando paramos atrás dela.

— Eu vim buscar Lia — disse ela. Seu tom não era de argumentação. Ela só estava declarando um fato.

— Disso não tenho dúvida — respondeu Darby. — Lia é uma jovem muito especial. Posso perguntar qual é a sua relação com ela?

Dos dois lados do portão, Holland Darby e a agente Sterling estavam com os braços relaxados ao lado do corpo. Ambos calmos de um jeito sobrenatural.

— Eu sou a guardiã legal dela. — A agente Sterling foi logo colocando o dedo na ferida. — E ela é menor de idade.

Se havia uma coisa que sabíamos sobre Holland Darby, era que ele se esforçava muito para ficar do lado da lei. A palavra *menor* era criptonita para ele, e a agente Sterling sabia.

Você odiaria se separar de um prêmio daqueles, mas se ela ainda não tiver dezoito anos...

— Eu não sou menor há três meses. — Lia parou atrás do líder da seita. Ela estava usando uma blusa branca de camponesa e uma calça branca leve, descalça e com o cabelo solto.

— Lia. — Dean não disse nada além do nome dela, mas havia um caminhão de alertas naquela única palavra.

— Me desculpe — disse Lia para Dean baixinho. — Eu sei que isso magoa você. Sei que você quer melhorar as coisas, melhorar *tudo*, mas não tem melhor, Dean. Não pra alguém como eu.

Uma mentirosa profissional misturava verdade na mentira. Lia podia dizer *alguém como eu* significando eles.

— Eu acredito que há um *melhor*. — Holland Darby aproveitou a abertura que Lia tinha dado. — Pra todo mundo, Lia, até você.

Até você. Essas duas palavras desmentiam a gentileza no tom dele. Ele já a estava minando, já estava plantando a crença de que ela era menos, que era indigna, mas que *ele* podia acreditar nela apesar das falhas imperdoáveis.

Por um breve instante, Lia me encarou. *Você sabe exatamente o que está fazendo*, pensei. *Ele é um fazedor de bonecas que gosta de brinquedos quebrados, e você sabe bancar a boneca estilhaçada que precisa de conserto.*

Era quase certo que a agente Sterling via isso com tanta clareza quanto eu, mas ela não tinha nenhum interesse em permitir que uma das pessoas sob responsabilidade dela fizesse esse jogo.

— Lia, você tem duas opções. A primeira é sair daí nos próximos cinco segundos. Já a segunda opção… — A agente Sterling deu um único passo para a frente. — É uma que você não vai gostar nem um pouco.

Lia, por ser Lia, ouviu a verdade naquela declaração. Eu esperava que ela provocasse mais a agente Sterling, mas ela se encolheu e recuou.

Vulnerável. Quebrada. Fraca.

Holland Darby ergueu a mão.

— Eu vou ter que pedir que você abaixe seu tom. — Ele entrou na frente de Lia e a bloqueou de vê-la com o corpo. — Aqui é um lugar simples e nós seguimos regras simples. Respeito. Serenidade. Aceitação.

A agente Sterling encarou o homem por um momento e levou a mão ao bolso de trás... *para pegar o distintivo*, percebi. Dean segurou a mão dela antes que pudesse pegá-lo. Ele olhou para Lia, que saiu com hesitação de trás de Darby, cada movimento, cada gesto de vulnerabilidade era mentira.

— Eu espero que você encontre o que está procurando — disse Dean para Lia. Havia raiva nas palavras, mas também uma mensagem. Ele estava dizendo que via através do ato dela, que sabia por que ela estava ali e sabia que não tinha nada a ver com encontrar serenidade e tudo a ver com descobrir o que Holland Darby estava escondendo.

Lia abriu um sorriso triste antes de se esconder de novo atrás do corpo de Darby.

— Eu também espero.

Capítulo 40

Assim que passamos pelo agente Starmans, que estava posicionado no corredor, e entramos no quarto do hotel, Michael observou nossos rostos.

— Vocês falaram com Lia — concluiu ele. — Onde ela está?

— Ela se infiltrou no Rancho Serenidade. — Sterling dirigiu essas palavras para Judd, que parecia tão contrariado com a ausência de Lia quanto nós.

— Lia se infiltrou numa seita — repetiu Michael. Ele lançou um olhar incrédulo para Dean. — E você não a arrastou pra casa esperneando e gritando?

— Nem vem, Townsend. — Um músculo na mandíbula de Dean tremeu.

— Me considere avisado.

Judd ignorou a tensão crescendo entre Michael e Dean e focou a atenção na agente Sterling.

— Lia está correndo perigo imediato?

A resposta da agente Sterling foi tão vaga quanto a pergunta de Judd.

— Não acho que Darby tenha evitado acusações formais por tanto tempo por abusar abertamente dos recém-chegados antes de ter a chance de doutriná-los completamente.

Em outras palavras, enquanto Holland Darby acreditasse na pessoa que Lia mostrava a ele, a ovelha perdida precisando de orientação, ela estaria segura.

Por enquanto.

— Ela vai ser discreta? — Judd fez essa pergunta para Dean.

— Discreta? — repetiu Michael com incredulidade. — Nós estamos falando da mesma Lia Zhang aqui? A que expressa seu desprazer com parceiros de relacionamento ameaçando prendê-los com fita adesiva pelados no teto?

— Lia sabe como esse jogo é jogado — disse Dean para Judd. E se virou para Michael, os músculos do pescoço e dos ombros tão tensos quanto a mandíbula. — Então *agora* você e Lia estão num relacionamento?

— Como é?

— Vocês não estavam "num relacionamento" em Nova York, quando fomos procurar Celine — disse Dean. — Assim que as coisas ficaram difíceis, você afastou Lia de você.

— Estou confuso, Redding — disse Michael, dando um passo lento na direção de Dean. — Falar sobre nossos sentimentos é algo que você e eu fazemos agora?

Deixar Lia no Rancho Serenidade exigiu todo o esforço que Dean conseguia. Ele tinha feito isso porque confiava nela, porque confiar em Lia e oferecer honestidade a ela em troca de todas as mentiras foi como ele passou pelos muros dela. Mas dar as costas tinha sido custoso para ele. O temperamento dele já estava abalado, e o tom casual de Michael não estava ajudando.

— Você não é bom o bastante pra ela — disse Dean para Michael, a voz baixa. — Se você fosse minimamente capaz de se importar com alguém além de você mesmo, Lia não teria entrado lá sozinha. Ela fez isso *com* você tanto quanto *pelo* resto de nós.

— Dean — falei seriamente.

Michael ergueu uma das mãos.

— Deixa o homem falar, Colorado. Eu amo quando "ele que literalmente torturou uma pessoa aqui presente" joga pedras.

— Michael. — Como a pessoa que Dean tinha torturado, na época em que ele era uma criança tentando ajudá-la a escapar das garras do pai, a agente Sterling não gostou da referência.

— Você devia ter percebido — disse Dean para Michael por entredentes. — Se Lia estava prestes a ir embora, se esse caso a afetava de uma forma pessoal demais, se ela estava se coçando pra escapar da realidade, se ela *precisava* reagir... você devia ter percebido.

— Você acha que eu não sabia? — Michael chegou na frente de Dean. — Você acha que eu queria que ela fosse?

Por um momento, achei que Dean fosse baixar a bola. Mas ele se inclinou para a frente para falar diretamente no ouvido de Michael.

— Eu acho que você não sabe fazer nada além de levar porrada.

Num segundo, eles estavam de pé, no seguinte estavam no chão. Michael atacou Dean, que lutou para ter uma posição melhor e segurou Michael no chão.

— Parem. — A palavra saiu da boca de Sloane num sussurro. — *Parem. Parem. Parem!*

Ela tinha ficado em silêncio desde que voltamos, e o volume dela foi crescendo até virar um berro. Os meninos ficaram paralisados.

Eu nunca tinha visto Dean puxar briga com Michael. Eu nunca tinha visto os dois brigando.

— Não é culpa do Michael. — A voz de Sloane saiu quase inaudível. — É minha. — Ela recuou até encostar na parede. — Eu vi Lia saindo. Ela me pediu pra não falar nada. — Sloane inspirou fundo, o dedo do meio da mão direita batendo no polegar. Ela estava contando alguma coisa, contando e contando sem conseguir se acalmar. — Nós tínhamos acabado de voltar e ela trocou de roupa. Ela estava de branco, e Lia só veste branco treze por cento do tempo. Eu devia ter percebido.

— Sloane — disse Judd com gentileza. — Querida...

— Eu me ofereci pra ir com ela — continuou, aumentando o ritmo das palavras e do dedo batendo no outro. — Ela disse não. Disse... — Sloane olhou para baixo. — Ela disse que eu ia atrapalhar.

Você sabia o quanto isso magoaria Sloane, Lia. Você sabia. Objetivamente, eu vi que Lia tinha tentado proteger nosso membro mais vulnerável, mas Sloane não sabia disso. Ela não entenderia nem que eu tentasse explicar o que a combinação de raiva, medo e culpa que Michael tinha visto em Kane Darby tinha provocado em Lia.

Anos depois, ainda pode acontecer a qualquer momento.

Dean estava enganado. Aquilo não tinha a ver com Michael, nem com o que tinha acontecido em Nova York, nem com nenhum de nós. Tinha a ver com fantasmas que Lia nunca tinha enfrentado.

O telefone da agente Sterling tocou nessa hora, e enquanto eu dizia para Sloane que nada daquilo, *nada*, era culpa dela, meu cérebro já estava avaliando a mudança na postura da minha mentora. A identidade de quem estava ligando ficou clara pelo jeito como ela se posicionou, os ombros empertigados para afastar as emoções, a mão livre pendendo solta ao lado do corpo.

— Imagino que você tenha recebido minhas mensagens sobre Gaither. — Sterling não disse que Briggs devia ter retornado à ligação mais cedo. Não perguntou por que ele não tinha feito isso. — Lia foi embora pra se infiltrar na seita da região. — A agente Sterling botou o celular no viva-voz, mais uma camada de distância entre ela e Briggs. — Se o homem no comando estiver escondendo alguma coisa, Lia vai descobrir. Mas, se ele descobrir que ela está investigando, se alguém do acampamento desconfiar que ela está com o FBI... isso não vai ser bom.

Houve silêncio do outro lado da linha por um momento.

— Eu estou no viva-voz? — perguntou Briggs, o tom me lembrando de que ele não tinha o controle impenetrável da ex-esposa.

— Está.

Briggs avaliou a resposta da agente Sterling, além do tom, antes de prosseguir.

— Quais são as chances de alguém da seita de Gaither ter ligação com os Mestres?

Registrei a lógica por trás dessa pergunta. Nós tínhamos ido a Gaither procurando membros de uma seita; encontramos outra. *Aquelas pessoas* tinham sido implicadas em pelo menos um conjunto de homicídios, o de Anna e Todd Kyle. Quais eram as chances de haver mais vítimas? A situação de Lia era bem precária, mas se os Mestres tivessem alguma ligação com o Rancho Serenidade, ela podia estar correndo mais perigo do que nós sabíamos.

— Os homicídios começaram hoje — falei, interpretando o fato de que ele tinha demorado muito para responder à ligação da agente Sterling. — Não foi?

— Dois de abril. — Sloane estremeceu. — 4/2.

O silêncio de Briggs foi a resposta. Por fim, ele elaborou.

— A vítima era mulher — disse ele, medindo as palavras. — Vinte e poucos anos, sequestrada de um campus de faculdade. Ela foi encontrada num campo aberto, presa numa estaca de espantalho.

Queimada viva, eu completei mentalmente. E engoli em seco.

— Nós não podemos ir embora de Gaither — disse Dean para Briggs. — Não sem Lia.

— Eu não estou pedindo que façam isso. — O agente Briggs era o tipo de pessoa que desenvolvia e executava planos, o tipo que nunca recuava. — Continuem trabalhando no caso em Gaither — prosseguiu ele. — Deem a Lia a chance de investigar Darby. E depois, Ronnie?

A agente Sterling nem piscou por causa do apelido nem da emoção que penetrou na voz de Briggs quando ele falou.

— Tira ela de lá.

Você

Você não se surpreende quando eles vão te buscar. Você não se lembra das horas depois da conversa com Cinco, mas se lembra das palavras dele. Você sabia que era só questão de tempo até que pedissem que você fizesse um julgamento.

Dos nove assentos à mesa, quatro estão ocupados naquela reunião da meia-noite. O seu é o quinto.

— Há uma ameaça. — Cinco colocou a faca na mesa para que você a visse. — Acredito que a situação seja merecedora do conselho da Pítia.

Há uma promessa no tom dele. Ele vai te cortar e picar e partir e sangrar, depois perguntar se sua filha e os amigos dela devem viver ou morrer.

— Não há ameaça. — Você fala como alguém que sabe a verdade das coisas, como alguém que viu aquilo que olhos mortais talvez não vejam nunca.

Eles não dão atenção a você.

Dois está prestes a perder o lugar para o acólito. Essa pode ser a última chance dele de te ouvir gritar, de te queimar, se Cinco e a faca dele não se mostrarem convincentes. Quatro acredita que é um homem de grande discernimento. Você já sente os dedos dele se fechando no seu pescoço.

Seria tão fácil fugir e se esconder dentro da sua própria cabeça. Ir embora daquele lugar, da dor.

— O FBI está se aproximando. — O quinto membro do quórum é o que nunca botou a mão em você. O que você abomina. O que você teme. — Na minha avaliação, a mera presença deles em Gaither torna o grupo uma ameaça.

— Não cabe a você julgá-los. — Sua voz soa perigosa, baixa. Esse é a mentira que você precisa vender. Você é o que eles fizeram de você. Você é juíza e júri e, sem um quinto voto, eles não podem fazer você passar pelos rituais.

Vai acontecer. Amanhã, no máximo depois de amanhã, mas agora...

A porta se abre. Você reconhece a pessoa que está parada lá e vê agora o que deveria ter visto antes.

Há nove lugares à mesa. Você sentenciou Sete a morrer. Sabia que o lugar dele não ficaria vazio. Você sabia que o Mestre que o treinou voltaria para o grupo.

Mas não sabia... não sabia...

— Vamos recomeçar? — Cinco pega a faca, o sorriso se alargando. Seis assentos ocupados. Cinco votos além do seu.

Capítulo 41

Na manhã seguinte, nós ainda não tínhamos tido notícia de Lia. Se Ree reparou que faltava uma pessoa quando nos sentamos à mesa da Não Lanchonete, ela não comentou nada.

— O que vocês desejam?

— Só café. — A voz de Dean estava quase inaudível. Ele não tinha dormido e só conseguiria quando Lia estivesse fora daquele lugar.

— Café — repetiu Ree — e uma porção de bacon. Cassie?

— Café.

Ree nem perguntou a Sloane e Michael o que eles queriam. Ela nos encarou.

— Eu soube que a amiga de vocês caiu no feitiço de Holland Darby.

Eu me perguntei se ela também tinha ouvido do neto que nós éramos do FBI. *Você talvez não diga nada se tiver. Você sabe guardar segredo. Sabe manter a boca fechada.*

— Lia vai voltar. — A voz de Dean estava baixa, mas a expressão estava firme.

Ree olhou para Dean.

— Foi o que eu pensei quando a minha filha entrou para o bando do Darby. Ela saiu da cidade e eu nunca mais tive notícias dela.

— Você não ficou surpresa quando a sua filha foi embora.

— Michael estava entrando em território perigoso de pressionar Ree por conta disso, mas eu permiti que ele fosse em frente.

— O pai dela se mandou de Gaither quando eu estava grávida. Sarah sempre foi mais parecida com ele do que comigo, cheia de sonhos grandiosos e inquieta com o lugar dela, sempre procurando a promessa de algo *mais*.

— Holland Darby é cheio de promessas grandiosas — comentou Dean, avaliando Ree. — Você, não.

Ree repuxou os lábios.

— Cada um de nós colhe o que planta. Espero que sua amiga saia, mas não deixe que as escolhas dela puxem vocês até as profundezas de lá. A vida é cheia de gente se afogando que está pronta e disposta a afogar você junto.

A porta da lanchonete se abriu. Com um ruído de desprezo para a pessoa que apareceu ali, Ree desapareceu na cozinha. Ao meu lado, Dean colocou a mão sobre a minha.

A pessoa que tinha acabado de entrar era Kane Darby.

Eu soube desde que o olhar dele pousou na nossa mesa que ele não tinha me visto no dia anterior, no museu do boticário, mas que me reconhecia agora.

— Um soco no estômago — disse Michael baixinho, os olhos observando metodicamente o rosto de Kane, a postura dele. — Como se não conseguisse decidir se deve sorrir ou vomitar.

Ao olhar para o homem, eu me lembrei de repente de me sentar nos ombros dele quando era bem pequena. Se Michael tivesse lido minha expressão, ele provavelmente teria dito que eu também parecia ter levado um soco no estômago.

— Se você precisar quebrar o gelo — disse Sloane, deixando a voz num sussurro —, você devia dizer pra ele que oitenta por cento dos americanos acreditam que um caruncho é parecido com uma doninha, quando na verdade é um tipo de inseto.

— Obrigada, Sloane. — Eu apertei a mão de Dean uma vez, me levantei e atravessei o salão até Kane Darby e eu estarmos cara a cara.

CONFLITOS DE SANGUE 209

— Você se parece com a sua mãe. — A voz de Kane estava abafada, como se ele achasse que eu era um sonho e que, se ele falasse alto demais, poderia acabar acordando.

Eu balancei a cabeça.

— Ela era linda e eu… — Procurei as palavras certas. — Eu consigo passar despercebida. Ela nunca aprendeu a fazer isso.

Quando falei essas palavras, percebi que havia uma parte de mim que sempre acreditou que, se minha mãe e eu fôssemos mais parecidas, se ela fosse menos artista, se não fosse o centro das atenções só ao entrar num aposento, ela talvez ainda estivesse comigo.

— As mulheres não deveriam precisar passar despercebidas pra ficarem seguras. — A resposta de Kane me disse que ele conseguia me interpretar quase tão bem quanto eu a ele.

— Você soube o que aconteceu com a minha mãe? — perguntei, a voz rouca.

— A cidade é pequena.

Eu o avaliei por um momento e fui direto ao ponto.

— Por que a minha mãe te deixou? Nós estávamos felizes aqui. *Ela* estava feliz. E aí nós fomos embora, sem mais nem menos, no meio da noite. — Até dizer as palavras, eu não tinha percebido que tinha lembranças de ir embora de Gaither fora a dança com a minha mãe no acostamento da estrada.

Kane me olhou, *me* olhou de verdade agora em vez de só ver a minha mãe nas minhas feições.

— Lorelai tinha todo o direito de ir embora, Cassie, e todo o direito de levar você junto.

— O que aconteceu? — repeti a pergunta, na esperança de ter uma resposta.

— Esta cidade não era um lugar bom pra sua mãe nem pra você. Eu escondi coisas dela. Achei que podia protegê-la do que significava estar comigo aqui.

— Seu pai não é bem-visto em Gaither. — Falei alto em vez de perfilá-lo na minha mente. — Você rompeu com ele, mas permaneceu aqui. — Pensei na lembrança de Kane me tomando nos braços depois de um pesadelo. — Quando a minha mãe e eu fomos embora, você não foi atrás.

Você se ressentiu dela por ter ido embora? Ficou de olho nela. Descobriu um jeito anos depois de a tornar sua?

Eu não podia fazer nenhuma dessas perguntas em voz alta. Então eu perguntei sobre Lia.

Kane olhou ao redor.

— A gente pode dar uma volta?

Em outras palavras, ele não queria plateia para o que ia dizer. Sabendo que eu levaria uma bronca danada, fui atrás dele porta afora.

— Meu pai valoriza certas coisas. — Kane esperou até estarmos a um quarteirão da lanchonete para começar a falar. — Lealdade. Honestidade. Obediência. Ele não vai fazer mal à sua amiga. Não fisicamente. Só vai se tornar mais e mais importante pra ela, lentamente, até ela não ter a certeza de que é capaz de ficar sem ele, até ela fazer tudo que ele pedir. E sempre que ela duvidar de si mesma ou duvidar dele, vai haver alguém pra sussurrar no ouvido dela como ela tem sorte, como é especial.

— Você teve sorte? — perguntei a Kane. — Era especial?

— Eu era o filho de ouro. — A voz dele soou tão calma, tão controlada, que eu não ouvi nem um sinal de amargura por baixo.

— Você saiu — comentei. Como isso não gerou resposta, eu insisti. — O que vai acontecer se Lia quiser ir embora?

— Ele não vai impedir — disse Kane. — Não de primeira.

Essas três palavras geraram um arrepio na minha espinha. *Não de primeira.*

— Eu queria poder fazer alguma coisa, Cassie. Queria ter tido algum direito de manter sua mãe aqui ou ter ido atrás dela quando ela foi embora. Mas eu sou filho do meu pai. Eu fiz minhas escolhas há muito tempo e aceito o preço delas.

Eu tinha me perguntado por que Kane Darby tinha ficado em Gaither. *E se ficar não for um ato de lealdade? E se for peni-*

CONFLITOS DE SANGUE **211**

tência? Minha mente voltou até Mason Kyle, amigo de infância de Kane Darby.

Que escolhas você fez? O que exatamente você está pagando?

— Eu nunca parei de pensar em você. — Kane parou de andar. — Eu sei que eu não era seu pai. Eu sei que, pra você, eu só devo ser um cara que namorou sua mãe por um tempinho. Mas, Cassie, você nunca foi uma criança qualquer pra mim.

Senti um aperto no peito.

— Então, por favor, escute quando eu digo que você precisa ir embora de Gaither. Não é seguro pra você ficar aqui. Não é seguro você ficar fazendo perguntas. Sua amiga vai ficar bem em Serenidade, mas você não ficaria. Você entende o que eu estou te dizendo?

— Você está me dizendo que seu pai é um homem perigoso. — Fiz uma pausa. — E que a minha mãe teve motivo pra ir embora desta cidade.

Você

Cinco admira seu trabalho enquanto o sangue escorre pelos seus braços, pelas suas pernas. Vai levar horas até os outros voltarem. Horas antes de te perguntarem se Cassie e os amigos devem morrer.

Não. Não. Não.

Essa é a resposta de Lorelai. Sempre vai ser a resposta de Lorelai. Mas Lorelai não é forte a ponto de aguentar isso. Lorelai não está ali agora.

Você está.

Capítulo 42

Havia uma diferença sutil entre aviso e ameaça. Eu queria acreditar que Kane Darby tinha dado um aviso e não feito uma ameaça quando sugeriu que eu fosse embora da cidade, mas se meu tempo no FBI tinha me ensinado alguma coisa, era que a violência nem sempre fervia em fogo baixo. Às vezes, o assassino em série na sua frente citava Shakespeare. Às vezes, as pessoas mais perigosas eram aquelas em quem você mais confiava.

O jeito de quem evitava confronto de Kane Darby não era mais *natural* do que a tendência de Michael de balançar bandeiras vermelhas para todo e qualquer touro que passasse. Esse tipo de firmeza podia vir de dois lugares: ou ele tinha crescido em um ambiente onde a emoção era vista como algo indesejável (e explosões eram punidas de forma condizente) ou ficar calmo tinha sido o jeito dele de reivindicar o controle em um ambiente onde as emoções voláteis de outra pessoa serviram como minas terrestres.

Enquanto eu revirava isso na mente, Dean parou ao meu lado.

— Eu fiz uma promessa para o universo — disse ele — de que, se Lia sair disso ilesa, eu vou ficar 48 horas sem fazer cara feia. Vou comprar uma blusa colorida. Vou cantar no karaokê e deixar o Townsend escolher a música. — Ele lançou um olhar de soslaio para mim. — Descobriu alguma coisa conversando com o filho de Darby?

A resposta para a pergunta de Dean pesou na minha garganta, entalada, enquanto seguíamos pela rua principal, passando pelas fachadas vitorianas das lojas e pelos lugares históricos, até que o portão de ferro forjado do jardim do boticário apareceu.

— Kane disse que era o filho de ouro — falei por fim, encontrando a minha voz. — Ele se culpa por isso. Acho que ficar em Gaither foi uma espécie de penitência pra ele, punição por, nas palavras dele, "escolhas" que ele fez "muito tempo atrás".

— Você está falando sobre ele — observou Dean. — Não com ele.

— Eu estou falando com você.

— Ou — retrucou Dean calmamente enquanto paramos na frente do jardim — você está com medo de ir fundo demais.

Desde que o conheci, Dean nunca tinha me forçado a entrar na perspectiva de outra pessoa se eu não quisesse. Na melhor das hipóteses, ele segurava os instintos de proteção, perfilava comigo ou não atrapalhava. Mas agora não era eu a pessoa que Dean faria qualquer coisa para proteger.

— Você chegou bem perto de se lembrar de alguma coisa na sua antiga casa. Algo que uma parte de você está desesperada pra esquecer. Eu te conheço, Cassie. E fico pensando que, se você esqueceu um ano inteiro da sua vida, não foi porque era pequena, e não foi resultado de algum tipo de trauma. Você passou por traumas que equivalem a duas vidas inteiras, e isso só desde que eu te conheci, mas não se esqueceu de nada.

— Eu era criança — retruquei, sentindo como se tivesse levado um tapa. — Minha mãe e eu fomos embora no meio da noite. Nós não contamos pra ninguém. Não nos despedimos. Aconteceu alguma coisa e a gente *foi embora*.

— E depois que vocês foram embora — Dean segurou a minha mão —, eram só você e a sua mãe. Ela era tudo que você tinha. Você era tudo pra ela, e ela queria que você esquecesse. Ela queria que você dançasse até passar.

— O que você está dizendo? — perguntei.

CONFLITOS DE SANGUE **215**

— Eu estou dizendo que eu acho que você esqueceu a vida que teve em Gaither por *ela*. Estou dizendo que acho que não era você que seu cérebro estava protegendo. Acho que estava protegendo a única relação que ainda tinha. — Dean me deu um momento para pensar e seguiu em frente. — Estou dizendo que você não podia se dar ao luxo de lembrar a vida que teve aqui porque aí você teria que ter ficado com raiva por ela ter tirado isso de você. — Ele fez uma pausa. — Você teria que ficar com raiva — continuou, mudando para o presente — por ela ter garantido que você não teria mais aquilo. Ela tornou você o centro da vida dela e ela o centro da sua, e, sabendo o que sabemos agora, sobre os Mestres, sobre a Pítia, eu acho que você está com mais medo ainda do que quando era criança do que pode acontecer se você se lembrar de Gaither.

— E é por isso que eu estou usando a terceira pessoa quando falo com você sobre Kane Darby? — perguntei rispidamente, passando pelo portão e andando pelo caminho de pedra do jardim do boticário, Dean dois passos atrás de mim. — Porque chegar perto dele pode significar chegar perto da minha mãe? Porque eu posso me lembrar de algo que não quero saber?

Dean andou atrás de mim em silêncio.

Você está enganado. Eu tinha feito tudo que podia para ver a minha mãe pelos olhos de uma perfiladora e não de uma criança. Ela era uma golpista. Tinha cuidado para que eu não dependesse de ninguém além dela.

Tinha me amado mais do que tudo.

Para todo o sempre, aconteça o que acontecer.

— Talvez eu tenha esquecido Gaither por causa dela — falei baixinho, permitindo que Dean me alcançasse. — Eu era boa em ler as pessoas, mesmo quando criança. Teria percebido que ela não queria falar sobre isso, que ela precisava acreditar que nada daquilo tinha importado, que nós duas não precisávamos de mais ninguém nem mais nada.

Minha mãe tinha se permitido gostar de Kane Darby. Tinha permitido que ele entrasse, não só na vida dela, mas na minha. Com base no resto da minha infância, ela tinha aprendido uma lição.

O que aconteceu? Por que você o deixou? Por que foi embora de Gaither?

Parei na frente de um oleandro, com as flores rosa-avermelhadas enganosamente alegres para uma planta venenosa.

— Kane disse que Lia ficaria em segurança — falei para Dean, indo direto ao assunto. — Por enquanto. — Eu queria parar aí, mas não parei. — Ele também disse que eu não ficaria em segurança no lugar dela.

— Darby não sabe quem e o que Lia é. — Dean capturou meu olhar, sem querer permitir que eu afastasse os olhos. — Se você não ficaria em segurança lá, ela também não está. — Isso era Dean me pedindo para parar de segurar, me pedindo para *lembrar*. E eu só conseguia pensar que ele não deveria ter precisado pedir.

Engoli em seco, minha boca seca quando comecei a perfilar Kane, do jeito certo agora.

— Minha mãe disse pra você uma vez que não te merecia, mas ela não sabia seus segredos, as escolhas que você tinha feito. — Dizer essas palavras em voz alta as tornou reais. Mantive meu olhar no de Dean, deixei que os olhos castanhos profundos me firmassem, ao mesmo tempo que eu sentia minha vida toda, minha visão de mundo toda, começar a se mover debaixo dos meus pés. — Você disse que não a merecia, que não *nos* merecia. Mas você queria. Você queria uma família, e você foi bom em ser presente pra ela e pra mim. — Dizer essas palavras doeu fisicamente e eu não tinha ideia do motivo. — Tinha que haver algum fragmento desse desejo, alguma semente do que significava ser uma família no seu passado. Deixando de lado *lealdade, honestidade, obediência* e qualquer outra palavra que dominasse sua infância, você se importava com as pessoas. E, porque se importava, fez coisas horríveis.

Kane Darby era um homem que vinha punindo a si mesmo havia décadas. Talvez tivesse se permitido acreditar, quando conheceu a minha mãe, que bastava. Que ele podia tê-la. Que podia ter uma família.

Mas a sua você nunca vai abandonar.

Pensei em Kane tentando intervir com Shane, tentando mitigar o mal causado pelo próprio pai. E pensei em Dean, parado ao meu lado naquele jardim, o cabelo loiro caindo no rosto. O que Kane foi para a minha mãe, Dean era para mim. Como Kane, Dean tinha passado anos mantendo controle rigoroso sobre as emoções. Tinha passado anos convencido de que havia algo sombrio e deformado dentro dele, e que, se não tomasse cuidado, ele um dia se tornaria o pai.

Todos nós tínhamos um jeito de recuperar o controle que a vida tinha tirado de nós. Para Sloane, era pelos números. Para Lia, era mantendo sua verdadeira essência enterrada embaixo de camadas de mentiras. Michael provocava raiva intencionalmente em vez de esperar que o pavio de outra pessoa estourasse. Dean fazia tudo que podia para manter as emoções controladas.

E eu uso o conhecimento de coisas sobre as pessoas como desculpa para impedi-las de me conhecerem.

Tornar-me parte do programa dos Naturais tinha significado abandonar uma parte desse controle. *Durante anos, você foi meu tudo.* Eu não estava falando com Kane agora. Estava falando com a minha mãe. *Você me afastou da família do meu pai. Me tornou o centro do seu mundo e você o centro do meu.*

Passei os braços em volta do pescoço de Dean. Senti a pulsação dele, firme na minha. As pontas dos dedos percorreram minha mandíbula. Encostei os lábios nos dele, deixei que se abrissem. Senti e quis e o *senti*, e então lembrei:

Mamãe beijando Kane…

O primeiro dia de aula…

Colorir na casa da Ree…

Melody no jardim.

— Qual é o problema, medrosa? — Melody é toda maria-chiquinha e joelhos ralados e mãos mandonas em quadris mandões. — É só o jardim de venenos! — Ela se agacha ao lado de uma planta. — Se você não entrar, eu vou comer essa folha. Vou comer e morrer!

— Não vai, não — digo, dando um passo na direção dela. Ela puxa uma folha da planta e abre a boca.

— Crianças, parem de brincar aqui!

Eu me viro. Tem um homem velho parado atrás de nós. Ele parece com raiva e malvado, e está de mangas compridas mesmo sendo verão. Linhas brancas e umas outras rosadas, feias e inchadas, serpenteiam de debaixo da camisa.

Cicatrizes.

— Quantos anos vocês têm? — pergunta o homem. Eu sei com todas as minhas forças que ele está usando mangas compridas porque aquelas não são as únicas cicatrizes dele.

— Eu tenho sete — responde Melody, parando ao meu lado. — Mas Cassie só tem seis.

A lembrança dá um salto e de repente eu estou correndo para casa. Estou correndo…

É noite agora. Estou na cama. Ouço um baque. Vozes abafadas.

Tem algo errado. Eu sei disso e penso no velho no jardim. Ele ficou com raiva da Melody e de mim. Pode ser que esteja ali. Pode ser que esteja com raiva. Pode ser que ele tenha vindo me bater.

Outro baque. Um grito.

Mamãe?

Estou no alto da escada agora. Tem alguma coisa lá embaixo.

Uma coisa grande.

Uma coisa volumosa.

De repente, minha mãe está na escada, ajoelhada na minha frente.

— Volta a dormir, meu amor.

Tem sangue nas mãos dela.

— O velho veio? — pergunto. — Ele te machucou?

Minha mãe pressiona os lábios na minha cabeça.

— *É só um sonho.*

Saí da lembrança com o corpo ainda encostado no de Dean, a cabeça apoiada no ombro dele, as mãos dele passando delicadamente pelo meu cabelo.

— Tinha sangue nas mãos da minha mãe — sussurrei. — Na noite em que fomos embora de Gaither. Eu ouvi alguma coisa. Uma briga, talvez? Fui até o alto da escada e tinha alguma coisa lá embaixo. — Tentei engolir, a boca tão seca que as palavras não vinham. — Havia sangue nas mãos dela, Dean. — Eu as forcei de qualquer jeito e não me permiti parar. — E aí nós fomos embora.

Pensei no resto da lembrança.

— Tem mais alguma coisa? — perguntou Dean.

Eu assenti.

— No dia em que nós fomos embora — falei, me afastando do peito dele — eu tenho quase certeza de que conheci Malcolm Lowell.

Capítulo 43

O avô de Nightshade ainda morava em uma casa na colina com vista para o complexo do Rancho Serenidade. Malcolm Lowell tinha quase noventa anos, estava confinado a uma cadeira de rodas e, como informou a enfermeira cuidadora dele, nem um pouco interessado em visitas.

A agente Sterling não aceitou não como resposta.

No hotel, eu me sentei entre Dean e Sloane enquanto assistíamos às imagens da câmera da lapela de Sterling, cientes do risco que a agente corria por mostrar o distintivo. Se a notícia de que Sterling era do FBI se espalhasse, Holland Darby podia começar a considerar Lia um risco.

Quando a enfermeira permitiu com relutância que Sterling e Starmans entrassem na casa enorme, minha mente foi até o que eu tinha lembrado. *A escada. Alguma coisa lá embaixo.*

Na minha mente de seis anos, o velho assustador que tinha gritado com Melody e comigo e os eventos que tinham se desenrolado naquela noite tinham relação, mas, de uma perspectiva mais madura, eu via que podiam ser eventos traumáticos independentes, ligados na minha mente apenas pela proximidade de tempo um do outro.

Um homem velho e intimidante tinha me assustado. E, naquela noite, alguma coisa tinha acontecido, uma coisa que tinha terminado em sangue.

CONFLITOS DE SANGUE 221

— Sr. Lowell. — A agente Sterling se sentou na frente de um homem que não parecia mais velho do que era uma década antes. Ele estava usando uma camisa de mangas compridas, como naquela ocasião.

As cicatrizes continuavam visíveis.

Quando criança, elas me assustaram. Agora, me diziam que Malcolm Lowell tinha acordado todos os dias nos últimos 33 anos com um lembrete muito visível de um ataque que tinha deixado a filha e o genro dele mortos.

— Eu sou a agente especial Sterling, do FBI. — A agente Sterling fez uma postura que imitava a dele, ereta e inflexível, apesar da idade dele. — Esse é o agente Starmans. Nós precisamos fazer algumas perguntas.

Malcolm Lowell ficou em silêncio por vários segundos e depois falou.

— Não — disse ele. — Não acredito que precise.

Ela quer fazer perguntas, pensei. Tem diferença.

— Nós temos motivo para acreditar que a tragédia da sua família tenha relação com uma investigação de homicídios em série atual. — A agente Sterling ficou no limite entre oferecer detalhes específicos e oferecer a verdade. — Eu preciso saber o que você sabe sobre os homicídios originais.

A mão direita de Lowell arregaçou a manga esquerda e ele passou a ponta do dedo por uma cicatriz.

— Eu contei à polícia o que eu sabia — grunhiu ele. — Não tenho mais nada a contar.

— Seu neto está morto. — A agente Sterling não tentou suavizar as palavras. — Foi assassinado. E nós gostaríamos muito de encontrar o assassino dele.

Eu olhei para Michael.

— Dor — disse Michael. — E só isso.

Malcolm Lowell tinha renegado o neto quando o garoto tinha nove anos, no entanto, mais de trinta anos depois, sentiu dor com o falecimento dele.

— Se você sabe de alguma coisa — disse a agente Sterling —, qualquer coisa que possa nos ajudar a encontrar a pessoa que atacou você…

— Eu fui esfaqueado repetidamente, agente. — Lowell encarou o olhar de Sterling, o dele inflexível. — Nos meus braços, nas pernas, na barriga e no peito.

— Seu neto testemunhou o ataque? — perguntou a agente Sterling.

Não houve resposta.

— Ele participou do ataque?

Não houve resposta.

— Ele está se fechando — disse Michael para a agente Sterling por áudio. — Ele não se permite mais sentir as emoções de duas décadas atrás que suas perguntas poderiam ter provocado.

— Parece familiar? — perguntou Dean.

Pensei em Nightshade, isolando o FBI da mesma forma como o avô estava fazendo agora. Ele tinha aprendido o poder do silêncio pela experiência.

— Pergunta a ele sobre a minha mãe — sugeri.

A agente Sterling fez mais que isso. Ela pegou uma foto, uma que eu nem sabia que o FBI tinha. Na foto, minha mãe estava num palco, os olhos pintados de lápis preto, o rosto vivo e expressivo.

— Você reconhece essa mulher?

— Minha vista não é mais como era. — Michael Lowell quase nem olhou na direção da foto.

— O nome dela era Lorelai Hobbes. — A agente Sterling deixou as palavras no ar e usou o silêncio como arma.

— Eu me lembro dela — disse Lowell por fim. — Deixava a filhinha por aí com os capetinhas da Ree Simon. Aqueles lá são encrenca.

— Como seu neto era encrenca? — perguntou a agente calmamente. — Como sua filha antes dele?

Isso gerou uma reação. As mãos de Lowell se fecharam, se abriram e se fecharam de novo.

— Ele está ficando agitado — disse Michael para Sterling. — Raiva, repulsa.

— Sr. Lowell?

— Eu tentei ensinar minha Anna. Tentei segurá-la em casa. *Segura*. Mas isso deu em quê? Ela grávida aos dezesseis anos, saindo escondido. — A voz dele tremeu. — E aquele garoto. O filho *dela*. Ele fez um buraco na cerca, foi até aquele complexo maldito. — Lowell fechou os olhos. Abaixou a cabeça até eu não conseguir mais ver as feições dele na tela. — Foi aí que os animais começaram a aparecer.

— Animais? — disse Sloane, inclinando a cabeça para o lado.

Ficou claro que ela não tinha previsto aquela admissão. Nem eu. A diferença foi que eu soube na mesma hora que, quando Malcolm Lowell disse *animais*, ele quis dizer *animais mortos*.

— Não eram mortes limpas. — Lowell olhou para a câmera com um brilho implacável nos olhos. — Aqueles animais morreram lentamente, e morreram sofrendo.

— Você achou que Mason foi o responsável? — perguntou o agente Starmans, falando pela primeira vez.

Houve uma longa pausa.

— Eu achei que ele assistiu.

Você

Você está acorrentada à parede há horas, sangrando há horas.

Mas, na verdade, você está acorrentada e sangrando há anos. Antes daquele lugar. Antes do caos ou da ordem. Antes das facas e dos venenos e da chama.

Foi você que se deitou na cama de Lorelai quando criança.

Você aguentou o que ela não conseguiu.

Você fez o que ela não conseguiu.

Quando os segundos, os minutos e as horas passam, você a sente, pronta para sair do esconderijo. Pronta para aparecer.

Não desta vez. Desta vez, você não vai a lugar nenhum. Desta vez, você veio para ficar.

A noite cai. Os Mestres voltam. Eles não têm ideia de quem você é. O que você é.

Eles estão acostumados aos dramas de Lorelai.

Eles que vejam os seus.

Capítulo 44

Eu estava ciente quando o relógio bateu meia-noite de que mais um dia sem respostas tinha se passado. *Quatro de abril.* Em algum lugar, o agente Briggs estava esperando que a próxima vítima dos Mestres aparecesse, presa em uma estaca de espantalho e queimada viva.

Sem conseguir dormir, eu me sentei na bancada da nossa cozinha, olhei para a escuridão lá fora e pensei em Mason Kyle e Kane Darby, em animais mortos e na forma grande caída no pé daquela escada.

Era um corpo. Eu não tinha percebido aos seis anos, mas, mesmo com a memória fragmentada, eu sabia agora. Estava tentando não saber, tentando não *lembrar* desde que voltei para a cidade.

— Sem querer ofender, mas você tem os instintos de sobrevivência de um hamster.

Dei um pulo quando ouvi essas palavras e desci da bancada. Lia saiu das sombras.

— Relaxa — disse ela. — Eu venho em paz. — Ela abriu um sorrisinho. — Mais ou menos.

Lia estava usando o uniforme que eu tinha visto no resto das pessoas de Holland Darby, não a blusa branca de camponesa que ela estava usando quando a vi pela última vez. Em todo o tempo que eu a conhecia, ela nunca tinha cedido controle do guarda-roupa para outra pessoa.

Em todo o tempo que eu a conhecia, ela nunca tinha parecido tão *vazia*.

— Como você passou pelo agente Starmans? — perguntei.

— Do mesmo jeito que saí do Rancho Serenidade. Ser sorrateira é só outra forma de mentir, e só Deus sabe que meu corpo é ainda mais talentoso na enganação do que a minha boca.

Algo nas palavras de Lia disparou um alarme na minha cabeça.

— O que aconteceu?

— Eu entrei e eu saí. — Lia deu de ombros. — Holland Darby gosta de fazer alegações. De que nunca me machucaria. De que me entende. De que o Rancho Serenidade não tem nada a esconder. Tudo mentira. Claro que a mentira mais interessante que eu captei não foi de Darby. Foi da esposa dele.

Tentei lembrar o que os arquivos da polícia diziam sobre a sra. Darby, mas ela não passava de uma nota de rodapé, um objeto de cena no Show do Holland Darby.

— Ela me disse que eles não tiveram nada a ver com o que acontece com "aquela pobre família" tantos anos antes. — Lia me deu um momento para entender que ela tinha visto mentira nessa alegação. — E disse que amava o filho.

— Ela não ama? — Pensei no Kane que minha mãe conhecera. E pensei no corpo no pé da escada, no sangue nas mãos da minha mãe.

Houve um barulho. Kane estava lá? Tinha feito alguma coisa? Minha mãe tinha feito?

Não é seguro você ficar fazendo perguntas. O aviso de Kane ecoou na minha cabeça. *Sua amiga vai ficar bem em Serenidade, mas você não ficaria.*

— A agente Sterling conversou com Malcolm Lowell. — Enquanto organizava o fluxo de pensamentos na minha cabeça, contei para Lia o que eu sabia. —Antes dos pais de Nightshade serem assassinados, alguém do Rancho Serenidade desenvolveu um apreço por matar animais.

— Que divertido, hein — opinou Lia. Ela estendeu a mão e pegou um refrigerante de quatro dólares na geladeira. Quando fez isso, eu vi o punho dela. Havia linhas vermelhas fortes cruzando a pele exposta.

— Você se cortou? — Minha boca ficou seca.

— Claro que não. — Lia virou o pulso para examinar o estrago enquanto mentia na cara dura. — Essas linhas apareceram magicamente e não foram de jeito nenhum um método para garantir que Darby caísse na história sobre o quanto eu me sinto *vazia* por dentro.

— Se automutilar não é a mesma coisa que vestir uma fantasia, Lia.

Eu esperava que ela descartasse as palavras, mas Lia me encarou.

— Isso não doeu — disse ela baixinho. — Não de verdade. Não de um jeito importante.

— Você não está bem. — Minha voz soou tão baixa quanto a dela. — Você não estava bem antes de ir pra lá e sem a menor sombra de dúvida não está bem agora.

— Eu esqueci como era — disse Lia, a voz absolutamente desprovida de expressão — ser especial num momento e nada no próximo.

Pensei no que Dean tinha me contado sobre a infância de Lia. *Quando você o agradava, era recompensada. E quando o desagradava, ele te botava num buraco.*

— Lia…

— Sabe o homem com quem eu cresci? O que controlava tudo e todo mundo que eu conhecia? Ele nunca encostou a mão na gente. — Lia tomou um gole de refrigerante. — Mas, em alguns dias, você acordava e todo mundo sabia que você era indigna. Suja. Ninguém falava com você. Ninguém olhava pra você. Era como se você não existisse.

Ouvi a implicação escondida embaixo dessas palavras. *Sua própria mãe te ignoraria.*

— Se você queria alguma coisa, comida, água, um lugar para dormir, você tinha que ir até *ele*. E quando você estivesse pronta para ser perdoada, você mesma tinha que fazer.

Meu coração saltou na garganta.

— Fazer o quê?

Lia olhou para os pulsos vermelhos e furiosos.

— Penitência.

— Cassie?

Eu me virei e vi Sloane a uma distância curta.

— Lia. Você voltou. — Sloane engoliu em seco. Mesmo na luz fraca, vi os dedos dela batendo nos polegares. — Vocês duas provavelmente querem conversar. Sem mim. — Ela se virou.

— Espera — disse Lia.

Sloane ficou onde estava, mas não se virou para nós.

— Era isso que você estava falando. Conversando com a Cassie. Porque a Cassie é fácil de se conversar. Ela entende, eu não. — A respiração entalou na garganta de Sloane. — Eu só falo umas estatísticas idiotas. Eu atrapalho.

— Isso não é verdade. — Lia foi na direção de Sloane. — Eu sei que falei isso, Sloane, mas eu estava mentindo.

— Não. Não estava. Se Cassie ou Dean ou Michael tivessem visto você saindo, você não teria dito isso. Você não teria falado sério, porque Cassie e Dean e Michael poderiam ir com você e mentir e guardar segredos e não dizer as coisas erradas bem nas horas erradas. — Sloane se virou para nós. — Mas eu não consigo. Eu *teria* atrapalhado.

Sloane era diferente do resto de nós. Eu esquecia isso com facilidade, mas para Sloane era impossível.

— E daí? — retrucou Lia.

Sloane piscou várias vezes.

— Você não sabe mentir nem um pouco, Sloane. Isso não quer dizer que você seja menos importante. — Lia olhou para Sloane por alguns segundos e pareceu chegar a uma decisão. — Eu vou te contar uma coisa — disse ela. — Pra *você*, Sloane.

Não pra Cassie. Não para Michael. Não para Dean. Sabe os julgamentos das bruxas de Salem?

— Vinte pessoas foram executadas entre 1692 e 1693 — disse Sloane. — Mais sete morreram na prisão, inclusive pelo menos uma criança.

— Sabe as garotas que começaram tudo com as acusações que fizeram? — Lia deu outro passo na direção de Sloane. — Era eu. Sabe a seita onde cresci? O líder alegava que tinha visões. Chegou uma hora que eu comecei a fazer o jogo dele. Eu comecei a ter "visões" também. E falei pra todo mundo que as visões me diziam que ele estava certo, que ele era justo, que Deus queria que nós obedecêssemos a ele. Eu me fortaleci o fortalecendo. Ele acreditou em mim. E quando foi para o meu quarto uma noite… — A voz de Lia estava tremida. — Ele me disse que eu era *especial*. Ele se sentou na ponta da minha cama e, quando se inclinou por cima de mim, comecei a gritar e me debater. Eu não podia deixar que ele tocasse em mim, então eu menti. Eu falei que tinha tido uma visão, que havia um traidor entre nós. — Ela fechou os olhos. — Eu falei que o traidor tinha que morrer.

Eu matei um homem quando tinha nove anos, Lia contara para nós meses antes.

— Se eu tivesse que escolher entre ser como você e ser como eu — continuou Lia, sustentando o olhar de Sloane —, eu ia querer ser como você. — Lia jogou o cabelo por cima do ombro. — Além do mais — disse, abandonando a intensidade que tinha demonstrado um momento antes como uma cobra se livrando da pele morta —, se você fosse como Cassie e Michael e Dean e eu, você não conseguiria fazer nada com isto.

Lia enfiou a mão no bolso de trás e tirou vários pedaços de papel dobrados. Eu queria ver o que havia neles, mas ainda estava paralisada pelas palavras que Lia tinha dito.

— Um mapa? — disse Sloane, mexendo nos papéis.

— Uma disposição — corrigiu Lia. — De todo o complexo: a casa, os celeiros, a área cultivada, tudo em escala.

Sloane passou os braços em volta de Lia no que pareceu ser o abraço mais apertado do mundo.

— "Tudo em escala" — sussurrou Sloane, tão baixo que eu quase não ouvi — são três das minhas palavras favoritas.

Capítulo 45

Quando os outros acordaram na manhã seguinte, Sloane já tinha feito uma planta completa do complexo do Rancho Serenidade.

A agente Sterling se serviu de uma xícara de café e se virou para Lia.

— Se você fizer outra palhaçada dessas, você está fora. Do programa. Da casa.

Não uma ameaça. Não um aviso. Uma promessa.

Lia nem piscou, mas quando Judd pigarreou e ela se virou para ele, ela fez uma careta.

— Eu posso impedir que o FBI te trate como se você fosse descartável — disse Judd para Lia, a voz firme e baixa. — Mas não posso fazer você se valorizar. — Além de Dean, Judd era uma constante na vida de Lia desde que ela tinha treze anos. — Eu não posso te obrigar a não correr riscos com a sua própria vida. Mas você não me viu depois que a minha filha morreu, Lia. Se acontecer alguma coisa com você… Se eu for para aquele lugar de novo… Não posso prometer que vou voltar.

Lia tinha mais facilidade em ser alvo de raiva do que de afeto. Judd sabia disso, assim como sabia que ela leria a verdade em cada palavra.

— Tudo bem — disse Lia, levantando as mãos e chegando para trás. — Eu sou uma menina má. Entendi. A gente pode se concentrar no que Sloane tem a dizer?

Dean apareceu na porta e registrou a presença de Lia.

— Você está bem.

— Mais ou menos. — A resposta de Lia foi casual, mas ela deu um passo na direção dele. — Dean…

— Não — disse Dean.

Não, você não quer ouvir? Não, ela não vai poder fazer isso com você?

Dean não elaborou o pensamento.

— Ainda bem que você está em casa, Lia. — Michael entrou no aposento. — Dean tem uma tendência enorme de falar sobre *sentimentos* quando você está sumida.

— Essa seria uma hora imprópria pra dizer "arrá"? — observou Sloane do chão. — Porque *arrá*!

Se Sloane tivesse um pingo de maldade, eu teria achado que ela tinha ido salvar Lia de propósito.

— O que você descobriu? — perguntei, recebendo um olhar de Dean que dizia que ele sabia muito bem que *eu* era capaz de lançar uma boia salva-vidas para Lia.

— Eu comecei com os desenhos da Lia e os comparei às fotografias de satélite do complexo do Rancho Serenidade. — Sloane se levantou, se balançou para a frente e para trás e andou em volta do diagrama que tinha espalhado no chão. — Tudo alinhado, exceto… — Sloane se ajoelhou para apontar para um dos prédios menores do diagrama. — Essa estrutura é aproximadamente 7,6% menor por dentro do que deveria ser.

— É a capela. — Lia jogou o rabo de cavalo por cima do ombro. — Não tem nenhuma ligação religiosa específica, mas não daria pra saber disso só de olhar.

Ouvi a fala monótona de Melody na memória. *Em Serenidade, eu encontrei equilíbrio. Em Serenidade, eu encontrei paz.*

Eu voltei minha atenção para Sloane.

— O que significa que o prédio é menor por dentro do que deveria?

— Significa que ou as paredes são grossas demais... — Sloane mordeu o lábio inferior e soltou. — Ou tem um aposento escondido.

Eu não precisei entrar muito longe na psique de Holland Darby para concluir que ele era o tipo de homem que escondia bem os segredos. *Isso é a sua serenidade. Essa é a sua paz.*

— Infelizmente — disse a agente Sterling —, nada disso me dá causa provável pra revistar a propriedade.

— Não — disse Lia, enfiando a mão no bolso. — Mas isso dá.

Ela tirou um frasquinho do bolso. O líquido dentro era branco leitoso.

— Não sei bem o que é — disse ela —, mas Darby mantém o rebanho calibrado.

— Ele está drogando as pessoas. — O rosto pétreo de Dean não dava sinais de se suavizar, nem em relação a ela nem em relação à situação.

A agente Sterling pegou o frasco da mão de Lia.

— Vou mandar para o laboratório. Se for uma substância controlada, posso conseguir um mandado de busca para o complexo.

Ao meu lado, Sloane olhou para o frasco.

— Eu diria que tem uma boa chance de ser algum tipo de opiáceo.

Sua mãe morreu de overdose. Eu perfilei Sloane por instinto, mas outra parte de mim não pôde deixar de perfilar outra pessoa... outra *coisa*. Nightshade e quem naquela cidade o tinha recrutado.

Existe uma linha tênue entre remédio e veneno.

Capítulo 46

A agente Sterling levou 24 horas para conseguir o mandado e mais uma hora para o FBI cercar o complexo e, mais objetivamente, o dono do complexo. Quando Holland Darby e seus seguidores tinham sido removidos de lá e nós cinco pudemos entrar no local, eu sentia o tempo passando no relógio.

Hoje é dia 5 de abril. O lembrete vibrava nas minhas veias quando nos aproximamos da capela. *Outra data de Fibonacci. Outro corpo.*

Briggs não tinha ligado. Não tinha pedido ajuda. Afastei o pensamento da cabeça quando abri a porta da capela.

— Nenhuma iconografia religiosa — comentou Dean.

Ele tinha razão. Não havia cruzes, estátuas, nada que indicasse ligação com qualquer religião estabelecida, mas ficou claro que o local tinha sido criado para remeter a um espaço religioso. Havia bancos e altares. Mosaicos de ladrilho no chão. Janelas de vitral lançando luz colorida no ambiente.

— Nós estamos procurando uma parede falsa — disse Sloane, andando pelo aposento.

Ela parou na frente de um altar de madeira perto dos fundos. Os dedos dela procuraram habilmente um gatilho, algum tipo de mecanismo.

— Achei! — O triunfo de Sloane foi pontuado por madeira rangendo, seguido pelo ruído de dobradiças enferrujadas. O altar se moveu e revelou um aposento escondido. Dei um passo

CONFLITOS DE SANGUE 235

para a frente, mas a agente Sterling me ultrapassou. Com a mão direita na arma, ela estendeu a esquerda para Sloane.

— Fica aqui — disse ela, entrando no aposento.

— É estreito — relatou Sloane, espiando a escuridão. — Com base nos meus cálculos anteriores, quase certamente tem todo o comprimento da capela.

Eu esperei, os passos da agente Sterling sendo o único som no local. Dean parou de um dos meus lados, Michael e Lia do outro. Quando a agente Sterling reapareceu, ela guardou a arma no coldre e pediu reforço.

— O que você encontrou? — perguntou Dean.

Se algum de nós tivesse feito a pergunta, a agente Sterling talvez não tivesse respondido, mas considerando a história deles, ela era incapaz de ignorar Dean.

— Uma escada.

A escada levava a um porão. *Não um porão*, eu me corrigi quando o local foi considerado seguro para nós entrarmos. *Uma cela.*

As paredes eram grossas. À prova de som. Havia algemas na parede. Havia um corpo decomposto nas algemas.

Havia um segundo corpo no chão.

O aposento tinha cheiro de decomposição e morte… mas não parecia *recente*.

— Com base no nível de decomposição e levando em consideração a temperatura e a umidade neste local… — Sloane fez uma pausa enquanto fazia as contas de cabeça. — Eu diria que nossas vítimas estão mortas há algo entre nove e onze anos.

Dez anos antes, minha mãe e eu tínhamos ido embora de Gaither.

Dez anos antes, eu tinha visto um corpo no pé da escada.

— Quem são? — Eu fiz a pergunta que todos estavam pensando. Quem Holland Darby tinha acorrentado debaixo da capela? De quem eram os corpos deixados para apodrecer e sumir?

236 JENNIFER LYNN BARNES

— A vítima número um é do sexo masculino. — Sloane chegou mais perto do corpo ainda preso à parede. A carne era quase inexistente.

Ossos e decomposição e podridão. Meu estômago ameaçou protestar. Dean colocou a mão na minha nuca. Eu me inclinei para o toque dele e me obriguei a olhar para Sloane.

— A profundidade e grossura do osso pélvico — murmurou Sloane. — A cavidade pélvica estreita... definitivamente homem. Os ossos faciais sugerem caucasiano. Eu botaria a altura por volta de 1,80 metro. Não era jovem e não há sinal de idade avançada. — Sloane observou o corpo por mais uns trinta ou quarenta segundos. — Ele foi algemado depois de morrer. Não antes.

Você construiu esse aposento para alguma coisa. Para alguém. Observei o tamanho do local. *Você acorrentou o corpo desse homem mesmo depois da morte.*

— E a outra vítima? — perguntou a agente Sterling.

Eu a conhecia bem o bastante para saber que ela já tinha desenvolvido as próprias teorias e interpretação da cena à nossa frente, mas ela não queria contaminar uma segunda opinião nos deixando ver o menor sinal de que interpretação era essa.

— Mulher — respondeu Sloane. — Eu botaria a idade dela entre 18 e 35. Sem sinal visível de causa de morte.

— E o homem? — perguntou o agente Starmans. — Como ele morreu?

— Trauma não penetrante. — Sloane se virou para a agente Sterling. — Eu preciso subir agora — disse ela. — Preciso não estar aqui.

Sloane tinha visto muitos corpos, muitas cenas de crimes, mas desde a morte de Aaron, as vítimas deixaram de ser apenas *números* para ela. Passei um braço em volta dela e a levei para o andar de cima. No caminho, passamos por Lia, que estava encostada em Michael.

Quando Sloane e eu chegamos no ar fresco, eu ouvi o sussurro rouco de Lia.

— Ele os botava num buraco.

Você

Sem ordem, há caos. *Sem ordem, há dor.*

Esse é o refrão de Lorelai, não seu. Você é caos. Você é ordem. Cinco está à sua frente, afiando a lâmina. São só você e ele. Dois teve a vez dele no dia anterior, doze queimaduras no seu peito e coxas. Ainda assim, você não disse o que eles queriam ouvir. Você não mandou que eles eliminassem o problema, que dessem os passos necessários para livrar Gaither do FBI.*

Ainda não.

Cinco se adianta, a lâmina e os olhos brilhando. Mais perto. Mais perto. A parte achatada da lâmina toca na lateral do seu rosto.

Sem ordem, há caos. Sem ordem, há dor.

Você sorri.

Eles deixaram você o dia todo ali, achando que você era Lorelai. Deixaram você livre em um aposento com suas próprias algemas, acreditando que a ameaça de retribuição, a você, a Laurel, manteria você na linha.

Eles se enganaram.

Você se adianta e as algemas quebradas caem. Você pega a faca e a enfia no peito do seu atormentador.

— Eu sou o caos — sussurra você. — Eu sou a ordem. — Você encosta os lábios nos dele e gira a faca. — Eu sou a dor.

Capítulo 47

Holland Darby e a esposa foram chamados para serem interrogados. Nenhum dos dois abriu a boca. Por sugestão minha, a agente Sterling chamou o filho. Os adolescentes entre nós foram relegados a observar. Nesse caso, de trás de um espelho falso.

— Consternação, resignação, fúria, culpa. — Michael listou as emoções no rosto de Kane Darby uma a uma.

Procurei algum sinal do que Michael via, mas não consegui sentir o menor pingo de emoção em Kane Darby. Ele parecia sério, mas não na defensiva.

— Dois corpos foram encontrados num aposento secreto embaixo da capela da sua família. — A agente Sterling imitou o jeito de Kane: sem confusão, sem estresse, sem agitação. E nada de enrolação. — Você tem alguma ideia de como eles vieram parar aqui?

Kane encarou a agente Sterling.

— Não.

— Mentira — disse Lia ao meu lado.

— Estamos falando de uma vítima do sexo masculino e uma do sexo feminino, mortas aproximadamente dez anos atrás. Você pode dar alguma luz sobre a identidade delas?

— Não.

— Mentira.

Olhei para o rosto familiar de Kane, afastando qualquer afeto que a minha versão de seis anos ainda sentia pelo sujeito. *Você*

*sabe quem são. Sabe o que aconteceu com eles. Sabe o que acon-
teceu naquele quartinho. Por que seu pai o construiu. Por que ele
construiu a capela.*

Por que havia algemas nas paredes.

Kane tinha me dito que Lia ficaria em segurança no Rancho
Serenidade, mas que eu não ficaria. Eu me perguntei agora se
teria ido parar lá embaixo.

Eu sou filho do meu pai. A voz de Kane ecoou na minha
memória. *Eu fiz minhas escolhas há muito tempo.*

Eu tinha visto paralelos entre o controle emocional de Kane
e o de Dean. Dean sabia o que o pai fazia com aquelas mulheres.
Aos doze anos, ele tinha encontrado um jeito de fazê-lo parar.

*Você saiu, Kane. Mas não fez seu pai parar. Não fez parar... o
que quer que fosse. Você não saiu da cidade. Não conseguiu.*

— Ele talvez fale comigo — falei para a agente Sterling
pelo fone de ouvido. Depois de mais algumas perguntas para
Kane, ela pediu licença e saiu da sala.

— Ele não quer falar com ninguém — disse ela, observando
o ex da minha mãe pelo espelho falso. — Não enquanto não
identificarmos os corpos. Não enquanto não soubermos quem
eles são. Não até isso, tudo isso, ser *real* e ele chegar ao caminho sem volta.

Kane Darby vinha guardando os segredos do pai a vida toda.
Consternação. Resignação. Fúria. Culpa. As duas últimas eram
as emoções de que nós precisávamos.

— Quais são as chances de o laboratório do FBI conseguir
identificar os corpos? — perguntei.

— Com um pouco mais do que o esqueleto como prova e
sem DNA pra comparar? — A agente Sterling respondeu em tom
firme. — Mesmo que encontrem alguma coisa, vai demorar.

Pensei na data do dia... e do dia anterior. Pensei no fato de
que ainda não estava claro como aquilo, qualquer coisa daquilo,
tinha relação com os Mestres. Pensei na minha mãe algemada.
Como o cadáver estava algemado.

E pensei no cadáver, os ossos aparecendo embaixo dos restos de carne. No rosto que nem parecia um rosto.

Fiz uma pausa. *O rosto*. Eu vi Celine Delacroix na mente, a postura majestosa, a expressão irônica. *Posso dar uma olhada numa pessoa e saber exatamente como são os ossos da face por baixo da pele.*

Minha mente rodou. Quais eram as chances de Celine conseguir fazer o contrário? Que, vendo uma foto dos ossos da face de uma pessoa, ela conseguisse desenhar o rosto?

— Cassie? — O tom da agente Sterling me disse que não era a primeira vez que ela dizia meu nome.

Eu me virei e olhei para Michael.

— Eu tive uma ideia e você não vai gostar nem um pouco.

Capítulo 48

Nós enviamos fotografias de nossas vítimas para Celine. E esperamos. Esperar não era um dos traços fortes do coletivo do programa dos Naturais. Em uma hora, a agente Sterling estava na rua trabalhando no caso de novo, mas nós estávamos presos fazendo vários nadas no hotel. Esperando Celine botar as habilidades dela a teste. Esperando a verdade. Esperando para descobrir se nossos esforços nos levariam para mais perto da minha mãe.

— Dean. — De todos nós, Lia era a melhor ou a pior em esperar. — Verdade ou consequência?

— Sério? — perguntei a Lia.

Ela deu um sorriso de leve.

— É meio que tradição, você não acha? — Ela se sentou no braço do sofá. — Verdade ou consequência, Dean?

Por um momento, achei que ele fosse se recusar a responder.

— Verdade.

Lia olhou para as próprias mãos e examinou as unhas.

— Por quanto tempo você vai ficar com raiva de mim?

Você não parece vulnerável. Você não parece poder ser destruída pela resposta.

— Eu não estou com raiva de você — disse Dean, a voz falhando.

— Ele está com raiva dele mesmo — esclareceu Michael, arrogante. — E de mim. Definitivamente de mim.

Dean olhou para ele de cara feia.

— Verdade ou consequência, Townsend. — Essas palavras não foram feitas como pergunta. Elas eram um desafio.

Michael ofereceu a Dean um sorriso encantador, reluzente.

— Consequência.

Por quase um minuto, os dois pareciam estar fazendo uma competição de quem ficava sem piscar. Então, Dean rompeu o silêncio.

— O agente Starmans está lá embaixo patrulhando a região do hotel. Eu te desafio a fazer bundaço pra ele.

— O *quê?* — Michael não estava esperando que aquelas palavras saíssem pela boca de Dean.

— O *bundaço* foi registrado pela primeira vez no livro *A Guerra dos Judeus*, do historiador Flávio Josefo, no século I — observou Sloane, prestativa. — No livro, consta que um soldado romano mostrou as nádegas para vários judeus que celebravam o Pessach, a Páscoa, chegando a soltar flatulências.

— Sério? — perguntei a Dean. Eu era perfiladora por natureza. Ele era meu namorado e eu não tinha previsto isso de jeito nenhum. Por outro lado, ele *tinha* prometido ao universo uma redução significativa no mau humor caso Lia voltasse ilesa.

— Você ouviu o que o homem falou — disse para Michael. Michael se levantou e tirou a poeira das lapelas.

— Fazer um bundaço para o agente Starmans — disse ele solenemente — vai ser um prazer.

Ele foi até a varanda, saiu, esperou o agente Starmans passar e chamou o sujeito. Quando Starmans olhou, Michael o cumprimentou. Com precisão militar, ele se virou e mostrou a bunda nua.

Eu estava rindo tanto que quase não ouvi Michael quando ele voltou e se virou para Dean.

— Verdade ou consequência, Redding?

— Verdade.

Michael cruzou os braços na frente da cintura de um jeito que me fez pensar que Dean se arrependeria da escolha.

— Admita: você passou a gostar de mim.

Sloane franziu a testa.

— Isso não foi uma pergunta.

— Tudo bem — disse Michael, sorrindo antes de voltar a torturar Dean. — Você gosta de mim? Eu sou um dos seus besties? Você se acabaria de chorar se eu fosse embora?

Michael e Dean pegavam no pé um do outro desde que eu os conhecia.

— Você... gosta... de... mim? — Michael repetiu a pergunta, desta vez com gestos.

Dean olhou para Lia, cuja presença era um lembrete de que ele não escaparia se mentisse.

— Você tem seus momentos — resmungou Dean.

— O que você falou? — Michael botou a mão em concha na orelha.

— Eu não *tenho* que gostar de você — respondeu Dean com rispidez. — Nós somos da mesma família.

— Besties — corrigiu Michael, arrogante. Dean olhou para ele de cara feia.

Eu sorri.

— Sua vez de novo — Lia lembrou a Dean, cutucando-o com a ponta do pé.

Dean resistiu à vontade de escolher Michael.

— Verdade ou consequência, Cassie?

Eu escondia bem poucas coisas de Dean. Havia pouquíssimas coisas que ele não podia me perguntar se quisesse saber.

— Consequência.

Sloane pigarreou.

— Eu só gostaria de observar — disse ela — que este é um de apenas 2,3% de quartos de hotel que têm liquidificador.

As horas se passaram. O liquidificador e o minibar acabaram se mostrando uma combinação perigosa.

— Verdade ou consequência, Lia? — Era minha vez e eu sentia a realidade voltando para todos nós. Cada rodada que passava era mais tempo sem notícias de Celine. Era mais perto da hora em que a agente Sterling teria que acusar a família Darby ou deixar que fossem embora.

— Verdade — respondeu Lia. Era a primeira dela em um jogo muito longo.

— Por que você foi atrás de Darby sozinha? — perguntei.

Lia se levantou e se alongou, arqueando as costas e girando para um lado e para o outro. Ela tinha vantagem no Verdade ou Consequência.

Mais ninguém naquele aposento podia mentir e se safar.

— Eu saí — disse Lia por fim. — A minha mãe, não. — Ela parou de se alongar e ficou imóvel. — Eu fugi quando cheguei à adolescência. Quando Briggs me encontrou em Nova York… — Ela balançou a cabeça. — Não havia restado nada pra salvarmos.

Não havia restado nada da seita. Não havia restado nada da sua mãe.

— Alguns dos seguidores de Darby vão encontrar outra pessoa a quem se agarrar — continuou Lia. — Mas há pelo menos uma chance de que, com ele na prisão, alguns voltem pra casa.

Pensei em Melody e Shane. E pensei em Lia, mais jovem e mais vulnerável do que a garota que eu conhecia agora.

— Além do mais — acrescentou Lia casualmente —, eu queria me vingar do Michael por aquela palhaçada que ele fez em Nova York. — Ela se virou nas pontas dos dedos. — Verdade ou consequência, Sloane?

— Escolher verdade envolveria uma pergunta sobre estatísticas de beagles ou de flamingos? — perguntou Sloane com esperança.

— Duvido — opinou Michael.

— Consequência — disse Sloane para Lia.

Um sorriso lento e malicioso se abriu no rosto de Lia.

— Eu te desafio — disse ela — a hackear o computador da agente Sterling e mudar o papel de parede pra foto que eu tirei do Michael fazendo bundaço para o agente Starmans.

Capítulo 49

Sloane levou quase meia hora para hackear o laptop da agente Sterling. Considerando que estávamos falando de Sloane, isso tornava as medidas de segurança do computador da agente impressionantes. Nossa hacker estava fazendo o upload da foto que Lia tinha tirado quando o computador emitiu uma notificação.

— E-mail chegando — disse Lia, estendendo a mão por cima de Sloane para clicar no ícone de e-mail.

Em um segundo, estávamos no modo risadinha do Verdade ou Consequência, e no seguinte pareceu que todos os rastros de oxigênio tinham sido sugados da sala. O e-mail era do agente Briggs. Havia arquivos anexados. *Relatórios. Fotos.*

Logo tudo preencheu a tela. A imagem de um corpo humano queimado e irreconhecível me derrubou. Eu me sentei bruscamente, sem conseguir controlar os braços, que abraçaram minhas pernas, sem conseguir afastar o olhar da tela.

Eu sabia pela lógica que os assassinatos tinham recomeçado. Sabia que havia um UNSUB por aí fazendo a transição de aprendiz a Mestre. Sabia até o MO do assassino.

Pendurado como um espantalho. Queimado vivo.

Mas havia uma diferença entre saber uma coisa e ver com os próprios olhos. Eu me obriguei a olhar para a fotografia da vítima, a pessoa que ela tinha sido antes do corpo ser devorado por chamas, antes de ela não ser nada além de dor, carne queimada e cinzas.

O cabelo era comprido e loiro, a pele branca em contraste com um óculos hipster de armação preta. E quanto mais eu olhava para ela, mais difícil era afastar o olhar, porque ela não só parecia jovem e livre e viva.

— Ela parece familiar. — Eu não pretendia dizer essas palavras em voz alta, mas elas saíram da minha boca como um trovão.

Ao meu lado, Sloane balançou a cabeça.

— Eu não reconheço.

Michael entrou entre nós na frente do computador.

— Eu reconheço. — Ele se virou para me olhar. — Quando estávamos investigando o caso Redding, você, Lia e eu fomos àquela festa de fraternidade. Você saiu com o assistente do professor e eu fui atrás. Com ela.

Tentei recriar a cena na memória. Uma universitária tinha sido morta, o MO correspondia exatamente ao de Daniel Redding. Michael, Lia e eu tínhamos saído escondido da casa para fazer reconhecimento de suspeitos em potencial. E uma das pessoas com quem conversamos foi aquela garota.

— Bryce. — Sloane leu o nome dela no arquivo. — Bryce Anderson.

Esforcei-me para me lembrar de mais coisas sobre ela, mas, fora o fato de que estudava com a primeira vítima (e que a matéria em questão estava estudando o caso de Daniel Redding), não me lembrei de nada.

— Quando você falou com meu pai... — A voz de Dean estava firme, mas eu sabia exatamente o quanto ele precisou se esforçar para aquele tipo de distanciamento. — Ele indicou que estava ciente da existência dos Mestres. Quais são as chances de *eles* estarem de olho *nele*?

Eu vi a lógica na pergunta de Dean. Se nossa vítima tinha conexão com o caso de Daniel Redding, havia pelo menos uma chance de o UNSUB também ter.

A porta do quarto do hotel se abriu antes que eu pudesse botar qualquer uma daquelas coisas em palavras.

CONFLITOS DE SANGUE 249

— Esta — disse a agente Sterling severamente, entrando no quarto — é a cara de alguém que não vai dizer nada, *nem uma única palavra*, sobre a decisão duvidosa que leva alguém a mostrar a bunda pra um agente federal. — Os cantos dos lábios dela se mexeram de leve. — Quando terminarmos em Gaither, o agente Starmans pediu um tempo de licença. — Ela observou o clima no ambiente e as expressões nos nossos rostos. — Nós tivemos alguma resposta de Celine?

Em resposta, Sloane virou o laptop e deixou a agente Sterling olhar a tela. A cara de paisagem que nossa mentora adotou naquele momento me disse, sem a menor sombra de dúvida, que os arquivos anexados naquele e-mail não eram novidade para ela. Ela sabia a identidade da primeira vítima e tinha feito a conexão.

— Vocês hackearam meu laptop. — Isso não era pergunta nem acusação. Judd, que havia nos deixado no nosso canto havia horas, escolheu aquele momento para se juntar a nós, e Sterling o encarou. — É agora que você me diz que dar uma bronca neles e avisar das consequências seria perda de tempo?

Dean deu um passo na direção dela.

— É agora que você nos conta sobre a vítima número dois.

Bryce tinha sido morta no dia 2 de abril. As datas de Fibonacci seguintes eram 4/4 e 4/5, e estávamos bem no dia 5. No mínimo, tínhamos duas vítimas. Até a meia-noite, teríamos três.

— Nós estamos falando da mesma área geográfica? — perguntei a Sterling, torcendo para gerar algum tipo de resposta. — A mesma vitimologia?

— A vítima número dois tem ligação com o meu pai? — insistiu Dean. — Ou com aquela aula sobre assassinos em série?

— Não.

Essa resposta não veio da agente Sterling. Veio de Sloane.

— *Não. Não. Não.* — Sloane tinha virado o laptop de volta. Suas mãos estavam inertes sobre o teclado, e percebi que ela tinha aberto o resto dos arquivos anexados ao e-mail de Briggs.

Meus olhos arderam quando vi a segunda cena do crime. *Pendurada como um espantalho. Queimada viva.* Mas foi o nome digitado nos formulários que explicou o jeito como Sloane apertou as mãos sobre a boca e o grito agudo e distorcido que passou pelos dedos dela.

Tory Howard.

Tory tinha sido pessoa de interesse no caso de Vegas. Ela era mágica, tinha vinte e poucos anos e tinha crescido junto com o assassino de Vegas. E isso significava que o ponto em comum entre as duas vítimas não era o caso Redding. Não era geográfico. Éramos *nós*. Casos em que tínhamos trabalhado. Pessoas com quem tínhamos conversado.

No caso de Tory, pessoas que tínhamos salvado.

— *Ela também o amava.* — As mãos de Sloane não estava mais na boca, mas a voz ainda estava distorcida. Tory tinha se envolvido com o irmão de Sloane, Aaron. Ela tinha sofrido por ele, como Sloane. Tinha reconhecido a dor de Sloane. — Liga para o Briggs. — A voz de Sloane ainda estava baixa, os olhos bem fechados.

— Sloane… — Judd começou a dizer, mas ela o interrompeu.

— Tanner Elias Briggs, número de seguro social 449-872-1656, escorpião na cúspide de sagitário, 1,86 metro de altura. — Sloane se obrigou a abrir os olhos azuis, a boca firme numa linha trêmula. — *Liga pra ele.*

Desta vez, quando a agente Sterling ligou para o número, Briggs atendeu.

— Ronnie? — A voz de Briggs soou no ar. Em todo o tempo que eu o conhecia, ele quase sempre atendia o telefone com o próprio nome. Eu me perguntei o que deveria entender a partir do fato de que, desta vez, ele tinha atendido com o dela.

— Você está com o grupo todo — disse a agente Sterling, botando o telefone no viva-voz. — Esses moleques hackearam meu computador. Eles viram os arquivos.

— Você devia ter me contado — disse Sloane com intensidade na voz. — Quando descobriu que a segunda vítima era Tory. — A voz dela tremeu de novo. — Eu devia ter sido informada.

— Você estava com a cabeça cheia. — Foi Judd que respondeu, não Briggs. — Todos vocês estavam. — O jeito meio rude do ex-fuzileiro se suavizou um pouco quando ele foi na direção de Sloane. — Você me lembra a minha Scarlett. — Judd raramente falava o nome da filha. Havia um peso absurdo quando ele fazia isso. — Muito às vezes, Sloane. De vez em quando, eu me engano e penso que talvez eu possa proteger *você*.

Vi Sloane lutando para entender tanto o que Judd estava dizendo quanto o fato de que tinha sido decisão dele nos manter no escuro.

— Hoje é dia 5 de abril. — O tom de Lia estava meio ríspido, mas não ouvi o menor sinal de raiva. — 4/5. Onde estamos em relação à vítima número três?

Ela fez a pergunta porque Sloane não podia, e fez para lembrar a Briggs, Sterling e Judd que eles não podiam mentir para *ela*.

Briggs manteve a resposta breve.

— Não tem cena de crime. Não tem vítima. Ainda.

Ainda. Essa palavra servia de lembrete de todas as pessoas com quem tínhamos falhado. Enquanto estávamos em Gaither, procurando pistas, duas pessoas tinham morrido. Outra se juntaria ao grupo em breve, às *centenas* de vítimas que os Mestres tinham assassinado ao longo dos anos.

— Nós temos que olhar os casos passados — falei, lutando contra a realidade esmagadora de que, quando cometíamos erros, quando não éramos bons o bastante, quando éramos lentos, pessoas morriam. — Pra identificar pessoas de interesse.

— Pessoas de interesse do sexo feminino com menos de 25 anos — disse Dean baixinho. — Mesmo que os outros Mestres tenham sugerido vítimas que afetem o FBI, esse é o *meu* teste e esse é o meu tipo.

As palavras de Dean geraram um arrepio na minha espinha, porque deram vida a uma desconfiança que pairava abaixo da superfície da minha mente. Cada Mestre escolhia nove vítimas. Vitimologia era uma das coisas que separava cada Mestre do seguinte.

Mas, desta vez, nosso assassino não era o único que palpitava nos assassinatos.

Isso não é só ritual. É pessoal. Por mais que eu tentasse entrar na cabeça do UNSUB, sempre voltava para as mesmas conclusões. *Alguém tornou pessoal porque nós estamos chegando perto. Porque estamos em Gaither.*

— Os Mestres mandaram o aprendiz matar Bryce e Tory por nossa causa. — Eu engoli em seco, mas não consegui impedir que as palavras saíssem pela minha boca. — Não sei se é vingança ou uma tentativa de nos afastar de Gaither, mas, se não estivéssemos aqui...

Do outro lado da sala, Michael estava com o celular no ouvido. Ele não disse nada, encerrou a ligação e tentou uma segunda vez.

— Michael... — Lia começou a dizer.

Ele bateu com o punho na parede.

— Mulher — disse ele, como se fosse uma palavra amaldiçoada. — Menos de 25. Com ligação com um dos nossos casos anteriores.

Pela primeira vez desde que o conheci, a expressão de Michael estava transparente. *Apavorado. Nauseado.*

E foi nessa hora que eu me toquei...

— Celine — falei. *Mulher. Idade para estar na universidade.* Bile subiu pela minha garganta. — Ela foi a "vítima" no nosso caso mais recente. Se estão nos observando... — Uma sensação pesou nos meus membros. — Ela nos ajudou a identificar Nightshade. E nós a puxamos de volta para o caso.

Não nós, pensei horrorizada. *Eu. Fui eu que sugeri que ligássemos para Celine, da mesma forma que eu fui ver Laurel.*

CONFLITOS DE SANGUE **253**

— Se ela estivesse lá, ela atenderia. — Michael bateu com o punho na parede repetidamente, até Dean o puxar para trás à força. — Com tudo que está acontecendo, ela atenderia. — Michael lutou violentamente contra as mãos de Dean, mas parou abruptamente. — A minha ligação caiu no correio de voz. Duas vezes.

Capítulo 50

Por mais que nós ligássemos para Celine, o celular dela caía direto no correio de voz. Briggs enviou um agente da região até o alojamento dela para procurá-la, mas ela não estava lá.

Ninguém tinha visto nem falado com Celine Delacroix desde que tínhamos enviado as fotos horas antes.

— Primeiro foram atrás da sua irmã, Colorado — disse Michael com voz apática, os olhos desprovidos de emoção. — E agora levaram a minha.

Lia atravessou a sala e parou na frente dele. Sem nenhum motivo aparente, ela estendeu a mão e lhe deu um tapa na cara, e, um momento depois, ela levou os lábios aos dele e deu um beijo intenso. Se a ideia era uma distração, foi um combo dois em um.

— Celine está bem — disse Lia quando se afastou. — *Ela vai ficar bem, Michael.* — Lia podia fazer qualquer coisa parecer verdade. A respiração dela estava irregular quando continuou. — Eu prometo.

Lia não fazia promessas.

— Ela está desaparecida há poucas horas — acrescentou Sloane. — E, considerando que ela tem o histórico de sequestrar *a si mesma*, estatisticamente falando… — Nossa especialista em números fez uma pausa e o cabelo loiro caiu no rosto dela. — Ela vai ficar bem. — Sloane não ofereceu um único número ou porcentagem. Fossem quais fossem os números na cabeça dela, ela lutou contra eles por Michael e ecoou as palavras de Lia. — Eu prometo.

Dean tocou no ombro de Michael, que me encarou.

— Ela vai ficar bem — falei calmamente. Depois de tudo que tínhamos passado, de tudo que tínhamos perdido, eu tinha que acreditar nisso. Mas não prometi. Não consegui.

Michael, com um olhar para o meu rosto, teria sabido o motivo.

Uma batida na porta do quarto de hotel rompeu o silêncio que tinha se espalhado entre nós. Judd se adiantou para me impedir de ir atender. Depois de olhar pelo olho mágico, ele afastou a mão da arma e abriu a porta.

— Você tem o mau hábito de desaparecer, mocinha.

Registrei as palavras de Judd antes de perceber a identidade da garota do outro lado da porta.

— Celine?

Celine Delacroix, com uma mala de grife na mão, o cabelo levemente penteado para trás.

— Fotos bidimensionais de crânio são horríveis — declarou ela em vez de nos cumprimentar. — Me levem até os corpos.

Capítulo 51

Não tinha passado pela cabeça de Celine avisar a alguém que ela estava indo fazer uma viagem de última hora para Oklahoma. Ela tinha desligado o celular no avião.

— Eu te disse. — Lia abriu um sorrisinho para Michael. — Diz que eu estava certa.

— Você estava certa. — Ele revirou os olhos. A voz se suavizou de leve. — Você prometeu.

— Pelo bem de todos — interrompeu Celine —, tenho certeza de que todos os presentes gostariam que vocês fossem pra um lugar particular.

— Eu não — resmungou Dean.

— Eu não me incomodo com demonstração de intimidade física e emocional — declarou Sloane. — As nuances e estatísticas envolvidas no comportamento de cortejo são bem fascinantes.

Os lábios de Celine esboçaram um sorriso leve quando ela encarou Sloane.

— Não diga.

Sloane franziu a testa.

— Eu acabei de dizer.

— Um conhecimento matemático me ajudaria com essas reconstruções faciais. — Celine inclinou a cabeça para o lado. — Você me ajuda, loirinha?

Lembrando-se das reações de Sloane aos corpos no porão, eu esperava que ela recusasse, mas ela deu um passo na direção de Celine.

— Eu topo.

A agente Sterling, Celine e Sloane saíram antes do sol nascer na manhã seguinte. Eu acabei indo junto. Em todo o meu tempo no programa dos Naturais, era a minha primeira visita a um dos laboratórios do FBI; nesse caso, uma unidade protegida a duas horas de carro de Gaither. Depois que a legista tinha terminado a análise dos dois corpos e uma equipe de perícia tinha recolhido provas das roupas e da pele, o pouco que restara da carne das vítimas tinha sido separado dos ossos. Os dois esqueletos estavam lado a lado.

A agente Sterling esvaziou o aposento antes de nos deixar entrar.

Celine parou na porta e observou o todo antes de se aproximar dos esqueletos e andar em volta deles devagar. Eu soube só pela postura que os olhos dela não deixavam nada passar. Seu olhar se fixou no esqueleto menor, nossa vítima do sexo feminino.

Você vê mais do que ossos. Você vê contornos. Uma bochecha, uma mandíbula, olhos...

— Posso tocar nela? — perguntou Celine, se virando para a agente Sterling.

Sterling inclinou a cabeça de leve, e Sloane entregou a Celine um par de luvas. Celine as colocou e passou as pontas dos dedos de leve pelo crânio da mulher, para sentir a curvatura dos ossos e o ponto em que se encontravam. Para Celine, pintar era uma atividade de corpo inteiro, mas aquilo... aquilo era sagrado.

— A medida entre as cavidades orbitais é de 6,07 centímetros — disse Sloane baixinho. — Estimativa de 6,35 centímetros entre as pupilas e a boca.

Celine continuou a exploração do crânio, assentindo de leve. Enquanto Sloane citava mais medidas, Celine pegou o bloco de desenho que tinha colocado em uma mesa de exames próxima. Em segundos, ela estava com um lápis na mão, que voava sobre o papel.

Enquanto Celine desenhava, ela se afastou de nós. *Você vai nos mostrar quando estiver pronto. Quando estiver terminado.*

Vários minutos se passaram até o som de Celine arrancando o papel do bloco soar. Sem dizer nada, ela entregou o desenho para Sloane, colocou o bloco de lado e voltou a atenção para o segundo esqueleto.

Sloane levou o desenho até mim. Eu o levei até a agente Sterling. A mulher que nos olhava do papel tinha um pouco menos de trinta anos e era bonita de um jeito comum. Uma sensação de familiaridade sinistra me atingiu.

— Reconhece? — perguntou a agente Sterling baixinho enquanto Celine continuava trabalhando do outro lado da sala.

Eu fiz que não, mas, por dentro, tive vontade de assentir.

— Ela parece… — As palavras pairaram no ar. — Ela parece a Melody. A neta da Ree.

Assim que a frase saiu pela minha boca, eu soube. Eu soube quem era aquela mulher. Eu soube que era a filha da Ree, a mãe de Melody e Shane, não tinha ido embora da cidade depois de uma breve parada no Rancho Serenidade.

Ela nunca tinha ido embora.

Tentei me lembrar de mais alguma coisa sobre a mulher, qualquer coisa que tivesse ouvido, qualquer coisa que tivesse visto. Mas acabei lembrando o que a minha mãe tinha tentado impedir que eu visse no pé da escada.

Uma coisa grande.

Uma coisa volumosa.

Sangue nas mãos da minha mãe…

Não consegui identificar o rosto no corpo. Não sei se era masculino ou feminino.

CONFLITOS DE SANGUE 259

Kane. Kane estava lá. Essa informação me atingiu de repente. *Não estava?*

Sentindo como se o mundo estivesse despencando embaixo de mim, andei até Celine, que estava com o bloco de desenho de novo. Desta vez, não consegui parar de olhar enquanto ela desenhava.

Ela permitiu.

Ela me deixou olhar por cima do ombro dela, e aos poucos o rosto de um homem surgiu. *A mandíbula primeiro. O cabelo. Os olhos. As bochechas, a boca…*

Dei um passo para trás. Porque, desta vez, não houve sensação crescente de familiaridade, não houve uma busca na minha memória por uma pista de quem era o dono daquele corpo.

Eu reconhecia o rosto. E, de repente, estava no alto da escada de novo, e havia um corpo lá embaixo.

Eu vejo. Vejo o rosto. Vejo sangue…

O homem do desenho, o homem da minha memória, caído no pé da escada, o esqueleto na mesa de exames, morto havia uma década… era Kane Darby.

Você

Os Mestres encontram você sentada no chão, a faca equilibrada no joelho. Cinco está em pedaços ao seu lado.

Você olha para cima, mais viva, mais você mesma, do que nunca.

— Ele não era digno — diz você.

Você não é fraca. Você não é Lorelai. Você decide quem vive, quem morre. Você é juiz e júri. Você é executora. Você é a Pítia.

E eles vão jogar o seu jogo.

Capítulo 52

Impossível. Essa foi a palavra para o que Celine tinha desenhado. Horas depois, quando eu me sentei na frente de Kane Darby no escritório mais próximo do FBI, a agente Sterling de um lado e Dean do outro, eu me vi olhando para o rosto dele, para aquelas feições familiares, a garganta seca e a mente girando.

Você está vivo. Está aqui. Mas era o seu rosto naquele desenho.

Era o rosto *dele* na minha memória, o corpo *dele* caído no pé da escada, o sangue *dele* nas mãos da minha mãe. Havia uma explicação e eu sabia lá no fundo que podia fazer Kane me contar, mas só de olhar para ele eu fiquei paralisada, como se estivesse a ponto de pular de um penhasco e olhando para ondas agitadas batendo nas pedras abaixo.

— Minha mãe alguma vez mencionou o CPA pra você? — perguntei a Kane, conseguindo formar palavras, sem saber como. — Comportamento. Personalidade. Ambiente.

— Lorelai estava ensinando a você os truques do ofício — disse Kane. Uma década depois, eu ainda ouvia um eco de emoção quando ele dizia o nome dela.

— Ela me ensinou bem. — Deixei que isso fosse absorvido, parecendo mais calma do que me sentia. — Tão bem que o FBI acha minhas habilidades úteis de vez em quando.

— Você é uma criança. — A objeção de Kane foi tão previsível que me firmou, me conectou ao aqui e agora.

— Eu sou a pessoa que faz as perguntas — corrigi-o com firmeza. Eu soube por instinto que a agente Sterling tinha razão: se nós tivéssemos tentado aquela tática sem identificar as vítimas, eu não teria conseguido tirar nada de Kane.

Mas as reconstruções faciais de Celine tinham virado o jogo.

Você vai saber em um momento que isso é real. Que os segredos da sua família estão surgindo. Que não adianta lutar.

Que o poder da penitência não é nada comparado à confissão.

— Nós identificamos os corpos encontrados no Rancho Serenidade.

Dei a Kane tempo de se perguntar se eu estava blefando e olhei para a agente Sterling, que me entregou uma pasta. Botei a primeira foto na mesa, virada para Kane.

— Sarah Simon — falei. — Ela entrou pra seita do seu pai e depois, até onde se sabe, foi embora da cidade porque não era o que ela esperava que fosse.

— Só que ela não foi embora — continuou Dean de onde eu parei. — Sarah nem saiu da propriedade porque alguém a matou primeiro. Com base na autópsia, estamos considerando asfixia. Alguém, provavelmente um homem, botou as mãos no pescoço dela e a sufocou até ela perder a vida.

— Estrangulamento é motivado por dominação. — Eu estava ciente do quanto deveria ter sido difícil para Kane, que me conheceu quando criança, me ouvir dizendo aquelas palavras. — É pessoal. É íntimo. E depois, há uma sensação de... conclusão.

Pela primeira vez, a expressão de Kane hesitou e outra coisa surgiu embaixo dos seus olhos azul-claros. Eu não precisava de Michael para me dizer que não era medo nem repulsa.

Era *raiva*.

Botei uma segunda foto na mesa, a que mostrava um homem com o rosto de Kane.

— Isso é uma pegadinha?

— Esse é o rosto da segunda vítima — falei. *Impossível... só que não.* — Engraçado, ninguém em Gaither nunca mencionou que você tinha um irmão gêmeo.

Essa era a única explicação que fazia sentido. *Não era Kane caído no pé da escada. Não era Kane coberto de sangue.*

— Talvez — continuei, desviando o olhar para encontrar o dele — ninguém em Gaither soubesse. Você me contou outro dia que, quando era pequeno, você era o filho de ouro. — Eu olhei para a foto. — Seu irmão era outra coisa.

Às vezes, um perfilador não precisava saber as respostas. Às vezes, bastava saber o suficiente para dar um empurrão até que outra pessoa preenchesse as lacunas.

— O nome do meu irmão — disse Kane, olhando para a foto — era Darren. — A raiva que eu tinha visto nos olhos dele foi substituída por outra emoção, algo sombrio, cheio de repulsa e saudade. — Ele brincava que tinham nos trocado no hospital e que quem fazia o papel de Caim era ele. Na versão dele, eu era Abel.

— Seu irmão gostava de machucar. — Dean leu nas entrelinhas. — Ele gostava de te machucar.

— Ele nunca encostou a mão em mim — respondeu Kane, a voz vazia.

— Ele fazia você olhar — disse Dean. Ele sabia como era isso... visceralmente, de um jeito que jamais poderia esquecer.

Kane afastou o olhar do desenho de Celine.

— Ele machucou uma garotinha na Califórnia. Foi esse o motivo pra nos mudarmos pra Gaither.

Quando Kane tinha se mudado para Gaither, ele e o irmão tinham só nove anos.

— Darren foi o motivo para o seu pai criar o Serenidade. — Eu via agora tons na ação que estavam por trás da sede por poder e adoração do Darby mais velho.

Em Serenidade, eu encontrei equilíbrio.

Em Serenidade, eu encontrei paz.

— Darren não tinha permissão de sair da propriedade — disse Kane. — Nós ficávamos de olho nele.

Eu tinha teorizado antes que Kane tinha desenvolvido a calma sobrenatural como consequência de crescer perto de uma pessoa instável, volátil, imprevisível.

— Os seguidores do seu pai guardaram segredo sobre Darren.

Kane fechou os olhos.

— Todos nós guardamos.

Pensei em Michael Lowell, dizendo que o neto tinha conseguido entrar no complexo. Pensei nos animais...

Não eram mortes limpas. Aqueles animais morreram lentamente, e morreram sofrendo.

— Seu irmão e Mason Kyle eram amigos.

Pensei em Nightshade e no monstro que ele tinha se tornado. Ele era daquele jeito mesmo quando criança? Sádico?

— Meus pais acharam que Mason faria bem a Darren. Faria bem a nós. Era quase como...

— Quase como se vocês fossem crianças normais — completou a agente Sterling. — Quase como se seu irmão não tivesse prazer em machucar animais... e pessoas quando podia.

Kane inclinou tanto a cabeça que o queixo quase tocou no peito.

— Eu baixei a guarda. Me permiti acreditar que meus pais estavam enganados sobre Darren. Ele não tinha problemas. Só tinha cometido um erro. Só um erro, só isso...

— E aí aconteceu o homicídio dos Kyle. — Dean sabia melhor do que ninguém como era carregar o sangue das vítimas de outra pessoa nas mãos.

— Darren sumiu naquele dia. — Kane fechou os olhos e reviveu o que tinha visto quando criança. — Eu sabia que ele tinha ido pra casa do Mason. Eu o segui, mas quando cheguei lá...

Anna Kyle, morta. O marido dela, morto. O pai dela, morrendo...

— Mason estava ali, parado — disse Kane. — Estava só... parado. E então, se virou, olhou pra mim e disse: "Diz para o Darren... que eu não vou contar."

CONFLITOS DE SANGUE 265

Ouvi Malcolm Lowell dizendo que não achava que tinha sido o neto a torturar e matar os animais que ele tinha encontrado.

Eu achei que ele assistiu.

— Foi nessa época que seu pai construiu a capela? — perguntou a agente Sterling. Eu traduzi a pergunta: *a cela embaixo da capela. As algemas nas paredes. Não para ovelhas do rebanho que tinham se perdido. Para o filho monstruoso que ele tinha.*

Tentei imaginar como seria ser Kane, sabendo que meu pai tinha trancafiado meu próprio irmão gêmeo. Kane teria visitado Darren? Teria visto o preço que o cativeiro cobrava dele? Teria deixado o irmão lá, dia após dia e ano após ano?

Como se pudesse ouvir as perguntas silenciosas, Kane fechou os olhos, com dor evidente no rosto.

— Você podia flagrar Darren ao lado de um cachorrinho morrendo e ele dizia na sua cara que não tinha sido ele. Ele jurava por tudo que era mais sagrado que não tinha tido nada a ver com o ataque aos Kyle. — Kane engoliu em seco. — Meu pai não acreditava nele.

Você também não acreditava. Você deixou seu pai o trancafiar. Por anos.

Eu entendia agora por que Kane nunca tinha conseguido sair da cidade. Por mais repugnado que ele tivesse ficado com as manipulações do pai, por mais destruída que a família estivesse, ele não podia abandonar o irmão.

— Ele era meu irmão gêmeo. Se ele era um monstro, eu também era.

— Anos depois, você conheceu a minha mãe — comentei, a mente disparada. — E as coisas estavam indo tão bem… — Minha voz entalou na garganta quando me lembrei de Kane dançando com a minha mãe na varanda, Kane me colocando nos ombros.

— Como Sarah Simon se conecta com tudo isso? — A agente Sterling redirecionou a conversa. — Até onde se sabe, ela entrou para o Serenidade mais de duas décadas depois da morte da família Kyle.

— Eu já tinha saído do Serenidade nessa época — disse Kane, a voz rouca deixando claro que eu não era a única que tinha sido invadida por lembranças da minha mãe. — Mas, pelo que eu sei, Sarah passava muito tempo na capela.

Eu ouvi o pavor no jeito como Kane falou *capela*.

— Sarah descobriu sobre Darren — falei, a mente na cela onde Holland Dary mantinha o filho.

— Ela descobriu a salinha. Ela desceu pra vê-lo, provavelmente mais de uma vez, e quando ele se cansou de brincar com ela, ele a matou. — A voz de Kane soou como uma faca cega. — Ele fechou as mãos no pescoço dela, como você falou. Poder. Dominação. Pessoal. E aí saiu e veio atrás de mim.

Não de você, corrigi silenciosamente. *Poder. Dominação. Pessoal.*

— Ele foi atrás da pessoa que você amava. — Eu me perguntei como Darren soubera da minha mãe, se tinha seguido Kane até nossa casa, mas essas perguntas morreram com a força da lembrança que me atingiu como um tsunami.

Noite. Um baque lá embaixo.

Eu me coloquei na posição da minha mãe.

Você achou que ele era Kane no começo? Ele tentou te machucar? Agarrou o seu pescoço?

Você reagiu.

Pensei na minha mãe sorrindo horas depois, dançando comigo no acostamento. *Você o matou.*

Os olhos de Kane estavam fechados agora, como se ele não conseguisse suportar me olhar, não conseguisse suportar lembrar, mas não pudesse parar.

— Quando cheguei à casa de Lorelai, ela tinha ido embora. Você tinha ido embora, Cassie. E o corpo de Darren estava no pé da escada.

Vi a cena toda pelos olhos dele: o irmão que ele odiava e temia e amava, morto. A mulher por quem ele tinha se apaixonado, responsável. *Foi culpa sua ele ter ido atrás dela. Foi culpa sua ele a ter machucado.*

Foi culpa sua ele estar morto.

— Lorelai matou Darren em legítima defesa — resumiu a agente Sterling. — A menos que você tenha contado a ela sobre ele, ela deve ter achado que matou você.

Tentei conciliar isso com a mãe que eu lembrava, com a mãe que eu conhecia.

— Você limpou a cena do crime — continuou a agente Sterling, sem dar descanso a Kane. — Levou o corpo do seu irmão gêmeo para casa.

— Eu nunca contei. — Kane falou como se fosse um garoto, como a criança que foi obrigada a guardar o segredo da família, a carregar o fardo do irmão.

— Sua família trancou Darren debaixo da capela — disse Sterling calmamente. — Ele estava morto, e mesmo assim o algemaram. E Sarah Simon… vocês deixaram o corpo dela lá embaixo. Deixaram que a família dela achasse que ela tinha ido embora da cidade.

Kane não teve resposta. Algo tinha se partido dentro dele. Algo tinha se quebrado. E quando ele falou de novo, não foi para confirmar as declarações da agente Sterling.

— Em Serenidade, eu encontrei equilíbrio — disse ele, uma sombra de quem era antes. — Em Serenidade, eu encontrei paz.

Você

Você sempre protegeu Lorelai. *Suportou o que ela não aguentava. Fez o que ela não conseguia.*

Mas, desta vez... você não matou por ela.

Você matou Cinco por você. Porque você gostou. Porque pôde.

Lorelai é fraca. Mas, quando os Mestres se sentam à mesa, você não é. Alguns querem punir você. Alguns querem tirar a faca da sua mão para sempre. Mas outros lembram... o que uma Pítia é.

O que uma Pítia pode ser.

O Mestre que precedeu Cinco, o homem que o escolheu e o treinou e retomou o assento vazio, um homem que você reconhece, põe fim à conversa quando entrega a você um diamante vermelho-sangue em honra ao seu assassinato.

Esse é um homem acostumado a liderar. Um homem acostumado a estar no comando.

— Há uma ameaça — diz o recém-chegado. — Eu posso cuidar dela.

Ele está falando sobre Gaither. Sobre a filha de Lorelai e os amiguinhos e como eles estão próximos de descobrir a verdade.

Você permite que seu olhar capture o dele.

— Já está resolvida.

A terceira morte do acólito já está encaminhada. O corpo vai aparecer em breve, e se a vítima dois não transmitiu sua mensagem, aquela vai.

— E se o problema persistir? Se as investigações deles os levarem à nossa porta?

— Bom, aí... — Você vira o diamante vermelho-sangue na mão. — Nesse caso, eu suponho que vocês podem pedir julgamento mais uma vez.

Capítulo 53

O irmão gêmeo de Kane matou a filha de Ree. *Depois tentou matar minha mãe e ela o matou em legítima defesa.* Eu já devia estar no meu limite. Devia ter precisado lutar para ver a situação com desapego emocional. Mas eu não sentia nada.

Parecia que aquilo, tudo aquilo, tinha acontecido com outra pessoa.

Lia, que tinha observado com Sloane e Michael nos bastidores, confirmou que Kane Darby acreditava em cada palavra que dissera, e eu me vi me virando para a agente Sterling.

— O que vai acontecer com ele?

— Kane vai testemunhar contra o pai — respondeu Sterling. — Sobre as drogas, o que o pai fez com Darren, o papel que teve em encobrir a morte de Sarah Simon. Considerando as circunstâncias extenuantes, acho que consigo convencer o promotor de fazer um acordo com Kane.

Não era isso que eu estava perguntando, não de verdade. Eu queria saber aonde uma pessoa como Kane podia ir parar depois de algo assim, como uma pessoa podia seguir em frente.

Celine, que tinha observado o interrogatório, inclinou a cabeça para o lado e levantou uma das mãos com unhas perfeitamente bem-feitas.

— Só pra esclarecer: nós estamos acreditando que um garotinho que matou duas pessoas e tentou matar uma terceira, fazendo os pais o acorrentarem num porão por 23 anos, que em algum momento depois acabou matando outra pessoa, se soltou e acabou sendo assassinado?

Houve uma longa pausa. Sloane acabou respondendo.

— Parece ser uma descrição precisa da teoria vigente.

— Só pra saber — respondeu Celine com leveza. — Tenho que admitir que é a coisa mais doida que eu já ouvi.

— Espera mais um pouco — disse Lia para ela. — Os cachorrinhos e os arco-íris vêm *depois* dos assassinatos e do caos.

A agente Sterling deu uma risada. Mas o momento de leveza não durou. Eu via a agente do FBI pensando se devia abrir a boca de novo.

— Eu não sei se caio no envolvimento de Darren nos assassinatos dos Kyle. Kane *acredita* que o irmão os matou. Isso não quer dizer que ele esteja correto.

Você apareceu, Kane. Os Kyle estavam mortos. Mason, que tinha um histórico de observar seu irmão matar animais pediu pra você dizer para Darren que ele não contaria. Aquela frase tinha sido suficiente para condenar Darren aos olhos de Kane, aos olhos da família. Mas aquela frase tinha sido dita por um garoto que cresceu e virou um assassino terrível.

Um garoto que *alguém* tinha preparado para coisas grandiosas.

— Nós estamos com os arquivos dos homicídios dos Kyle. — O fato de que Dean não tinha caído em espiral nas lembranças sombrias dele, de ser preparado, de *assistir*, me disse que mesmo quando o normal não era opção, seguir em frente era.

— Deve haver algum jeito de ver se as histórias batem.

— A média de altura pra garotos de dez anos é de 1,38 metro. — Sloane se levantou e começou a andar pela área apertada da sala de observação. — Como adulto, Darren Darby era só um pouco mais alto do que a média. Considerando padrões de crescimento variáveis, eu estimaria a altura dele na ocasião dos assassinatos dos Kyle como entre 1,37 e 1,42 metro.

— Acredito então que, se a gente esperar, vamos ver aonde a loirinha quer chegar com isso? — perguntou Celine.

— Anna e Todd Kyle foram mortos a facadas — disse Sloane para Celine, os olhos vibrando. — Foram derrubados no chão antes dos ataques, o que dificulta avaliar a altura do agressor. Entretanto, Malcolm Lowell resistiu mais.

Sem dizer mais nada, Sloane pegou um arquivo grosso na bolsa. *Homicídios dos Kyle*. Folheou o conteúdo em velocidade absurda, pegando fotos e descrições de cena de crime.

— Esse aí é Malcolm Lowell? — perguntou Celine, olhando para uma série de fotos, cada uma um close de uma das facadas de Malcolm. Pensei nas cicatrizes que apareciam e sumiam na camisa.

As pessoas concluíram que você ficou calado pelo seu neto… e talvez seja verdade. Talvez Mason tenha ajudado Darren. Talvez tenha assistido e sorrido. Mas tudo que eu sabia sobre Malcolm Lowell me dizia que ele era um homem orgulhoso. *Você isolou sua família. Tentou controlar todo mundo.*

— Isso não faz sentido — disse Sloane, olhando para as fotos. — O ângulo de entrada, principalmente nas lesões do tronco… não faz sentido.

— Então Malcolm Lowell *não* foi esfaqueado por uma criança? — perguntou Michael, tentando traduzir.

— Essa ferida — disse Sloane, mostrando uma das fotos. — A faca foi segurada do lado direito de Lowell, o que sugere um agressor canhoto. Mas a ferida está certa demais, limpa demais, e a forma sugere que a faca foi segurada com a lâmina virada para cima. Entrou no corpo por um ângulo de aproximadamente 107 graus.

— Então Malcolm *foi* esfaqueado por uma criança? — tentou Michael de novo.

— Não — disse Sloane. Ela fechou os olhos, todos os músculos do corpo contraídos.

— Sloane — falei. — O que foi?

— Eu devia ter visto. — As palavras de Sloane estavam quase inaudíveis. — Eu devia ter percebido antes, mas não estava procurando.

— O que você não estava procurando? — perguntou a agente Sterling delicadamente.

— Ele não foi esfaqueado por uma criança — disse Sloane. — E não foi esfaqueado por um adulto canhoto. — Ela abriu os olhos. — Está lá se você olhar. Se repassar todos os cenários plausíveis.

— O que está? — perguntei baixinho.

Sloane se sentou bruscamente.

— Eu tenho 98% de certeza de que o homem idoso esfaqueou a si mesmo.

Capítulo 54

Que tipo de determinação seria necessária para enfiar uma faca na própria carne repetidamente? Que tipo de pessoa poderia matar o sangue do sangue dela e depois usar a faca contra ela mesma?

Eu me imaginei segurando uma faca ensanguentada, me imaginei virando-a para dentro, imaginei a luz reluzindo na lâmina.

— Infelizmente o sr. Lowell não está disponível. — O cuidador que atendeu à porta de Lowell não pôde nos dizer muito mais do que isso. O homem tinha partido logo depois que a agente Sterling o entrevistou… e não disse para ninguém aonde estava indo.

Enquanto eu andava pela casa de Lowell, procurando algum rastro de prova, algo que confirmasse a teoria de Sloane de que ele tinha matado a filha e o genro, depois usou a faca em si mesmo para afastar as desconfianças, não pude deixar de lembrar a declaração que ele tinha dado à agente Sterling sobre os animais mortos.

Você disse que achava que Mason tinha observado. Imaginei a faca de novo, me imaginei a segurando. *Deve ter sido satisfatório poder dizer essas palavras, sabendo que a agente Sterling não veria a verdade por trás delas. Você não estava falando da forma como Mason assistiu Darren Darby matar aqueles animais. Estava falando sobre o que o seu neto viu você fazer.*

CONFLITOS DE SANGUE 275

— O que você está pensando? — perguntou Dean, parando ao meu lado.

— Eu estou pensando que talvez Nightshade *tenha* visto os pais serem assassinados. Talvez ele *tenha* assistido. — Fiz uma pausa, sabendo que minhas palavras seguintes seriam certeiras para Dean. — Talvez tenha sido uma lição. Talvez, quando Kane chegou depois, Nightshade tenha jogado a desconfiança em Darren *porque* o pequeno Mason Kyle tinha descoberto que um garoto que torturava animais não era digno de ser seguido.

Dean ficou calado nesse momento, com o tipo de silêncio que me disse que ele tinha ido para um lugar sombrio e cavernoso na própria memória assim que eu disse a palavra *lição*. Mas ele acabou saindo de lá.

— Minha filha foi uma decepção. — Quando Dean falou, eu levei um momento para entender que ele estava falando da perspectiva de Lowell. — Eu tentei criá-la direito. Tentei criá-la pra ser digna do meu nome, mas ela acabou sendo só mais uma vadia, grávida aos dezesseis anos, desafiadora. Eles moravam comigo, a Anna, o marido patético e o garoto.

O garoto. O que cresceria e se tornaria Nightshade.

— Você achou que Mason era farinha do mesmo saco que sua filha — falei, continuando de onde Dean tinha parado. — E aí ele começou a sair escondido. — Por admissão do próprio Malcolm Lowell, ele tinha tentado prender a família. Tinha tentado controlá-los. Minha suposição era de que o homem orgulhoso teria considerado o comportamento de Mason uma afronta.

Mas e se não considerou? O ar entrou e saiu dos meus pulmões. Dei um passo à frente, apesar de não saber em direção a que estava andando. *E se você considerou o pequeno passatempo de Mason um sinal?*

— Quando os animais começaram a aparecer — refletiu Dean, a voz absurdamente parecida com a do pai —, eu achei que podia ter sido o menino. Talvez ele tivesse potencial, afinal.

— Mas não foi Mason. — Eu apertei os lábios quando pensei em Kane, estraçalhado, vazio. — Foi Darren Darby.

— Uma decepção — disse Dean com severidade. — Um sinal de fraqueza. Um que precisou de uma lição objetiva para meu neto sobre quem ele era e de onde tinha vindo. *Nós não somos seguidores. Nós não assistimos.*

As palavras de Dean grudaram em mim e me levaram de volta ao meu encontro com Malcolm Lowell quando eu era criança.

Você sabia como era sentir a vida se esvair das suas vítimas. Conhecia o poder. Queria que Mason visse o que você realmente era, que soubesse exatamente qual sangue corria nas veias dele.

Em voz alta, eu me permiti levar esse pensamento à conclusão lógica.

— Matar a própria família, planejar de forma tão fria, chegar ao ponto de atacar *a si mesmo* de forma calma e brutal... Na época dos homicídios dos Kyle, Malcolm Lowell já era um assassino.

Dean esperou um momento e levou minha declaração um passo além.

— Já era um Mestre.

Um arrepio percorreu meu corpo, como gelo estalando. *Você foi testado. Foi considerado digno. Você já tinha matado seus nove.*

— A linha do tempo não bate — falei, afastando a vontade de olhar para trás, como se o homem pudesse estar ali, me olhando como olhara quando eu era criança. — O Mestre de veneno que treinou Nightshade, o que o escolheu como aprendiz, só se tornou Mestre anos *depois* dos homicídios dos Kyle.

E isso significava que, se meus instintos e os de Dean estivessem certos, Malcolm Lowell não era o Mestre dos venenos.

Você era algo mais.

— Você preparou seu neto para a grandiosidade — falei, meu coração disparado no peito. — Você viu o potencial e fez de Mason um monstro. Você o fez seu herdeiro. — Eu fiz uma pausa. — Você o mandou pra morar com um homem que conhecia de forma íntima a linha tênue entre remédio e veneno.

CONFLITOS DE SANGUE 277

Mason Kyle tinha ido embora de Gaither quando tinha dezessete anos. Ele tinha tentado enterrar todos os rastros de sua identidade. Tinha vivido como um fantasma por duas décadas *antes* de se tornar aprendiz e depois Mestre.

Ele sabia que aconteceria. Sempre soube o que se tornaria. Mesmo ao pensar sobre Nightshade, eu não abandonei a perspectiva do homem mais velho. *Você o fez sua própria imagem. Você o tornou digno.*

Uma leve sombra foi o único aviso que tive de que Dean e eu não estávamos mais sozinhos.

— Um porão é uma coisa relativamente rara em Oklahoma — comentou Sloane, parando ao nosso lado. — Mas esta casa tem.

Meu coração tinha pulado para a garganta antes de eu perceber que tinha sido Sloane a se juntar a nós. Ficou lá quando revirei a palavra *porão* na mente, pensando no fato de que Laurel tinha crescido em um lugar fechado e subterrâneo.

Pensando que Holland Darby podia não ser o único em Gaither com algemas presas nas paredes.

Eu sabia por lógica que não podia ser tão simples. Sabia que a minha mãe provavelmente nunca tinha estado ali, sabia que, onde quer que os Mestres a tenham mantido, onde quer que tenham conduzido suas atividades, não devia ser no porão de um deles. Mas, quando segui para o porão, com Dean e Sloane logo atrás e Lia e Michael nos acompanhando, não consegui afastar o ruído crescendo na minha mente, os batimentos incessantes do meu coração enquanto eu pensava: *Você construiu esta casa. Para a sua esposa. Para a sua família. Para o que viria.*

O chão do porão era de concreto. As vigas no alto estavam cobertas de teias. Uma pilha de caixas de papelão deixou a função do aposento clara.

Só armazenamento. Só uma sala.

Sem ideia do que estava procurando, eu comecei a abrir caixas e examinar o conteúdo. Elas contavam uma história, de

278 JENNIFER LYNN BARNES

um homem que tinha começado uma família em um momento mais tardio da vida. Da garota da cidade com quem ele tinha se casado. Da filha que perdera a mãe quando tinha seis anos.

Seis anos.

De repente, fui levada de volta ao dia em que Malcolm Lowell deu de cara comigo e Melody no jardim do boticário.

— *Quantos anos vocês têm?* — *pergunta o homem.*

— *Eu tenho sete* — *responde Melody.* — *Mas Cassie só tem seis.*

Eu tinha seis anos quando conheci Malcolm Lowell. A filha dele tinha seis anos quando a mãe morreu. Mason Kyle tinha nove quando viu o avô matar os pais dele.

— Seis — falei em voz alta, me sentando bruscamente no chão entre as caixas, o concreto machucando a pele embaixo das minhas pernas. — Seis, seis e nove.

— Três mais três — disse Sloane, sem conseguir se controlar. — Três vezes três.

Os Mestres matam nove vítimas a cada três anos. Há 27, três vezes três vezes três, datas de Fibonacci no total. Minha mão tocou em algo gravado no concreto. Empurrei uma caixa para o lado para olhar melhor.

Sete círculos em volta de uma cruz. Era o símbolo dos Mestres, que eu tinha visto pela primeira vez gravado em um caixão de madeira e depois entalhado na pele de um assassino. Como Laurel, Beau Donovan tinha sido criado pelos Mestres. Como Laurel, a mãe dele foi a Pítia.

— Beau tinha seis anos quando foi testado pelos Mestres — falei, erguendo o olhar do chão. — Tinha seis anos quando o largaram pra morrer.

Beau e Laurel tinham nascido com apenas um propósito na vida.

Nove é o maior de nós, dissera Nightshade meses antes. *A constante. A ponte de geração em geração.*

Passei os dedos pela parte externa do símbolo.

— Sete Mestres — falei. — A Pítia. E Nove.

Se Laurel passasse nos testes, se fosse *digna*, um dia ela tomaria o nono lugar à mesa dos Mestres. *Mas de quem é esse lugar agora?*

O maior de nós. A ponte de geração em geração. Havia admiração na voz de Nightshade quando ele falou essas palavras. Era *fervor*.

— Eu conheço essa cara, Colorado — disse Michael, semicerrando os olhos para mim. — É sua cara de *piiii* que pariu. É...

Eu não esperei que ele terminasse.

— Nós não estávamos procurando o Mestre de venenos que precedeu Nightshade — falei, passando o dedo do círculo externo para a cruz interna. — Nós estávamos procurando alguém que tinha sido parte dos Mestres por mais de 27 anos. Alguém que tinha poder sobre os outros. O tempo todo... nós estávamos procurando *Nove*.

Capítulo 55

Tudo que eu sabia sobre Malcolm Lowell se encaixou. Quantos anos ele tinha passado sendo moldado à imagem dos Mestres, escondido do mundo? Quantos anos tinha quando finalmente pôde ter uma vida fora de lá?

Quantas vezes os Mestres tentaram criar uma nova criança para assumir o lugar dele?

Tinha havido pelo menos três Pítias nos últimos vinte anos. *Minha mãe. Mallory Mills. A Pítia que tinha dado à luz Beau.* Provavelmente, tinha havido mais.

Cada mulher tinha tido um filho? Todos os candidatos a Nove tinham sido testados e considerados indignos? Abandonados para morrer?

Você não quer ser substituído.

Sem pretender, saí andando na direção da escada. Subi dois degraus de cada vez e fui até a agente Sterling, mas, quando cheguei ao topo, uma voz familiar me fez parar na hora.

— Eu não vou a lugar nenhum. — Era Sterling… falando com voz de aço.

— Vai, sim. — Quando o diretor Sterling dava uma ordem a Briggs, o agente obedecia. Mas a filha do diretor era outra história.

— Você não tem autorização — começou a dizer a agente Sterling, mas o pai a interrompeu.

— Eu não tenho autorização pra dizer aos Naturais em que casos eles podem e não podem trabalhar. Você cuidou pra que fosse assim, Veronica. Mas tenho autorização, como seu superior nessa organização, de tirar os *meus* agentes do caso... e isso inclui você.

— A gente está *muito* perto. Você não pode...

— Eu posso e vou, agente. Deixei que você investigasse a pista e você estragou tudo. Você identificou um indivíduo conectado a esse grupo. Agora, Lowell sumiu, e ele não vai voltar. — O ataque verbal do diretor parou, mas só por um momento. — Briggs tem três corpos, Veronica. Três cenas de crime, três vítimas, três grupos de pessoas de interesse. É *nisso* que sua atenção tem que estar concentrada... e, a partir desta noite, é nisso que vai estar.

Houve uma longa pausa: a agente Sterling vestindo sua armadura interna.

— Na última vez que você me tirou de um caso, Scarlett tinha acabado de ser assassinada. — Sterling sabia ser tão implacável quanto o pai. — Se você não tivesse interferido naquela época, talvez nós não estivéssemos nesta posição agora.

— Você já contou à garota Hobbes sobre o terceiro corpo? — retrucou o diretor Sterling. A voz dele estava baixa, mas as suas palavras me atingiram como um martelo no peito.

Ele perguntou se ela tinha me contado. Não para Dean, Lia, Michael, Sloane. Para *mim*. Minha garganta se fechou quando visualizei as duas primeiras vítimas na mente.

Empurrei a porta do porão e apareci.

— O que tem o terceiro corpo?

Michael parou ao meu lado, o olhar grudado no rosto da agente Sterling. Eu não tinha ideia do que ele via lá, mas, o que quer que fosse, fez com que ele entrasse na minha frente, como se ele pudesse me proteger da resposta à pergunta que eu tinha acabado de fazer.

— A terceira vítima — reiterei, a voz seca e rouca, me concentrando na agente Sterling e ignorando o pai dela. — Você e Briggs não falaram nada sobre a terceira vítima.

Michael olhou para Dean sem dizer nada, e ele foi para o meu outro lado, o corpo tão próximo do meu que eu deveria ter conseguido sentir o calor emanando dele.

Eu não sentia nada.

— Cassie... — A agente Sterling deu um passo à frente. Eu dei um passo para trás.

— As primeiras duas vítimas foram pessoas de interesse nos nossos casos anteriores — falei. — Seguindo o mesmo padrão...

Eu parei de falar, porque, mesmo sem a habilidade de Michael, eu vi nos olhos da agente Sterling que a terceira vítima não era só uma pessoa de interesse em um dos nossos casos.

Eu tinha achado que a escolha de vítimas do nosso assassino era punição por nós termos ido para Gaither ou uma distração para nos levar para longe.

Não nós, percebi. *Nunca foi relacionado a* nós.

Peguei meu celular. Estava sem bateria. Quanto tempo havia que eu não carregava? Quantas ligações eu tinha perdido?

— Cassie — disse a agente Sterling de novo. — A terceira vítima... você a conhece.

Você

Tarde demais. *Se tivessem descoberto a identidade de mais alguém além do Nove, você poderia dar a ordem de que o vazamento fosse eliminado na fonte... e, ah, como você gostaria de ver o velho filho da mãe sangrar.*

Fazê-lo sangrar.

Mas ele tem o respeito dos outros, a reverência, e é você que está sangrando. É você que está acorrentada, a que eles purificam com chamas e lâminas e dedos apertando o pescoço.

Eles querem que você faça o julgamento. Querem que você diga sim.

Lorelai morreria para proteger Cassie. Lorelai nunca daria o que eles querem. Mas você não é Lorelai.

Quando você diz as palavras, eles soltam você das correntes. Seu corpo cai no chão. Eles deixam você só com uma tocha iluminando a tumba.

— Mamãe? — A vozinha ecoa pelo espaço cavernoso quando Laurel emerge das sombras. Você vê Lorelai na criança, vê Cassie.

Lorelai tenta chegar à superfície quando Laurel chega mais perto, mas você é mais forte do que ela.

— Mamãe?

Seu olhar gruda no dela. Laurel está silenciosa e imóvel, e, parecendo mais fantasma do que criança, os olhos dela se endurecem.

— Você não é a minha mãe.

Você cantarola baixinho.

— Sua mãe teve que ir embora — diz você, dando um passo à frente para acariciar o cabelo dela, um sorriso brincando nas beiras dos lábios. — E, Laurel? Sua mãe não vai voltar.

Capítulo 56

Quando meu telefone estava carregado, eu vi que tinha seis chamadas perdidas, todas da minha avó. Nonna tinha criado sete filhos. Tinha mais de vinte netos.

Menos um agora. Eu tinha passado cinco anos vivendo com a família do meu pai. Kate era a prima com idade mais próxima da minha, três anos mais velha do que eu. E agora ela estava morta, pendurada como um espantalho e queimada viva. Por minha causa.

Você fez isso, pensei. Eu me obriguei a repetir as palavras uma segunda vez, mirando-as não em mim e não no UNSUB.

Todos os instintos que eu tinha diziam que a pessoa que tinha marcado minha prima para a morte era a pessoa que eu tinha amado mais do que tudo, para todo o sempre, aconteça o que acontecer.

Você queria que eu saísse de Gaither, né, mãe? Queria que eu fosse pra um lugar seguro. Você nem piscou na hora de trocar a vida da Kate pela minha. Você já fez isso antes.

Minha mãe tinha deixado a irmãzinha, a irmã que tinha protegido por *anos*, com um pai abusivo assim que descobriu que estava grávida de mim. Ela tinha trocado o futuro de Lacey, a segurança dela, pela minha.

Você sabia que, se as ligações com os nossos casos anteriores não dessem certo, se não me tirassem de Gaither... isso tiraria.

— O que você vai fazer? — perguntou Sloane baixinho. Nós estávamos de novo no hotel.

— Malcolm Lowell está por aí. Nós resolvemos os homicídios dos Kyle. — Fiz uma pausa e olhei pela janela para a rua principal histórica. — Minha mãe sabia exatamente o que eu faria. — Eu engoli em seco. — Eu vou pra casa.

Eu tinha uma parada a fazer antes de sair de Gaither. Eu tinha passado anos sem saber se a minha mãe estava viva ou morta. Tinha vivido nesse limbo, sem poder passar pelo luto, sem poder seguir em frente.

Ree Simon merecia saber o que tinha acontecido com a filha dela.

Quando chegamos à lanchonete, os outros se afastaram e me deram espaço para fazer o que precisava ser feito. Quando Michael, Dean, Lia e Sloane se sentaram a uma mesa, a agente Sterling parou do meu lado.

— Tem certeza de que quer fazer isso sozinha?

Eu pensei na minha prima Kate. Nós nunca tínhamos sido próximas. Eu nunca tinha *permitido* que ela se aproximasse. Porque tinha sido criada para manter as pessoas distantes. Porque eu era filha da minha mãe.

— Tenho — falei.

Sterling e Judd se sentaram em outro lugar. O agente Starmans se juntou a eles vários minutos depois. Cheguei a pensar aonde Celine tinha ido parar, mas quando Ree me viu parada na frente do balcão, eu fiz o que pude para ficar no momento.

Para sentir por ela o que eu não podia sentir por mim.

Depois de encher xícaras de café para Sterling e Judd, Ree veio até mim. Limpou as mãos no avental e me avaliou com o olhar.

— O que posso fazer por você, Cassie?

— Eu tenho uma coisa pra contar — falei, minha voz surpreendentemente firme, surpreendentemente forte. — É sobre a sua filha.

— Sarah? — Ree arqueou as sobrancelhas e projetou o queixo de leve para a frente. — O que tem ela?

— A gente pode se sentar? — perguntei a Ree.

Quando estávamos em um assento com mesa, eu botei uma pasta entre nós e tirei a foto que Celine tinha desenhado.

— Essa é Sarah?

— Com certeza — respondeu Ree com firmeza. — Ela está meio parecida com a Melody aí.

Eu assenti. Minha boca não estava seca. Meus olhos não estavam marejados. Mas eu senti as palavras até as minhas entranhas.

— Sarah não foi embora de Gaither — falei para Ree, segurando a mão dela. — Ela não abandonou os filhos. Ela não te abandonou.

— Abandonou, sim — respondeu Ree.

Eu consertei minha frase anterior.

— Ela não foi embora do Rancho Serenidade. — Sabendo lá no fundo que Ree não acreditaria em mim sem prova, peguei uma foto na pasta. O corpo de Sarah.

Ree era inteligente. Ela ligou os pontos… e rejeitou abruptamente a conclusão.

— Pode ser qualquer pessoa.

— A reconstrução facial diz que é Sarah. Nós vamos fazer um teste de DNA também, mas uma testemunha verificou que Sarah foi morta dez anos atrás por um homem chamado Darren Darby.

— Darby. — Isso foi tudo que Ree disse.

Você nunca a procurou. Você nem soube.

— Melody está em casa agora. — Ree se levantou abruptamente. — Acho que tenho você a agradecer por isso. — Ela não disse nada, nem uma palavra sobre a filha. — Vou buscar café pra você.

Enquanto via Ree se ocupar com a tarefa, abri uma foto no celular, a que eu tinha tirado meses antes, de um medalhão que Laurel usava no pescoço... e da foto dentro. Nela, minha meia-irmã estava sentada no colo da minha mãe.

Quantas vezes eu tinha olhado aquela foto?

Quantas vezes tinha me perguntado quem e o que minha mãe era agora?

— Posso me juntar a você? — Celine se sentou no banco à minha frente.

— Por onde você andou? — perguntei, meu olhar ainda na foto da minha mãe.

— Por aí — respondeu Celine. — Corpos não me incomodam. Assassinatos, sim. Eu concluí rapidamente que a Casa do Assassino em Série Sinistro era mais a sua área do que a minha.

Ree voltou com duas xícaras de café, uma para mim e uma para Celine.

— Aqui está.

Ree não queria falar. Não queria que aquilo, nada daquilo, fosse real. Eu conseguia entender.

— Quem é essa? — perguntou Celine, esticando o pescoço para olhar melhor a foto no meu celular.

— Minha mãe — respondi, com a sensação de que a resposta era parcialmente verdadeira. — E minha meia-irmã.

— Eu vejo a semelhança — respondeu Celine. E fez uma pausa. — Posso olhar melhor?

Ela pegou o telefone sem esperar resposta. Eu fechei os olhos e tomei um gole grande de café. Em vez de pensar na minha mãe, em Kate, pendurada como um espantalho e queimada viva, em Nonna e no que isso faria a ela, voltei a um jogo antigo e saí perfilando todo mundo ao meu redor.

Comportamento. Personalidade. Ambiente. Sem olhar, eu soube que Dean estava virado para longe de mim. *Você quer vir até mim, mas não vai. Não enquanto não souber que eu quero que você venha.*

CONFLITOS DE SANGUE 289

Mudei de segunda pessoa para terceira e fiz o jogo como teria feito quando era nova. *Michael está me interpretando. Lia está ao lado de Dean, fingindo que não está preocupada. Sloane está contando: os ladrilhos do chão, as rachaduras da parede, o número de clientes na sala ao redor.*

Abri os olhos e a sala girou. Pensei que estava com lágrimas nos olhos, que pensar na família que eu tinha encontrado no programa rompera a barragem dentro de mim e deixado que a dor pela minha família de sangue surgisse.

Mas a sala não parou de girar. Ficou embaçada. Eu abri a boca para dizer alguma coisa, mas as palavras não vieram. Minha língua estava seca. Eu estava tonta, nauseada.

Minha mão direita foi até a xícara de café.

O café, pensei, sem conseguir emitir as palavras. Até meus pensamentos estavam confusos. Tentei me sentar mais ereta, mas caí. Tentei me segurar na mesa, mas minha mão bateu na coxa de Celine.

Ela não se moveu.

Ela está caída. Inconsciente. Eu me esforcei para me levantar. O mundo continuou girando, mas, quando cambaleei para a frente, eu percebi: a sala estava em silêncio. Ninguém estava falando. Ninguém estava indo me ajudar.

Dean e Lia, Michael e Sloane, eles também estavam caídos nas messas.

Inconscientes, pensei. *Ou... ou...*

Alguém me segurou debaixo das axilas.

— Calma. — A voz de Ree chegou a mim de uma distância grande. Tentei dizer a ela, tentei fazer minha boca dizer a palavra, mas não consegui.

Veneno.

— Não é que eu não aprecie o que você fez por Melody... e por Sarah. — Quando o mundo ficou preto, Ree se inclinou. — Mas todos precisam ser testados — sussurrou ela. — Todos precisam ser considerados dignos.

Capítulo 57

Acordei no escuro. O chão embaixo de mim estava frio e era de pedra. Minha cabeça estava doendo. Meu corpo estava doendo... e foi nessa hora que eu lembrei.

Ree. O café. Todos os outros caídos...

Tentei me levantar, mas não consegui ficar de pé. Meu corpo estava pesado e dormente, como se meus membros fossem de outra pessoa.

— Vai passar.

Ergui a cabeça enquanto meus olhos procuravam na escuridão de onde vinha a voz. Ouvi o ruído de um isqueiro e, um segundo depois, uma tocha ganhou vida na parede.

Ree estava na minha frente, era exatamente a mulher de que eu me lembrava. *Prática. Calorosa.*

— Você é parte deles? — falei como uma afirmação, mas as palavras saíram em forma de pergunta.

— Eu *estava* aposentada. — Ree me concedeu uma resposta. — Até meu antigo aprendiz conseguir ser morto. — Ela me olhou. — Entendo que tenho que agradecer a você por isso.

— Você recrutou Nightshade.

Ela riu com deboche.

— *Nightshade.* O garoto sempre teve cada ideia... Mas eu tinha uma dívida com o avô dele, e o velho insistia pra que eu o escolhesse como meu herdeiro.

CONFLITOS DE SANGUE 291

— Você devia a Malcolm Lowell. — Meu cérebro girou. — Porque foi ele que levou você até os Mestres.

Ree abriu um sorriso gentil.

— Eu era mais jovem na época. Meu marido imprestável tinha me abandonado. Minha filha imprestável já estava dando sinais de ser a filha do pai dela. Malcolm começou a vir à lanchonete. Nunca houve homem tão bom em ver segredos como aquele.

Segredos. Como o fato de que você tinha um traço homicida.

— Malcolm viu algo em mim — continuou Ree baixinho. — Ele perguntou o que eu faria se visse o pai de Sarah de novo.

O homem que te abandonou grávida e sozinha.

— Você o teria matado. — A sensação estava começando a voltar ao meu corpo. Fiquei ultra consciente do mundo ao meu redor: o piso áspero de pedra, o crepitar do fogo, as algemas na parede. — Ele abandonou você, e as pessoas que abandonam merecem o que acontece a elas.

Ree balançou a cabeça, gentil.

— Você é mesmo filha da sua mãe. É boa em ler as pessoas.

Você tentou ajudar a minha mãe e ela foi embora. Ela nem se despediu. Pensei na leitura que Michael fez de Ree na primeira vez que a vimos. Ele tinha dito que Ree gostava da minha mãe, mas que também havia raiva ali.

— Foi você que sugeriu minha mãe como Pítia? — perguntei. — Você sabia que ela era sozinha no mundo, exceto por mim. Você deve pelo menos ter desconfiado que havia abuso no passado dela.

Ree não respondeu.

— Você me disse uma vez que nós, cada um de nós, colhe o que planta. Pra se tornar parte dos Mestres, você teve que matar nove pessoas. — Fiz uma pausa e pensei nas vítimas na parede em Quantico — Você escolheu pessoas que mereceram. Pessoas como seu marido. Pessoas que *foram embora.* — Como não obtive reação, continuei. —A vida é cheia de gente se afogando — falei, continuando a repetir suas próprias palavras para ela —, prontas e dispostas a afogar você junto... a menos que você as afogue primeiro.

Por um momento, pensei que Ree surtaria. Pensei que estenderia as mãos na minha direção. Mas ela só fechou os olhos.

— Você não tem ideia de como o mundo fica diferente quando você sabe como é ver um filho da puta que abandonou quatro filhos cair no chão. Os olhos revirarem. O corpo entrar em espasmo. A dor vir. Ele arranhar o próprio corpo, as paredes, o chão... até as unhas estarem ensanguentadas. Até só restar a dor.

A imagem que Ree estava pintando era familiar. Beau Donovan tinha morrido pelo veneno de Nightshade. Tinha arranhado a si mesmo, o chão...

Você escolheu Nightshade. Você o treinou. Você tem o dom de usar venenos. Fazia sentido. Estatisticamente, veneno era uma arma feminina. E quando os clientes da Não Lanchonete tinham começado a responder às nossas perguntas sobre a família de Mason Kyle, Ree tinha encerrado a conversa com uma única palavra. *Chega.*

Eu me levantei com movimentos incertos. Eu ainda estava fraca... fraca demais para ser uma ameaça.

— As pessoas que você matou mereceram morrer — falei, entrando na patologia dela. — Mas e eu? É isso que eu mereço?

Desejei que ela me visse como a criança que eu tinha sido, de quem ela gostava.

— Eu não deixo as pessoas — continuei. — Elas que me deixam. — Minha voz tremeu de leve. — E os meus amigos lá na lanchonete? Eles mereciam morrer?

Até o momento, eu não tinha me permitido nem pensar essas palavras. Eu não tinha me permitido me lembrar de Celine caída na mesa à minha frente. *Michael e Lia e Sloane e Dean. A agente Sterling. Judd.*

Olhei para a psicopata à minha frente. *Me diz que eles estavam inconscientes. Me diz que você só os drogou. Me diz que eles estão vivos.*

— Você veio para Gaither fazendo perguntas — disse Ree severamente. — Correndo pra lá e pra cá com seus amigos do FBI, nos fazendo imaginar se havia alguma lembrança enterrada na sua cabeça, alguma pista, que te levasse até a nossa porta. Você encontrou Malcolm. Era só questão de tempo até que nos encontrasse.

— Nós ainda estamos em Gaither? — perguntei. — Estamos perto?

Ree não respondeu à pergunta.

— Havia alguns que queriam vocês mortos... *todos* vocês — disse ela. — Outros defenderam uma solução alternativa.

Pensei no que Nightshade tinha me contado sobre a Pítia. Ela era juíza e júri. Era quem eles torturavam, para purificar a alma dela e ela poder fazer o julgamento.

De novo. E de novo. E de novo.

Minha mãe tinha tentado me tirar de Gaither. Eles a teriam vencido? Ela tinha dito para eles me levarem até lá?

O som de uma porta se abrindo me arrancou desses pensamentos. Uma figura de veste encapuzada parou na porta. O capuz caía sobre o rosto e obscurecia as feições.

— Eu gostaria de dar uma palavrinha com a nossa hóspede.

Ree riu com deboche. Ela não tinha uma opinião muito boa do cara de capuz. O diálogo me disse algo sobre a dinâmica de poder em ação ali. *Você é veterana. Ele é um novato nas linhas de frente pela primeira vez.*

Voltei minha atenção de Ree para o homem de capuz. *Você é jovem e você é novo. Ela é Mestra e você não... ainda não.*

Eu estava olhando para o homem que tinha matado minha prima. O que tinha matado Tory e Bryce. E havia algo de familiar nele, algo de familiar na voz...

— Eu te falei uma vez — disse a figura encapuzada — que, se você olhar por tempo demais para o abismo, o abismo vai olhar para dentro de você.

— Friedrich Nietzsche. — Eu reconheci a citação... e a fala arrogante e exagerada. — *Monitor Geoff?*

Eu o tinha conhecido no caso Redding, quando ele tinha tentado me cantar depois da morte de uma garota compartilhando seu "amplo" conhecimento sobre assassinos em série. Eu tinha passado uma noite em uma sala de aula abandonada com aquele cara, Michael e Bryce.

— É Geoffrey — corrigiu ele secamente, abaixando o capuz. — E o *seu* nome não é Veronica.

Na última vez que nos vimos, eu dei um nome falso.

— Sério? — falei. — É essa a questão que você acha que vale ser discutida aqui?

Quando nos vimos pela última vez, eu tinha classificado Geoffrey como alguém com baixo nível de empatia e muita presunção, mas ele não tinha me parecido assassino. *Você não era na época. Não era nem aprendiz. A morte era um jogo pra você. Era abstrato.*

Como os Mestres o encontraram?

— Você está se perguntando como pôde ter se enganado tanto sobre mim — disse Geoffrey com arrogância. — Eu sei tudo sobre você, Cassandra Hobbes. Sei que você estava investigando o caso de Daniel Redding. Sei que ajudou a pegar os aprendizes *dele*. — Ele abriu um sorriso torto. — Mas você não me pegou.

Você matou Bryce. Ela sempre te irritou. Aí, a Pítia sussurrou no seu ouvido. Ela massageou seu ego? Disse quem você tinha que matar? Ela era o abismo olhando para dentro de você?

Dei um passo para a frente com pernas que não estavam mais tão bambas quanto um momento antes.

— Você queimou aquelas garotas. — Eu me permiti parecer hipnotizada, massageando o ego dele como minha mãe tinha feito. — Você as amarrou e as queimou, depois não deixou nenhuma prova pra trás. — Eu olhei para ele e para dentro dele. — Você precisa de nove, mas os nove que *você* vai escolher? — Minha voz soou baixa, sedutora quando andei na direção dele. — Eles vão tornar você uma lenda.

— Chega — disse Ree. Ela entrou entre mim e Geoffrey. — Ela está te manipulando. E eu não tenho tempo nem estômago pra ficar aqui observando.

Geoffrey semicerrou os olhos. As mãos estavam soltas ao lado do corpo. Num minuto, ele estava parado e, no seguinte, a mão esquerda foi em direção à tocha.

— Me deixa testá-la — disse ele. — Me deixa purificá-la aos poucos.

A chama tremeluziu. *Você quer me queimar. Quer me ver gritar.*

— Não — disse Ree. — Sua hora vai chegar, depois da sua nona morte e nem um segundo antes. — Ela tirou uma coisa do bolso, um tubo pequeno e redondo, do tamanho de um recipiente de gloss labial. — Com o tempo — disse ela para mim, soltando a tampa —, as pessoas desenvolvem imunidade a veneno.

Ela enfiou o dedo numa pasta incolor.

Pensei em Beau, que tinha morrido gritando, e em tudo que Judd tinha me contado sobre o veneno escolhido por Nightshade. *Incurável. Doloroso. Fatal.*

Ree agarrou meu queixo com a mão esquerda. Virou meu rosto para o lado, o aperto forte como aço.

Tarde demais, tentei reagir. Tarde demais, minhas mãos tentaram bloquear as dela.

Ela passou a pasta no meu pescoço.

Alguns venenos não precisam ser ingeridos. Meu coração disparou. *Alguns venenos podem ser absorvidos pela pele.*

Ree me soltou e deu um passo para trás. No começo, eu não senti nada. Mas, depois, o mundo explodiu em dor.

Capítulo 58

Meu corpo estava pegando fogo. Todos os nervos, cada centímetro de pele... até o sangue nas minhas veias estava fervendo.

No chão. Com convulsões. Deus, me ajude... Alguém me ajude...

Meus dedos tocaram meu pescoço. Em um certo nível, eu estava ciente de que estava arranhando minha própria pele. Em um certo nível, estava ciente de que estava sangrando.

Em um certo nível, ouvi os gritos.

Minha garganta se fechou, prendendo-os. Eu não conseguia respirar. Estava sufocando e não me importei, porque a única coisa que havia, a única coisa que *eu* era, era dor.

Em um certo nível, fiquei ciente do som de passos entrando correndo no local.

Em um certo nível, fiquei ciente de alguém dizendo meu nome.

Em um certo nível, percebi braços me levantando.

Mas só havia... eu só era...

Dor.

Sonhei que estava dançando na neve. Minha mãe estava ao meu lado, a cabeça inclinada para trás, a língua enfiada entre os dentes para pegar um floco de neve.

A cena pulou. Eu estava na coxia enquanto minha mãe se apresentava no palco. Meu olhar foi até um homem velho na plateia.

Malcolm Lowell.

Sem aviso, minha mãe e eu estávamos de volta na neve, dançando.

Dançando.

Dançando.

Para todo o sempre. Aconteça o que acontecer.

Acordei com um apito. Eu estava deitada em algo macio. Forcei os olhos a se abrirem e lembrei...

O veneno.

A dor.

O som de passos.

— Calma.

Virei a cabeça na direção da voz, mas não consegui me sentar. Eu estava num quarto de hospital. A máquina apitando ao meu lado estava acompanhando os batimentos do meu coração.

— Você está inconsciente há dois dias — disse o diretor Sterling ao lado da minha cama. — Nós não sabíamos se você voltaria.

Nós. Eu me lembrei do som de passos. Eu me lembrei de alguém dizendo meu nome.

— A agente Sterling? — perguntei. — Judd. Dean e os outros...

— Eles estão bem — garantiu o diretor Sterling. — Assim como você.

Eu me lembrei do veneno. Eu me lembrei da dificuldade de respirar. Eu me lembrei da dor.

— Como? — perguntei. Embaixo das cobertas, meu corpo tremeu.

— Tem um antídoto. — O diretor Sterling deu respostas diretas e objetivas. — A janela para administrá-lo é pequena, mas você deve recuperar suas forças em breve.

Eu queria perguntar onde eles tinham conseguido o antídoto. Queria perguntar como tinham me encontrado. Porém, mais do que tudo, queria os outros. Queria Dean e Lia e Michael e Sloane.

Ao meu lado, o diretor Sterling mostrou um pequeno objeto para inspeção. Eu o reconheci na mesma hora: o dispositivo de rastreamento que a agente Sterling tinha me dado.

— Desta vez, minha filha teve o cuidado de ativar o dispositivo. — Ele fez uma pausa.

Por motivos que não consegui identificar, minha respiração entalou na garganta.

— É uma pena — continuou o diretor lentamente, girando o dispositivo na própria mão — que o software de rastreamento que teria trazido o FBI até aqui tinha sido alterado.

Um arrepio percorreu meu corpo.

— Dean — falei de repente. — Se ele soubesse onde eu estava, se eles tivessem me encontrado...

— Ele estaria aqui? — sugeriu o diretor Sterling. — Considerando o que sei sobre o filhote do Redding, eu tenho a tendência de concordar.

Eu me sentei de repente e fiz uma careta quando uma coisa machucou meus pulsos. Olhei para baixo.

Algemas.

Tinham alterado o software de rastreamento. Tinham me algemado à cama. Olhei para o diretor.

— Isto aqui não é um hospital — falei, meu coração batendo na garganta.

— Não — respondeu ele. — Não é.

— Existe um antídoto para o veneno dos Mestres — falei, repetindo o que o diretor Sterling tinha dito antes com um aperto no peito. — Mas o FBI não tem.

— Não. Não tem.

O veneno que os Mestres usaram para matar era único. Eu tinha ouvido repetidamente que era incurável.

Porque as únicas pessoas que têm a cura são os Mestres.

CONFLITOS DE SANGUE 299

Pensei no aposento com as algemas, no veneno, na dor. Eu tinha ouvido passos. Tinha ouvido alguém dizer meu nome.

— Pra alguns de nós — disse o diretor, a voz baixa e suave —, isso nunca teve a ver com assassinato. Pra alguns de nós, sempre foi *poder*.

Há sete Mestres. E um deles é o diretor do FBI.

O pai da agente Sterling me encarou.

— Imagine um grupo mais poderoso, com mais conexões do que qualquer um de vocês poderia imaginar. Imagine os homens mais *extraordinários* da face da terra, jurados uns aos outros e a uma causa comum. Imagine o tipo de lealdade que acompanha saber que, se um de vocês cair, caem todos. Imagine saber que, se você pudesse provar que é digno, o mundo seria seu.

— Há quanto tempo? — perguntei ao diretor. *Há quanto tempo você é um deles?*

— Eu era jovem — disse o diretor. — Ambicioso. E olha aonde eu cheguei. — Ele abriu bem os braços, como se pudesse indicar todo o FBI, todo o poder que ele tinha como chefe.

— Os Mestres só têm lugar à mesa por 21 anos — falei. Minha voz estava rouca, de tanto gritar, de tanto ter esperanças, de saber que aquilo estava prestes a piorar.

— Minha época como membro ativo tinha terminado — admitiu o diretor Sterling. — Mas a Pítia fez a gentileza de cortar a garganta do meu sucessor. — Ele retirou uma faca do bolso do paletó. — Não posso dizer que me importo. Certos privilégios só são dados aos que se sentam à mesa. — Ele levou a faca à lateral do meu rosto. Eu esperei a dor, mas ela não veio. Ele levantou a mão livre para a minha outra bochecha e a passou de leve sobre a pele. — Outros privilégios não são impossíveis de se obter como membro emérito.

Eu tremi sob o toque dele.

— Scarlett Hawkins. — Lutei da forma que pude, algemada e sob a mira da faca. — Você sabia que ela tinha sido morta por alguém da sua irmandade.

Os dedos do diretor apertaram o cabo da faca.

— Scarlett não devia ter sido alvo.

— Nightshade a matou — respondi. — Ele não se importou de ela ser uma das suas.

O diretor Sterling virou a faca para abaixo do meu queixo e pressionou o suficiente para tirar sangue.

— Eu deixei meu desprazer bem claro... na ocasião e, novamente... depois.

Ele abaixou a faca. Senti o sangue escorrendo pelo meu pescoço.

— Você matou Nightshade — falei, a verdade entrando em foco. — De alguma forma, você passou pelos guardas...

— Eu *escolhi* os guardas — corrigiu o diretor, uma luz nos olhos. — Eu providenciei as mudanças de turno. Eu mesmo supervisionei a transferência do prisioneiro.

Eu vi o que deveria ter visto antes: o tipo de acesso que ele tinha tido, o fato de que, assim que fizemos uma descoberta sobre o caso, ele nos mandou em uma caçada inútil atrás de Celine.

— Você sabia onde Laurel estava — falei, a voz falhando.

— A criança está de volta em boas mãos.

Eu pensei em Laurel olhando para as correntes no parquinho. No jeito como ela tinha dito a palavra *sangue*.

— Seu *monstro*. — A palavra saiu rasgando minha boca. — Esse tempo todo, você tratou Dean como se ele fosse menos humano por causa do que o pai dele tinha feito, mas, o tempo todo, você era pior.

— O tempo todo, eu era *melhor*. — O diretor Sterling se adiantou, o rosto a centímetros do meu. — Daniel Redding era um amador que se achava artista. E o filho dele ousou botar a mão na *minha* filha?

Abre a mão, diretor. Me mostra suas fraquezas.

Eu vi o exato momento em que ele reconheceu minha estratégia. Seus olhos ficaram frios e avaliadores quando ele se inclinou para trás.

— Eu vi a fita da sua entrevista com Redding. — Ele deixou que as palavras fossem absorvidas. — E ele tinha razão. Sua mãe *é* o tipo de pessoa que pode ser aperfeiçoada. — Ele se levantou e saiu andando para a porta. — Ela é tudo que nós poderíamos ter desejado... e mais.

Você

Cassie está aqui. *Eles estão com ela. Não é surpresa. Foi você que mandou, foi você que falou para o Mestre de venenos pegar Cassie e deixar que o diretor do* FBI *usasse os recursos para criar um caminho falso para a equipe dela seguir... para bem longe de todos vocês.*

— Não é que eu queira matá-la — murmura você quando Lorelai luta fracamente para recuperar o controle. — Mas, se for ela ou nós...

A porta se abre. Nove entra. Malcolm. Ele olha para você e olha para Laurel, que está dormindo no canto. A criança nasceu para substituí-lo. Ele vai vê-la morta primeiro.

— O primeiro teste vai acontecer quando ela tiver seis anos — comenta o homem, a voz sinistramente calma. — Vai ser um filhote de gato, talvez de cachorro. Ela vai precisar ir devagar. Quando ela tiver nove, vai ser uma prostituta, amarrada a uma mesa de pedra. E quando ela tiver doze... — O olhar dele vai de Laurel até você. — Nós vamos amarrar você na mesa.

Você leu nas entrelinhas.

— Você matou sua própria mãe.

— E embalsamei o corpo dela, pra que ela pudesse continuar sentada à mesa, perfeitamente preservada, por décadas. — Ele balançou a cabeça. — Ela acabou sendo substituída. Mulher atrás de mulher, criança atrás de criança, nenhuma digna.

CONFLITOS DE SANGUE 303

Você sente o sangue vibrando nas suas veias quando se lembra da sensação da faca na carne de Cinco.

Você é digna.

— Tem muito tempo que você não é testada — continua Nove. — Tem algo de poético, você não acha, na natureza desse?

Ele acha que você é Lorelai.

Ele acha que Cassie é sua filha.

Ele acha que tem coisas que você não faria para sobreviver.

Capítulo 59

Mãos ásperas me seguraram e um saco foi jogado sobre a minha cabeça. Eu não sabia quanto tempo tinha que o diretor tinha saído do quarto, nem quem eram os homens que tinham acabado de entrar. Ouvi as algemas sendo abertas e, um instante depois, fui colocada de pé.

É agora, pensei, sem saber aonde estavam me levando, nem o que poderia estar esperando lá.

Ouvi o rangido de metal. *Uma porta?*

A mão de alguém nas minhas costas me empurrou para a frente, com tanta força que me jogou no chão. Meus joelhos bateram primeiro e minhas mãos seguraram o resto do corpo momentos antes do meu rosto se chocar ao chão. As palmas das minhas mãos registraram a textura embaixo, *areia*, logo antes do capuz ser arrancado da minha cabeça.

Pisquei por causa da luz ofuscante e meus olhos se ajustaram lentamente, de forma que, quando consegui discernir o mundo ao meu redor, os homens que tinham me levado ali tinham ido embora. Eu me virei a tempo de ver um portão de metal batendo no chão atrás de mim.

Eu estava trancada.

Onde? Eu me obriguei a me concentrar. Ainda estava em um lugar fechado, mas o chão estava coberto de areia, quase quente demais para aguentar, como se o sol do deserto tivesse incidido ali por dias. O teto acima era alto e abobadado, feito de pedra e entalhado com um símbolo que reconheci.

Sete círculos em volta de uma cruz.

O aposento era circular e em nichos nas paredes havia assentos de pedra, com vista para o poço de areia abaixo.

Não um poço, pensei. *Uma arena.*

E foi nessa hora que eu soube. *Você me envenenou. Você me curou.* No fundo da minha memória, eu ouvi as palavras que Nightshade tinha me dito para mim tantas semanas antes. Ele tinha me dito que todos tínhamos escolhas. Tinha me dito que a Pítia escolhe viver.

Talvez um dia essa escolha seja sua, Cassandra.

Os Mestres tinham um histórico de pegar mulheres, mulheres que tinham histórias traumáticas, mulheres que eram capazes de serem forjadas em algo novo. Eles levavam as prisioneiras até a beira da morte, perto o bastante para sentir o gosto, e aí...

Uma figura saiu das sombras. Meu olhar se desviou para os dois lados, e reparei em sete armas posicionadas na parede atrás de mim.

Sete Mestres. Sete formas de matar.

A figura do outro lado da arena deu outro passo, e outro. Eu estava ciente de figuras encapuzadas ocupando os assentos acima de nós, mas só conseguia pensar que, se eles tinham me levado até ali para lutar com a Pítia, isso significava que a mulher andando na minha direção era uma pessoa que eu conhecia muito bem.

O rosto dela estava escondido por um capuz, mas, quando me levantei e andei na direção dela, atraída como uma mariposa para a chama, ela o abaixou.

O rosto dela tinha mudado nos últimos seis anos. Ela não tinha envelhecido, mas estava mais magra e pálida e suas feições pareciam ter sido entalhadas de pedra. A pele era de porcelana, os olhos impossivelmente largos.

Ela ainda era a mulher mais linda que eu já tinha visto.

— Mãe. — A palavra escapou da minha garganta. Em um segundo, eu estava andando com hesitação na direção dela, e, no seguinte, o espaço entre nós tinha desaparecido.

— Cassie. — A voz dela era mais grave do que eu lembrava, rouca, e quando seus braços me envolveram, percebi que a pele do rosto dela parecia lisa em parte por causa do contraste.

O resto do corpo dela estava coberto de cicatrizes retorcidas e inchadas.

Sete dias e sete dores. Eu fiz um som de engasgo. Minha mãe me puxou para junto dela e apoiou minha cabeça em seu ombro. Seus lábios pressionaram na minha têmpora.

— Você não devia estar aqui — disse ela.

— Eu tinha que te encontrar. Quando me dei conta de que você estava viva, quando percebi que eles estavam com você... eu não pude parar de procurar. Eu *nunca* pararia de procurar.

— Eu sei.

Havia algo no tom da minha mãe que me lembrou de que estávamos sendo observadas. Por cima do ombro dela, eu via os Mestres: seis homens e uma mulher, sentados em fila. *O diretor Sterling. Ree.* Tentei memorizar os outros rostos, mas meu olhar foi atraído para cima.

Malcolm Lowell estava sentado acima dos outros, os olhos grudados nos meus.

Nove é o maior entre nós, a ponte de geração em geração...

— Nós temos que sair daqui. — Eu mantive a voz baixa. — Nós temos que...

— Nós não podemos — disse minha mãe. — Não tem *saída*, Cassie. Não pra nós.

Tentei recuar para poder ver o rosto dela, mas os braços dela se apertaram em volta de mim, me segurando com firmeza.

Com força.

Nos assentos, Ree capturou meu olhar e desviou o dela para a parede mais distante. Assim como a que estava atrás de mim, estava coberta de armas.

Seis. *Não sete. Seis.*

— Cadê a faca? — falei meio engasgada. — Mãe...

A mão que estava acariciando meu cabelo um momento antes o segurou com força agora. Ela puxou minha cabeça para o lado.

— Mãe...

Ela ergueu a faca até a lateral do meu pescoço.

— Não é pessoal. É você ou eu.

Eu tinha sido avisada várias vezes que a minha mãe talvez não fosse a mulher de quem eu me lembrava.

— Você não quer fazer isso — falei, a voz trêmula.

— Mas essa é a questão — sussurrou ela, os olhos pousando nos meus. — Eu *quero*.

Capítulo 60

Minha mãe nunca teria me machucado. Minha mãe tinha fugido de casa por *mim*. Tinha abandonado a própria irmã por *mim*. Ela era meu tudo e eu o dela.

O que quer que você seja, você não é a minha mãe. Esse pensamento se enraizou no fundo da minha mente enquanto eu pensava em Lia me contando que tinha sido instruída quando criança a fingir que as coisas ruins não tinham acontecido com *ela*. Que as coisas que ela tinha feito não tinham sido trabalho das mãos *dela*. Pensei em Laurel me contando que *ela* não participava da brincadeira.

Nove participava.

No caso de Laurel, a Nove interior dela não era uma pessoa totalmente desenvolvida. *Mas você é.*

— Sete dias e sete dores — falei, calma. — Eles a torturaram. Repetidamente, sem parar. Eles a forçaram a estar com eles, um a um, até ela engravidar de Laurel.

Eu vi o exato momento em que minha captora percebeu que eu não estava falando comigo mesma.

— Eu me perguntei como uma pessoa podia sobreviver a algo assim, mas essa é a questão. *Ela* não sobreviveu. — A lâmina ainda estava encostada no meu pescoço. Eu afastei a vontade de engolir. — *Você* que sobreviveu.

Ela afrouxou o aperto no meu cabelo.

As pessoas olham pra você e a veem. Eles a amam. Mas quem é forte é você. Quem importa é você. Quem merece ser vista é você.

— Você nasceu aqui? — perguntei, observando o rosto dela em busca de algum sinal de que minhas palavras tinham acertado o alvo. — Ou já existe há muito mais tempo?

Afrouxou um pouco mais. Não foi o suficiente. Ela estava com a faca. Eu, não.

— Você tem nome? — perguntei.

Ninguém nunca perguntou. Ninguém nunca olhou pra você e viu.

A mulher com o rosto da minha mãe sorriu. Fechou os olhos. E me soltou.

— Meu nome — disse ela, a voz ecoando alto o bastante para os Mestres ouvirem — é Cassandra.

Eu cheguei para trás e um arrepio se espalhou pelos meus braços.

— Lorelai nem sabia que eu existia — disse a mulher… *Cassandra.* — Ela não sabia que todas aquelas vezes, quando o pai dela entrava no nosso quarto e ela apagava, não era misericórdia. Não era sorte. Era *eu.* — Cassandra andou em volta de mim, os passos como de um predador. — Quando você surgiu, quando ela escolheu seu nome, eu gostei de pensar que era um agradecimento, mesmo que ela não se desse conta do que tinha feito. — Cassandra apertou mais a faca. — E aí você estava lá, e, de repente, Lorelai não precisou mais tanto de mim. Ela ficou mais forte por *você.* E eu fui trancada.

Com passos cuidadosos, fui indo na direção da parede dos fundos, na direção das armas, perfilando-a a cada passo. *Você está no controle. Você é forte. Você faz o que precisa ser feito… e gosta.*

O que quer que aquele fragmento da psique da minha mãe tivesse sido antes dos Mestres a capturarem, agora ela era outra coisa.

Você vai me matar. Eu não fiz a escolha consciente de pegar a faca do estoque de armas, mas um segundo ela estava no chão e no seguinte estava na minha mão. Pensei no camarim da minha mãe, cheio de sangue. Pensei em dançar no acostamento na neve, no rosto da minha mãe virado para o céu, a língua pegando flocos de neve.

Você vai me matar. A faca estava pesada na minha mão quando ela se aproximou. *Se eu não te matar primeiro.*

Meus batimentos desaceleraram. Minha mão apertou a lâmina. E aí, sem aviso, eu soube, assim como costumava saber coisas sobre outras pessoas, que eu não conseguiria usar a faca.

Eu não podia matar aquele monstro sem matar a minha mãe junto.

Talvez, dissera Nightshade, *um dia essa escolha seja sua.*

Deixei as mãos penderem para as laterais do corpo.

— Eu não posso machucar você. Não vou fazer isso.

Eu esperava ver vitória nos olhos da minha oponente. Mas vi medo.

Por quê?, me perguntei. Então, me dei conta. *Você luta. Você sobrevive. Você protege Lorelai... mas e se não houver de que protegê-la?*

— Eu não sou uma ameaça. — Parei de me mexer, parei de lutar. — Sua casa não é um lugar — falei, minha voz tão rouca quanto a dela estava antes. — Não é ter uma cama pra onde ir, ou um quintal, ou uma árvore de Natal no fim do ano. Sua casa são as pessoas que amam você.

Ela elevou a faca na frente do corpo enquanto reduzia o espaço entre nós, observando se havia qualquer sinal de movimento da minha mão.

Eu deixei a minha faca cair no chão.

— Sua casa são as pessoas que amam você — falei de novo.

— Eu tive uma casa quando era pequena e tenho uma agora. Eu tenho pessoas que me amam e que eu amo. Eu tenho uma família, e eles morreriam por mim. — Baixei a voz a um sussurro.

— Assim como eu morreria por você.

Não por *Cassandra*. Não pela Pítia. Nem mesmo por Lorelai, quem quer que ela fosse e tivesse se tornado.

Pela minha mãe. Pela mulher que me ensinou a dançar até passar. Pela que beijou cada joelho ralado e me ensinou a ler as pessoas e que me dizia todo santo dia que eu era amada.

— Eu vou te matar — sussurrou Cassandra. — Eu vou gostar.

Você quer que eu pegue a faca. Você quer que eu lute.

— Para todo o sempre. — Eu fechei os olhos. Esperei.

Para todo o sempre.

Para todo o sempre.

— Aconteça o que acontecer.

Não fui eu quem falou aquelas palavras. Eu abri os olhos. A mulher segurando a faca estava tremendo.

— Para todo o sempre, Cassie. *Aconteça o que acontecer.*

Capítulo 61

As mãos trêmulas da minha mãe exploraram meu rosto.

— Ah, meu bebê — sussurrou ela. — Você está tão grande.

Algo se partiu dentro de mim com o som da voz da minha mãe, a expressividade das feições dela, a familiaridade do toque.

— E tão linda. — A voz dela falhou. — Ah, meu amor. Não. — Ela chegou para trás. — *Não, não, não...* Você não deveria estar aqui.

— Por mais emocionante que essa reunião seja... — O diretor Sterling se levantou. — A tarefa permanece a mesma.

Minha mãe tentou se afastar de mim, mas eu não deixei. Eu baixei a voz, o suficiente para que os Mestres que observavam não ouvissem.

— Eles não podem nos obrigar a fazer isso.

O olhar dela ficou vazio.

— Eles podem obrigar você a fazer qualquer coisa.

Meus olhos foram até as cicatrizes nos braços, no peito dela... em cada centímetro de pele exposta, menos no rosto. Algumas estavam lisas. Algumas estavam inchadas. Algumas ainda estavam cicatrizando.

Nos assentos, Malcolm Lowell se levantou. Um a um, os mestres imitaram.

Eu me curvei para pegar minha faca no chão. Nós podíamos lutar. Não com todos eles e talvez não por muito tempo, mas era melhor do que a alternativa.

CONFLITOS DE SANGUE 313

— Eu não quero isso — disse a minha mãe. — Pra você. *As cicatrizes. A dor. O papel de Pítia.*

— Minha equipe vai nos encontrar. — Eu canalizei Lia e desejei que as palavras parecessem verdade. — Onde quer que este lugar seja, eles não vão parar de procurar. Eles vão descobrir que o diretor está trabalhando contra eles. Nós só precisamos ganhar tempo pra eles.

Minha mãe me encarou, e percebi que, apesar de ela *ser* a pessoa que tinha me criado e me amado e me feito o que eu era, não conseguia lê-la, não como conseguia fazer com as outras pessoas. Eu não sabia o que ela estava pensando. Não sabia o que ela tinha passado, não de verdade.

Eu não sabia o que significava quando ela assentiu.

Você está dizendo sim pra quê?

O som de uma porta se abrindo e se fechando me alertou para o retorno de Malcolm Lowell. *Eu nem sabia que ele tinha saído.* Quando vi o que ele tinha ido buscar, eu parei de respirar.

Laurel.

Ela tinha nascido para assumir o lugar de Malcolm, para ser a próxima Nove. E agora ele estava com as mãos nos ombros dela. Ele a empurrou na direção do diretor Sterling, que segurou Laurel pelo braço.

Eu vi agora o que minha mãe quis dizer.

Eles podem obrigar você a fazer qualquer coisa.

O diretor tirou uma faca do bolso.

— Vocês lutam — disse ele, segurando a lâmina no pescoço de Laurel — ou ela morre.

O diretor não esperou resposta, só começou a cortar. Um pouco. Só um aviso. Laurel não gritou. Não se mexeu. Mas o miado agudo que saiu da garganta dela me atingiu como um golpe físico.

— O quanto você tem certeza de que a sua equipe vai te encontrar? — Minha mãe se inclinou para pegar a faca dela. — Nós estamos no meio do deserto, no meio do nada, no subterrâneo. Se eles revirarem o passado de Malcolm, se forem bem longe, pode ser que eles vejam um padrão, mas a maioria das pessoas não veria.

Dean. Michael. Lia. Sloane.

— Eu tenho certeza — falei. — Onde quer que seja, eles vão nos encontrar.

Minha mãe assentiu.

— Está bem.

— Está bem? — repeti. *O que você está dizendo?*

Ela veio para cima de mim.

— A gente tem que lutar. Laurel é só um bebê, Cassie. Ela é você e ela sou eu e ela é *nossa*. Você entende?

Eles podem obrigar você a fazer qualquer coisa.

— Você tem que me matar. — As palavras da minha mãe me cortaram, geladas e intransigentes.

— Não — falei.

— *Sim.* — Minha mãe andou em volta de mim, da mesma forma que o alter ego dela tinha feito antes. — Você tem que lutar, Cassie. Uma de nós tem que morrer.

— Não. — Eu estava balançando a cabeça e me afastando dela, mas não conseguia tirar os olhos da faca.

Você não precisa mais fazer a brincadeira. A promessa que eu tinha feito para a minha irmã voltou a mim. *Nunca mais. Não precisa ser Nove.*

— Pega a faca, Cassie — disse minha mãe. — *Use-a.*

Usa você, pensei. *Me mata você.* Eu entendia agora por que ela tinha perguntado se eu tinha certeza de que a ajuda viria. *Se você achasse que estava me destinando a uma vida como a Pítia, você me daria misericórdia. Você enfiaria a faca no meu peito pra me salvar do seu destino.*

Mas eu tinha dito para ela que tinha certeza.

Um grito agudo cortou o ar. Laurel não estava em silêncio agora. Não estava estoica. Não era Nove.

CONFLITOS DE SANGUE 315

Ela é só um bebê. Ele a está machucando. Ele vai matá-la se eu não...

Não.

— Sim — disse minha mãe, reduzindo o espaço entre nós. Ela sempre soubera exatamente o que eu estava pensando. Ela me conhecia como só alguém com a nossa habilidade era capaz.

Alguém que me ama para todo o sempre.

— Faz logo isso — insistiu minha mãe, colocando a faca dela na minha mão. — Você precisa fazer, meu amor. Você é a melhor coisa que já fiz. Eu não posso ser isso pra Laurel, não agora. — Ela não estava chorando. Não estava em pânico.

Ela tinha certeza.

— Mas você pode — continuou ela. — Você pode amá-la. Pode estar presente pra ela. Pode tirá-la daqui e pode viver. E pra fazer isso... — Ela colocou a mão esquerda por cima da minha mão direita e guiou a faca para o peito dela. — Você tem que me matar.

Dançando na neve. Encolhida no colo dela. Comportamento. Personalidade. Ambiente.

Eu te amo. Eu te amo. Eu...

Ela apertou mais minha mão. Com o corpo bloqueando o movimento dos Mestres, ela me empurrou para a frente. *Minha mão na faca. A mão dela na minha.* Senti a lâmina deslizar para dentro do peito dela. Ela ofegou e o sangue surgiu na ferida. Eu queria puxar a faca.

Mas, por Laurel, não puxei.

— Para todo o sempre — sussurrei, segurando a faca no lugar. Eu *a* abracei. Ela caiu para a frente, sangrando, a luz começando a se esvair dos olhos.

Eu te amo. Eu te amo. Eu te amo. Eu não afastei o olhar. Nem pisquei, nem quando ouvi uma porta se abrir subitamente.

Nem quando ouvi a voz familiar da agente Briggs.

— Parados!

Minha mãe não está se mexendo. O coração dela não está batendo. Os olhos dela... não me veem. Tirei a faca do peito dela e o corpo caiu no chão quando os agentes do FBI entraram no local.

Eu te amo. Eu te amo. Eu te amo.

Perdida.

Capítulo 62

Em algum nível, eu estava ciente do fato de que tiros estavam sendo disparados. Em algum nível, eu estava ciente de que prisões estavam sendo feitas. Mas, enquanto estava ali parada, com a faca ensanguentada na mão, não consegui olhar. Não consegui assistir.

Eu não podia olhar para mais nada além do corpo.

O cabelo ruivo da minha mãe estava espalhado em volta dela, uma auréola de fogo na areia branca reluzente. Os lábios dela estavam muito secos e rachados, os olhos sem vida.

— Larga a faca! — A voz da agente Sterling parecia estar vindo de muito longe. — Se afasta da garota.

Levei um momento para perceber que ela não estava falando comigo. Ela não estava falando da minha faca. Eu me virei e forcei meu olhar para os assentos.

Para o diretor.

Para Laurel.

Ele estava agachado ao lado de Laurel, a faca na garganta dela.

— Nós vamos sair daqui — disse ele. — Ou a criança não sai.

— Você não mata crianças. — Levei um momento para perceber que fui eu que falei as palavras. Das centenas de vítimas que tínhamos identificado como sendo trabalho dos Mestres, nenhuma delas tinha sido criança. Quando Beau Donovan não passou no teste, eles não usaram uma faca no pescoço dele.

Eles o deixaram no deserto para morrer.

— Há rituais — falei. — Há regras.

— Mas você ainda não tem dezoito anos, né, Cassie? — O diretor não tirou os olhos da filha. — Eu sempre acreditei que as regras são o que fazemos com elas. Não é verdade, Veronica?

A agente Sterling olhou para o pai, e, por um instante, deu para ver a garotinha que ela tinha sido. *Você já o idolatrou. Você o respeitava. Você entrou no FBI por causa dele.*

Ela puxou o gatilho.

Eu ouvi o tiro, mas só registrei o que tinha ouvido quando vi o pequeno buraco vermelho na testa do pai dela. O diretor Sterling caiu no chão. Quando o FBI se aproximou correndo de Laurel, minha irmãzinha se ajoelhou e tocou na ferida na testa do captor.

Ela me olhou e me encarou.

— O sangue pertence à Pítia — disse ela, a voz assombrada, quase melódica. — O sangue pertence à *Nove.*

Capítulo 63

Os médicos de emergência que atenderam Laurel insistiram em me examinar também. Tentei dizer que o sangue não era meu, mas as palavras não saíram.

A agente Sterling se sentou ao meu lado.

— Você é forte. É uma sobrevivente. Nada disso foi culpa sua.

A perfiladora em mim sabia que aquelas palavras não eram só para mim. Eu tinha matado a minha mãe. Ela tinha matado o pai dela.

Como uma pessoa sobrevivia a isso?

— Por mais delicado que o momento seja — uma voz interrompeu meus pensamentos —, alguns de nós tiveram que enganar, chantagear e/ou ameaçar explicitamente pelo menos uns seis agentes federais pra conseguir passar pelo isolamento da polícia, e nós não somos o tipo de pessoa que é boa em *esperar*.

Ergui o rosto e vi Lia a um metro de distância. Sloane estava grudada nela, uma expressão intensa no rosto. Atrás delas, Michael estava segurando Dean. Todos os músculos no corpo do meu namorado estavam contraídos.

Michael chantageou os agentes federais, pensei. *Você os ameaçou, Dean. Explicitamente.*

Dean tinha passado a vida toda mantendo as emoções controladas, nunca perdendo o controle, lutando contra qualquer sinal de violência. Eu soube só pela postura dele, pelo jeito como o olhar dele me absorvia, como um homem morrendo de sede no deserto, sem saber se estava vendo uma miragem… *Você não se importou de fazer o que precisou fazer, a quem precisou machucar, com que precisou ameaçar.*

Você só se preocupou comigo.

Eu me levantei, as pernas trêmulas, e Michael soltou Dean. Meu namorado me segurou antes que eu caísse, e algo dentro de mim se espatifou. O torpor que tinha tomado conta do meu corpo sumiu, e de repente eu sentia tudo: a dor na garganta, o fantasma da dor do veneno, o corpo de Dean envolvendo o meu.

Eu senti a faca na minha mão.

Eu me senti segurando minha mãe e a vendo morrer.

— Eu a matei. — Meu rosto tocou o peito de Dean, as palavras arrancadas da minha boca como um dente arrancado à força. — Dean, eu…

— Você não é assassina. — A mão direita de Dean aninhou meu queixo, a esquerda percorrendo delicadamente a linha da minha mandíbula. — Você é a pessoa que tem empatia com todas as vítimas. Você carrega o peso do mundo nas costas, e se tivesse tido escolha, se dependesse de você, se seria sua vida em jogo ou a de outra pessoa, você teria *dito* para os Mestres matarem você. — A voz de Dean soou rouca na garganta. Os olhos escuros procuraram os meus. — É o que os Mestres nunca entenderam. Você teria entrado aqui por vontade própria, sabendo que não sairia, e não só por mim ou Michael ou Lia ou Sloane, mas por qualquer pessoa. Porque é essa a pessoa que você é, Cassie. Desde que você entrou no camarim da sua mãe, desde que você tinha doze anos, parte de você acreditou que foi culpa sua, que deveria ter sido você.

Tentei me afastar dele, mas ele me segurou num abraço.

— Você está procurando sem parar um jeito de acertar as coisas. Você não é assassina, Cassie. Você só finalmente aceitou que às vezes o maior sacrifício não é feito pela pessoa que dá a vida. — Ele abaixou a testa para encostar na minha. — Às vezes, a coisa mais difícil é ser quem fica vivo.

Meu corpo estava tremendo. Minhas mãos estremeceram ao procurar o peito dele, o pescoço, o rosto, como se tocar nele, senti-lo sob os dedos, pudesse tornar o que ele estava dizendo verdade.

Eu te amo. Eu te amo. Eu te amo.

Ouvi os soluços antes de me dar conta de que eu estava chorando. Apertei os dedos na nuca dele, na camiseta, nos ombros, me agarrando para me manter viva.

— Eu te amo. — Dean tirou as palavras da minha mente. — Hoje, amanhã, coberta de sangue, assombrada e acordando no meio da noite gritando... Eu te amo, Cassie, e estou aqui, e não vou a lugar nenhum.

— Nenhum de nós vai. — A voz de Sloane soou baixa. Eu a conhecia tão bem a ponto de saber que ela não tinha certeza se aquilo era um momento particular, que não tinha certeza se seria desejada ali.

Mas você não consegue ficar longe.

— Você não está sozinha — disse Sloane. — E eu não vou perguntar se agora seria um momento adequado pra te abraçar porque eu calculei dentro de uma margem razoável de erro que é.

Michael não disse nada e chegou por trás de Sloane.

Lia arqueou uma sobrancelha para mim.

— Eu não chorei quando você sumiu — informou-me ela. — Não quebrei coisas. Não tive a sensação de que tinham me colocado num buraco.

Pela primeira vez desde que eu a tinha conhecido, a voz de Lia falhou com a mentira.

— Como vocês me encontraram? — Fiz o favor a Lia de mudar de assunto.

— Nós não encontramos — disse Sloane. — Foi a Celine.

Celine? Eu a procurei e a vi parada atrás da faixa da polícia, olhando de longe, o cabelo preto balançando numa brisa.

— Foi a foto — disse a agente Sterling. — Da sua mãe com Laurel. — Atrás dela, minha irmãzinha estava deitada na ambulância, dormindo.

— O que tem? — perguntei.

— Celine viu a semelhança entre você e sua mãe, entre sua mãe e Laurel, e entre Laurel — a expressão da agente Sterling mudou só por um segundo — e eu.

Pensei no diretor Sterling me dizendo que alguns privilégios, como torturar a Pítia, eram reservados aos membros ativos da seita, enquanto outros eram abertos aos Mestres que já tinham passado o lugar para serem substituídos.

Você segurou uma faca no meu pescoço. Passou a mão delicadamente pela lateral do meu rosto.

Eu tinha tentado nos meses anteriores não pensar na forma como Laurel tinha sido concebida.

— Ela não é só minha irmã. — Eu encarei a agente Sterling. — Ela é sua irmã também.

— Nós rastreamos o diretor. — O agente Briggs se aproximou e parou atrás da agente Sterling, tão próximo dela quanto Dean de mim. — E ele nos levou a você.

Por um longo momento, nossos mentores do FBI ficaram quietos, o olhar de Sterling voltado para a frente. Eu esperava que ela entrasse no modo agente Veronica Sterling, que se afastasse dele, que comentasse que o pai dela estava manipulando os dois havia anos.

Mas Sterling deixou o verniz da calma oscilar. Ela se encostou em Briggs. E ele passou o braço em volta dela.

Nós somos iguais, pensei, vendo Sterling se soltar. *Agora, mais do que nunca.* Laurel era da agente Sterling e era minha, assim como o que tinha acontecido na tumba dos Mestres. O que tínhamos feito. Aquilo com que tínhamos que viver.

— Vem — disse Dean, tocando com os lábios na minha têmpora. — Vamos pra casa.

Três semanas depois...

Enterrei minha mãe pela segunda vez no Colorado. Desta vez, o funeral não foi falso. Desta vez, era o corpo dela no caixão. E, desta vez, eu não estava cercada só pela família que tinha encontrado no programa dos Naturais.

A família do meu pai também estava lá. Tias e tios e primos. Meu pai. Nonna.

Eu tinha contado a eles uma versão da verdade: que eu estava trabalhando com o FBI e que a minha mãe tinha morrido nas mãos das mesmas pessoas responsáveis pela morte da minha prima Kate, que Laurel era minha irmã.

Ela é você e ela sou eu e ela é nossa. As palavras da minha mãe nunca sumiram da minha mente nos dias seguintes ao encerramento do caso dos Mestres.

O FBI tinha identificado e neutralizado nove assassinos naquela noite: sete Mestres, um aprendiz e o homem nascido para comandar todos. Seis assassinos presos, três (Malcolm Lowell, o diretor Sterling e o monitor Geoff) mortos. O FBI estava mantendo o caso em segredo por enquanto, mas não ficaria assim por muito tempo.

Enquanto isso, Laurel precisava de uma coisa que eu não podia dar sozinha.

— Você vai voltar pra casa comigo — declarou Nonna, pegando minha irmãzinha no colo como se ela não fosse nada. —

Nós vamos fazer biscoito. E você! — Ela apontou para Michael.
— Você vai ajudar.

Michael sorriu.

— Sim, senhora.

Nonna semicerrou os olhos para ele.

— Eu soube que você tem uma dificuldade com beijos — disse ela, uma conclusão tirada depois que fiquei relutante de falar sobre minha situação amorosa meses antes. — Se você se comportar, eu dou umas dicas.

Dean quase sufocou tentando ficar sério. Essa era Nonna, meio general, meio mãezona. Foi por ela que eu voltei para casa, não por meu pai, que não conseguia nem me encarar.

Enquanto via Nonna botar Michael no lugar dele com habilidade, Judd deu um sorrisinho.

— Essa sua avó — disse ele. — Ela está solteira?

Um a um, os outros foram embora e me deixaram sozinha no túmulo da minha mãe. O terapeuta para o qual o FBI tinha me mandado tinha dito que haveria dias bons e dias ruins. Às vezes, era difícil saber a diferença.

Eu não sabia quanto tempo havia que eu estava lá sozinha quando ouvi passos atrás de mim. Eu me virei e vi o agente Briggs. Ele estava idêntico ao dia em que nos conhecemos, o dia em que ele me desafiou e usou o caso da minha mãe para me convencer a me encontrar com ele.

— Diretor. — Eu o cumprimentei usando o título novo.

— Você tem certeza — disse o diretor Briggs — de que é isso que você quer?

Eu *queria* voltar para a nossa casa em Quantico como se nada tivesse mudado. *Queria* salvar pessoas. *Queria* trabalhar nos bastidores, como sempre fizemos.

Mas nem sempre dá para ter o que se quer.

— Aqui é onde eu preciso estar — falei. — Se tem alguém que pode dar uma infância normal pra Laurel, é a minha avó. E eu não posso abandoná-la. Não depois de tudo que aconteceu.

Briggs me observou por um momento.

— E se você não precisasse?

Eu esperei, sabendo que ele não era o tipo de pessoa que prolongava muito o silêncio.

— Tem um escritório em Denver — disse Briggs. — E eu soube que Michael adquiriu uma casa grande não muito longe da casa da sua avó. Dean e Sloane toparam, Celine Delacroix já avisou que está dentro. Lia está pedindo aumento.

— Nós não recebemos salário — comentei.

O diretor Briggs deu de ombros.

—Agora recebem. Nós temos uma força-tarefa procurando os Mestres eméritos restantes. O diretor de segurança nacional prefere manter qualquer adolescente empregado por nós longe disso, considerando a atenção que o caso deve atrair. Mas vocês não são mais menores, e há outros casos…

Outras vítimas, outros assassinos.

— E a agente Sterling? — perguntei.

Briggs abriu um sorriso triste.

— Eu a pedi em casamento. Ela fica recusando, diz que já percorremos esse caminho antes. — A expressão no rosto dele me lembrou que Briggs tinha um traço competitivo. Ele não deixaria a ex escapar sem lutar. — Ela fez um pedido de transferência para o escritório de Denver — acrescentou Briggs. — Acredito que Judd tenha falado algo sobre se mudar também.

Quando eu decidi não voltar para Quantico, eu achei que estava abrindo mão de tudo. Mas devia ter percebido: casa não é um lugar.

— A gente pode fazer faculdade — falei, pensando nos outros. — A gente pode se formar e se matricular na Academia do FBI em Quantico. Fazer as coisas certinho.

— Mas… — disse Briggs.

Mas nós nunca fomos normais. Nós nunca fizemos as coisas certinho.

— Eu estava pensando — falei depois de um momento. — Celine provou o valor dela nesse último caso. Deve haver outros.

Outras pessoas jovens com dons incríveis. Outros sem lar e sem direção, com fantasmas no passado e o potencial de fazer muito mais.

— Outros Naturais — disse Briggs. — Pra continuar o programa.

Ouvi-lo dizer essas palavras deu vida a algo dentro de mim, uma fagulha, uma sensação de propósito, uma *chama*. Sentindo isso, me permitindo sentir, eu sustentei o olhar dele e assenti.

Lentamente, o novo diretor do FBI sorriu.

Desafio aceito.

Agradecimentos

A série Os Naturais foi um trabalho de amor nos últimos cinco anos, e eu devo muito às pessoas maravilhosas que me ajudaram a dar forma e a compartilhar essa história. Um agradecimento enorme vai para a minha agente, Elizabeth Harding, que é a defensora número um dos Naturais desde o primeiro dia, e para Ginger Clark, Holly Frederick, Sarah Perillo, Jonathon Lyons e todas as outras pessoas da Curtis Brown, por trabalharem incansavelmente por mim. Ao longo da série, tive a sorte de trabalhar com três editoras maravilhosa. Agradeço a Cat Onder, Lisa Yoskowitz e Kieran Viola por me ajudarem a dar forma a todos os aspectos dessa história e por me forçarem a levar a história da Cassie a um nível mais alto. Especificamente em *Conflitos de sangue*, eu tenho uma dívida imensa com Kieran, que ofereceu tanto entusiasmo, sabedoria e compreensão do processo editorial. Tenho muito orgulho de onde viemos parar!

Muitos agradecimentos também para a equipe maravilhosa da Hyperion, especialmente Emily Meehan, Julie Moody, Jamie Baker, Heather Crowley e Dina Sherman. Também sou muito grata por Marci Senders, que elaborou as capas originais da série. Elas combinam tanto com os livros!

Enquanto escrevia esses livros, eu passei de ser aluna de doutorado a professora, e sou grata tanto à Universidade de Yale quanto à Universidade de Oklahoma por me apoiarem no desenvolvimento da escrita e da psicologia. Tem muita coisa nessa série que eu não poderia ter escrito sem o que aprendi com professores maravilhosos como Laurie Santos, Paul Bloom e Simon Baron-Cohen. Um agradecimento especial para todos os leitores que fizeram contato comigo para dizer que essa série despertou neles o interesse pela psicologia. As histórias são uma forma de entendermos as mentes e experiências dos outros. Para mim, a ciência é outra, e fico muito emocionada de ter encontrado leitores que compartilham dessa paixão!

Agradeço a todos os bibliotecários, professores e educadores que botaram essa série nas mãos de alguém, às maravilhosas conferências e festivais que me permitiram conhecer tantos leitores, e aos fãs da série, cuja paixão pelos adolescentes do programa Os Naturais me mantiveram motivada um dia após o outro. Agradeço também às amigas escritoras que me apoiaram durante a escrita desta série, principalmente Rachel Vincent, Ally Carter, Sarah Rees Brennan, Carrie Ryan, Elizabeth Eulberg, Rachel Caine e BOB. Mando também um agradecimento enorme para Rose Brock, uma força da natureza que eu tenho muita sorte de ter como amiga!

Por fim, agradeço aos meus amigos e à minha família. À minha mãe e ao meu pai, obrigada por abastecerem minha geladeira quando eu estava ocupada demais para comer e por terem passado a última década apoiando minha escrita de várias formas. Aos meus irmãos, irmãs, cunhados e cunhadas, tenho muita sorte de ter vocês na minha família! Agradeço a Connor por ter exemplares dos livros de Jen-Jen por perto, a Dominic e Daniel por lerem os livros da tia Jen e a Ginna, Julian, Matthew, Joey e Colin por serem quem são. E um agradecimento imenso ao meu marido. É difícil acreditar que, quando eu comecei essa série, nós ainda não tínhamos nos conhecido. Eu sou muito abençoada de ter você na minha vida.

A William: obrigada, pequenino, por mudar a minha vida e por ser o melhor bebê do mundo quando a mamãe tinha prazo.